Teil I

1.

Fanni war einzig und allein selbst schuld daran, dass ausgerechnet sie die Leiche finden musste.

Dabei lag die Tote auf dem Grundstück des Nachbarn, jedenfalls zum größten Teil.

Fanni war selbst schuld, weil sie diesen Mülltrennungstick hatte. Jedes Döschen, jedes Fläschchen musste irgendeiner grotesken Wiederverwertung zugeführt werden.

An diesem unglückseligen Vormittag ging Fanni mit einer Handvoll Zwiebelschalen zum Komposthaufen hinter ihrem Haus. Auf dem Rückweg sah sie es rosafarben aus den Johannisbeerstauden leuchten. »Aha, sie färben sich schon«, freute sie sich, »früh dran heuer.«

Sie war schon fast an der Haustür, als ihr einfiel, dass Johannisbeeren in keinem Reifestadium ein derart künstliches Pink annehmen.

Fanni ging zu den Stauden zurück, und das war falsch.

Sie linste durch die Blätter und Zweige auf den rosa Fleck. Dermaßen zudringlich angestarrt löste sich der Fleck in viele kleine Pixel auf und setzte sich dann zu einem Muster überkreuzter rosa Bänder wieder zusammen.

Fanni blinzelte: Das Gesamtbild ergab eine Sandale, eine, die sie kannte. Im ganzen Ort zerriss man sich seit Wochen das Maul über sie.

Die Sandale gehörte zu Mirza Klein.

Mirza war Bäuerin, allerdings noch nicht lange. Sie hatte vor einem knappen Jahr auf den Hof oberhalb von Fannis Häuschen eingeheiratet. Sie kam aus Tschechien – direkt vom Straßenstrich. Das wussten alle hier in Erlenweiler.

Seit dem Tag, an dem Mirza mit Benedikt Klein vom Standesamt zurückgekommen war, hatte das Gerede über sie, je nach aktuellem Anlass, mehr oder minder hohe Wellen geschlagen.

»Eine Bäuerin mit Stöckelpantolette und lila Zehennägel im Stall bei den Rindviechern«, so und ähnlich konnte man es im vergangenen August mäkeln hören, die ganze Erlenweiler Straße hinauf und hinunter. Das heftige Getuschel verwehte über den Winter, begann aber Anfang Mai von Neuem, und das Echo hallte den halben Juni wider.

»Lila Zehennägel.« Fanni blinzelte noch mal. Richtig, da waren sie, unverkennbar.

Es war zu spät für Fanni, ungeschoren durch ihre Haustür zu verschwinden, Fund und Erkenntnis abzustreiten.

Sie bog ein paar Ästchen zur Seite, sog scharf die Luft ein und ließ ihren Blick entlang den Sandalenriemchen aufwärts wandern.

Fanni identifizierte gelborangefarbene Plastikblüten, glänzend wie Glas, weidlich bekannt bis hin zu den hellgelben Splittern im Blütenkörbchen.

Das Riemchen-Blütengewirr endete in einer Metallschließe über Mirzas Knöchel.

Es gab kein Zurück. Fannis Blick fand Mirzas Knie und etwas weiter oben den Saum des roten Minirocks.

Fanni stoppte beim schwarzen Lackgürtel: Und wenn sie doch einfach durch die Tür …? Sollte doch ein anderer finden, was Fanni schreckte.

Bis jetzt hatte sie niemanden hier draußen gesehen. Gewissermaßen war sie gar nicht aus dem Haus gekommen an diesem Morgen.

Und überhaupt, Mirzas Knie hingen einträchtig angewinkelt über dem Grenzmäuerchen. Der Minirock leuchtete wie eine Mohnblüte aus dem Rasen der flachen Böschung, die ins benachbarte Grundstück überleitete. Mehr als zwei Drittel von Mirza lagen demnach im Nachbargarten.

Eben, was ging Fanni der Garten ihrer Nachbarn an? Sollte doch Frau Praml Polizei und Ambulanz … Fanni stockte. »Notarzt, meine Güte.« Ihr Blick schoss von Mirzas Taille zu Mirzas Kopf und blieb in einer Blutlache stecken.

Mirzas Gesicht konnte Fanni nicht sehen, es war zwischen den rotbraun gefärbten Grashalmen verborgen. Insgesamt sah Mirza tot aus.

Also schleunigst weg.

Mirza war nicht mehr zu helfen, und was immer sie vom Hof

über die Wiese herunter und hinter Fannis Stauden getrieben hatte, um dort zu sterben, spielte jetzt keine Rolle.

Andererseits: Man konnte sie doch nicht so blutig und einsam auf dem Grenzstreifen liegen lassen.

Das kann bloß der Alte angerichtet haben, schoss es Fanni durch den Kopf. Er wollte sie ums Verrecken nicht auf dem Hof haben, hat ihr das Leben jeden Tag zur Hölle gemacht.

Das Thema Mirza und der Alte wurde schier stündlich durchgehechelt in Erlenweiler.

Der »Alte« war Benedikts Vater, er hatte sich von Anfang an mit Klauen und Zähnen gegen die Schwiegertochter gesträubt. Die Leute von Erlenweiler gaben mit der Zeit widerwillig zu, dass Mirza fleißig und geschickt war und eine gute Frau für den Benedikt. Bloß der Alte, der trieb es von Woche zu Woche schlimmer mit seiner Niedertracht.

»Heilfroh soll der sein«, hatte Fanni wiederholt zu ihrem Vis-à-vis-Nachbar Meiser gesagt, »dass er so eine Tüchtige ins Haus bekommen hat, auch wenn Bene die Mirza im Tschechischen drüben von der Straße aufgelesen hat – na und.«

Seit Benedikts Mutter vor fünf Jahren gestorben war, hatten Bene und der Alte in ihren Zimmern gehaust, ohne ein einziges Mal sauber zu machen, das wusste Fanni genau.

Mirza war noch keine Woche auf dem Hof, da hatte sie schon Küche und Wohnstube komplett in Schuss gebracht. Einen Monat später waren die Schlafräume frisch geweißelt und das Badezimmer hübsch aufgeputzt.

Mirza hatte Bene fest im Griff. Der spurte, wenn sie sagte: »Bene, müssen wir machen das sofort.« Mirza erklärte Bene, wie sie ihre Pläne ausgeführt haben wollte, und Bene befolgte alles exakt.

Dabei galt Bene in Erlenweiler als Trottel.

Zugegeben, schon in den ersten Monaten auf der Grundschule hatte sich gezeigt, dass Bene mit abstrakten Begriffen nichts anzufangen wusste. Eine Zahl, frei in der Luft schwebend, weder als Paar Schuhe noch als Dutzend Drahtstifte manifestiert, sagte ihm gar nichts. Damals gab es einigen Ärger, weil der alte Klein seinen eigenen Kopf hatte und die Lehrerin ein überspanntes, unfähiges

Trumm nannte, ein ganzes Eck dümmer als die Kinder, die sie unterrichten sollte.

Dem Tierarzt, der regelmäßig zum Klein-Hof kam, die Kühe besamte und ihnen Antibiotika spritzte, schenkte der Alte mehr Vertrauen. Der Doktor brauchte allerdings vier Wochen, bis er den alten Klein dazu überredet hatte, Bene auf die Sonderschule zu schicken.

»Der Bene«, hatte der Tierarzt damals listig zum alten Klein gesagt, »der ist nicht dumm, der Bene, der ist schlauer als wir alle zusammen, und dreimal so schlau wie seine Lehrerin ist er, der Bene.«

Das gefiel dem Alten.

»Aber bestimmte Hirnzentren vom Bene«, machte der Tierarzt weiter, »solche, die für das Sprachgefühl, für abstraktes Denken, für Gedächtnisleistung und so was zuständig sind, die sind halt ein bisschen überwuchert von seiner Begabung auf dem Gebiet der Mechanik. Der Bene lebt in der Welt der Schrauben und Rädchen, der Vergaser und Verteilerfinger. In seiner Maschinenwelt, da ist der Bene ein richtiges Ass. Und deshalb muss er *besonders* gefördert werden, der Bene, in einer *besonderen Sonderschule*.«

Das hatte dem alten Klein eingeleuchtet.

Etliche Erlenweiler Mäuler behaupteten, Benes Manie für all diesen technischen Kram hätte seine Mutter so früh ins Grab gebracht. Fanni war da anderer Meinung:

Bene war beschränkt, keine Frage, aber er war immer ein lieber Bub gewesen, und er war seiner Mutter nie eine Plage, denn die störte es nicht im Mindesten, wenn Bene von früh bis spät am Traktor oder am Mähwerk herumbastelte.

»Der widerliche Alte hat Benes Mutter auf dem Gewissen«, hielt Fanni immer dagegen, sobald die Sprache auf den Tod der Klein-Bäuerin kam. »Der Alte, der hat seine Frau Tag und Nacht herumgescheucht, und ständig abgekanzelt hat er sie, die Klein-Bäuerin hatte keine erträgliche Stunde bei ihm.«

»Es ist halt alles zusammengekommen«, lenkten dann die von Erlenweiler ein, »der zurückgebliebene Bub und der unleidliche Alte und das Knausern, weil der Milchpreis schlecht ist und der Besamer teuer.«

Seit nun Mirza ins Haus gekommen war, legte sich der Alte gewaltig ins Zeug, um sie zu sekkieren.

»Grundlos«, sagte Fanni immer wieder, »aus reiner Bosheit.«

»Einer vom Strich muss man energisch kommen«, antwortete dann Nachbar Meiser, musste aber eingestehen, was immer offensichtlicher wurde:

Mirza war fleißig und ordentlich.

Sie hielt auch die Milchbehälter keimfrei sauber. Seit Mirza auf dem Hof war, gab es keine Beanstandungen mehr vom Gesundheitsamt.

Mirza konnte überall anpacken. Sie konnte sogar die Kühe melken, per Hand. Seit drei Wochen molk sie allerdings mit einer Melkmaschine, die Bene für den Gegenwert von zwei gut gefütterten Kälbern beschafft hatte.

Der Alte war die Wände hochgegangen, als Mirza die Ansaugzylinder bei der ersten Kuh in der Reihe der zwölf Rindviecher ansetzte. »Ein Apparat muss jetzt her zum Melken wegen dem Frauenzimmer, dem vermaledeiten. Damit bloß kein Dreckfleckerl draufkommt auf die rot lackierten Fingernägel.«

Zur Bekräftigung hatte er treffsicher auf den Klarsichtschlauch der Melkmaschine gespuckt, in dem bereits die Milch schäumte.

Er hatte es mit dem Spucken, der Alte.

»Da kann man halt nicht selber Hand anlegen, mit drei Ringen an jedem Finger – in Minirock und Riemchensandalen«, redeten ihm die Leute aus Erlenweiler das Wort.

Was sie auch sagten, Fanni wusste es besser, weil Fanni von ihrem Badezimmerfenster aus ganz genau sehen konnte, was Mirza im Stall anhatte: alte Turnschuhe vom Bene und eine Latzhose, auch vom Bene, aus der er schon seit seiner Konfirmation herausgewachsen war.

Die rosa Sandalen mit den orangegelben Plastikblüten, den Minirock, das schwarze Spitzentop – ihre feinen Sachen also – zog Mirza nur sonntags an oder wenn sie in die Stadt zum Einkaufen fuhr. Gut, hin und wieder, wenn Mirza einfach hübsch aussehen wollte (Bene gefiel sie sicher sehr in ihrem faszinierenden Ensemble) und wenn sie keine Dreckarbeit zu machen hatte auf dem Hof, dann putzte sie sich auch zu Hause manchmal so auf. Sie machte sich zurecht wie Fannis Töchter vor fünfundzwanzig Jahren ihre Barbiepuppen.

»Gestern hat sie wieder den Nuttenfummel angehabt, beim Krapfenbacken«, mauschelten dann die ehrbaren Bürger von Erlenweiler.

Als Fanni mit der Zeit Mirzas böhmische Mehlspeisen kennenlernte, kam ihr einmal ein verwegener Gedanke: Vielleicht gelingen sie eben deshalb so gut, die Hefekringel, sagte sich Fanni, weil sich Mirza so chic herrichtet zum Backen. Der Teig fühlt sich geehrt und geschmeichelt, und deshalb geht er auf, kommt hoch wie ... Werd nicht ordinär, Fanni!

Fanni leckte sich jedes Mal zu Hause noch die Finger, wenn ihr Mirza beim Milchholen eine ihrer unvergleichlichen Liwanzen angeboten hatte, die Fanni schon auf halbem Weg über die Wiese komplett verspeiste.

Schon allein wegen der köstlichen Liwanzen sollte der Alte vor Mirza auf den Knien liegen, rund um die Uhr, fand Fanni.

Stattdessen hatte er sie erschlagen! Anders war das Bild, das sich Fanni bot, nicht zu interpretieren.

»Erschlagen! Mord! Polizei!« Wie Signallämpchen leuchtete es auf in Fannis Hirn.

»Polizei«, flüsterte Fanni. Ihr Wispern rief niemanden auf den Plan.

»Anrufen«, signalisierte Fannis Hirn, »Telefon, Nummer wählen.«

»110«, steuerte der Verstand bei, als sich Fanni noch immer nicht bewegte.

»Ihr Name ist Fanni Rot«, fasste die Stimme am Telefon Fannis Vortrag zusammen. »Sie melden einen Leichenfund in Erlenweiler. Die Identität der toten Person ist Ihnen bekannt. Gut, Frau Rot. Eine Polizeistreife ist unterwegs. Betreten Sie den Fundort nicht und sorgen Sie dafür, dass auch sonst niemand in die Nähe des Fundortes kommt.«

Fanni legte auf.

»Bin ich der Sheriff von Erlenweiler?«, maulte sie und bezog Stellung vor den Johannisbeerstauden. Sie drehte der toten Mirza den Rücken zu, sah zur Straße hinunter und wartete.

»Sind Sie da herumgetrampelt?«, blaffte der Streifenpolizist gut fünfzehn Minuten später.

»Nein«, beteuerte Fanni, »ich bin nur bis hierher getreten, hier auf diese Stelle«, und sie deutete auf einen platt gedrückten Rasenflecken, fünfzig Zentimeter von Mirzas Sandale entfernt.

»Was angefasst?«, knurrte der Beamte.

»Nein.«

»Kripo!«, bellte er.

Fanni fuhr zusammen und glotzte ihn verständnislos an, bis ihr aufging, dass er in Richtung Streifenwagen gekläfft hatte.

Fanni hatte genug jetzt, und wenn sie genug hatte, dann wurde sie patzig. »Ich bin im Haus, die Klingel ist links von der Tür, ich hoffe, Sie drücken nicht drauf.«

Am liebsten hätte Fanni komplett verdrängt, was sie gesehen hatte. Aber während sie die Zwiebeln schnitt, deren Schalen an all den Widrigkeiten dieses Vormittags schuld waren, fiel ihr Blick sporadisch aus dem Küchenfenster auf die Straße vor dem Haus. Und das, was dort draußen vorging, erinnerte Fanni aufdringlich daran, dass Mirza tot unter den Beerensträuchern lag.

Fanni beobachtete, wie drei Polizeifahrzeuge nacheinander ankamen. Sie reihten sich vor Fannis Garage auf, Autotüren schlugen zu, Funkgeräte rauschten.

Später, die Zwiebeln rösteten schon in der Pfanne, sah Fanni den Leichenwagen einbiegen. Sie wollte keinesfalls zusehen, wie Mirza in einem Blechsarg verpackt in den schwarzen Wagenfond geschoben wurde, deshalb ging sie in den Keller, um Karotten zu holen. Auf dem Rückweg machte sie sich noch eine Weile an den Marmeladegläsern zu schaffen. Sie sortierte Pflaume neben Kirsche und Aprikose vor Erdbeere, und als sie wieder in die Küche kam, rollte der Leichenwagen aus der Einfahrt.

»Da liegt jetzt Mirza drin«, schluchzte Fanni, »tot und erschlagen, das hat sie nicht verdient, überhaupt nicht. Die Mirza war anständig, sehr anständig, Straßenstrich hin oder her.«

Im Garten wuselten die Polizeibeamten herum.

Nachbar Meiser war auch herübergekommen. Er rammte knapp zwei Meter vor den Johannisbeerstauden einen Holzpflock in die Erde und hämmerte drauf.

Herr Meiser wohnte mit seiner Frau auf der anderen Straßenseite, genau vis-à-vis von Fanni. Frau Meiser konnte von ihrem Küchenfenster aus in Fannis Spülbecken und in Fannis Kühlschrank sehen.

Herr Meiser war nicht so ein Drückeberger wie Fanni. Ganz im Gegenteil! Kaum waren die Beamten aus den Polizeiwagen gestiegen, hatte Herr Meiser bereits die Straße gekreuzt und seine Hilfe angeboten.

Herr Meiser wusste eben, was sich gehörte.

Er hatte den Holzpflock aus seinem eigenen Keller geholt, auch Hammer und Nägel mitgebracht, weil ein Absperrband um den Tatort gespannt werden musste, und er legte gleich selbst Hand an.

Fanni deckte gerade den Tisch im Esszimmer, als Herr Meiser für die Polizeibeamten etliche Flaschen Orangensaft über die Straße trug. Frau Meiser kam mit einem Tablett voller Gläser hinter ihm her.

Meisers sind halt so, dachte Fanni, immer parat, immer hilfsbereit und überall mittendrin mit der Nase.

Vor ein paar Wochen erst hatte Meiser bei seinem links angrenzenden Nachbarn Böckl den Rasen gelüftet, weil Böckl selbst einfach nicht dazu kam und Böckls Frau deswegen dauernd meuterte. Es musste allerdings etwas schiefgelaufen sein dabei. Fanni hatte keine Ahnung, was, aber sie hatte bemerkt, dass sich Böckl und Meiser seither aus dem Weg gingen und nicht mehr miteinander sprachen.

Umso mehr redete Meiser jetzt mit den Polizisten. Sie wussten wohl inzwischen, wen sie zu verhaften hatten. Meiser hatte ihnen sicher schon brühwarm erzählt, wie garstig der alte Klein immer mit seiner Schwiegertochter umgesprungen war.

Als Fanni den Braten aufschnitt, bekam sie mit, wie Meiser der Nachbarin rechts von Fanni, Frau Stuck, Bericht erstattete.

Hat sich selber zum Pressesprecher befördert, der Meiser, dachte Fanni und sah zu, wie Meiser Herrn und Frau Beutel (sie wohnten drei Häuser weiter gegenüber) auf der Straße abfing und ins Bild setzte. Meiser informierte noch diesen und jenen, den die Polizeiautos herangelockt hatten, über das spektakuläre Ereignis, und Frau Meiser stand nickend und beipflichtend dabei.

»Selber schuld, dass du über die tote Mirza gestolpert bist«, nörgelte Fannis Mann, als er zu Mittag die gerösteten Zwiebeln auf seine Bratenscheibe häufte. »Was rennst du auch mit jedem einzelnen Zwetschgenkern zum Kompost? Hundertmal hab ich dir schon gesagt, du sollst das Zeug in einem Eimer sammeln.«
»Schimmelt und stinkt«, redete ihm Fanni dagegen.
»Himmelherrgott«, mampfte Fannis Mann, »du sollst den Eimer doch nicht vierzehn Tage lang auf dem Ofen stehen lassen!«
»Blödmann.« Fannis Mann hörte es nicht, denn Fanni zerbiss das Wort und schluckte es mit einer Spirelli-Nudel hinunter.
»Haben die den Alten gleich mitgenommen?«, kaute Fannis Mann.
»Nichts gesehen.« Fanni begann den Tisch abzuräumen.

Es ging auf halb vier zu.
Fannis Mann hockte längst wieder in seinem Büro in der Stadt. Seit mehr als dreißig Jahren besetzte er einen Angestelltenposten beim Kreiswehrersatzamt, und Fanni hatte keine Ahnung, was er in letzter Zeit dort machte. Bis vor zwölf Monaten hatte er haufenweise Einberufungsbefehle und Musterungsbescheide – nun was?, verschickt?, ausgefüllt?, unterschrieben? Fanni gab ungern zu, dass sie sich nie dafür interessiert hatte.
Mitte der Neunziger begann sich bei der Bundeswehr unter dem Motto »Einsparungen« einiges drastisch zu verändern. Die Kostendämpfung schritt munter fort und gipfelte eines Tages darin, dass der Bundeswehrstandort Birkdorf aufgegeben wurde. Von heute auf morgen war die Kaserne geschlossen, sämtliche Soldaten verschwanden, das Munitionsdepot wurde mir nichts, dir nichts ausgeräumt. Und das Kreiswehrersatzamt? Eben.
Wie zuvor ging Fannis Mann jeden Morgen aus dem Haus, kam mittags für eine gute halbe Stunde heim, kehrte dann an seinen Arbeitsplatz zurück und tauchte zwischen fünf und sechs Uhr abends

wieder auf. Einmal ließ er eine Bemerkung darüber fallen, dass der gesamte Betrieb seit der Reform mit nur drei Mann aufrechterhalten werden musste.

Welcher Betrieb?, dachte Fanni, hütete sich aber, eine derart subversive Frage zu stellen, und versuchte, ein besorgtes Gesicht zu machen. Das gelang ihr etwas zu gut, denn ihr Mann wurde auf einmal mitteilsam und regte sich des Langen und Breiten darüber auf, dass sein Kollege Senftl mindestens eine Woche pro Monat krank feiere, um seinem Sohn beim Hausbau zu helfen.

Verrat an Volk und Vaterland?, fragte sich Fanni, heroisch das Grinsen unterdrückend, Sabotage, Wehrkraftzersetzung, Guerillakrieg?

Selbst wenn Fanni plötzlich von purer Neugier angepackt worden wäre und wissen hätte wollen, wie die verbliebenen Angestellten des ehemaligen Kreiswehrersatzamtes ihre Tage letzthin zubrachten, sie hätte nicht zu fragen gewagt. Denn eines war ihr klar: Seit einem guten Jahr waren die Arbeitsstunden des Herrn Rot, der sich einst als Herrscher über die Wehrpflichtigen des gesamten Landkreises fühlte, ebenso sinnentleert wie der Name des Amtes, in dem er saß.

2.

Die Polizisten verschwanden nach und nach aus Fannis Garten und schwärmten durch Erlenweiler. Ein paar von ihnen klopften an die Türen der Nachbarhäuser und wurden hineingebeten, andere tummelten sich auf der Wiese, die zwischen Fannis Garten und dem Klein-Hof lag.

Herr Meiser steckte seinen Fäustel in die dafür vorgesehene Ausbuchtung seiner Latzhose und sammelte die leeren Saftgläser auf dem Tablett. Mit einem kräftigen Rütteln überprüfte er noch, ob die in Fannis Rasen eingeschlagenen Holzpflöcke auch gut hielten. Dann stand er da und sah sich ratlos um. Keine Aufgabe mehr für Meister Meiser?

Fanni hatte abgewaschen und die Küche gewienert. Danach war ihr eingefallen, dass sie böhmische Golatschen backen könnte, sozusagen als Reminiszenz an Mirza, denn das Rezept dafür hatte Fanni von ihr. Außerdem würde sich Leni darüber freuen. Fannis ältere Tochter wollte für ein paar Tage heimkommen, und sie liebte Hefegebäck, Quarkstollen und Marillenknödel.

Fanni wog das Mehl ab und anschließend den Zucker, als sie Frau Meiser über die Straße kommen sah.

Was will sie denn?, fragte sich Fanni und ging aufs Klo, um nachzusehen. Sie lugte aus dem Fensterchen, von dem aus sie den Garten auf der Ostseite des Grundstücks überblicken konnte.

Herr und Frau Meiser stiefelten herum und besichtigten den Tatort. Sie deuteten nach hier und gestikulierten nach dort. Herr Meiser beschirmte die Augen mit der flachen Hand und sah zum Klein-Hof hinauf. Einen Augenblick später wandte er sich enttäuscht wieder ab.

Hat wohl gehofft, auf dem Hof eine Staffel GSG-Schwarze und einen Haufen Feld-Grüne zu entdecken, die den Alten mit einer grandiosen Aktion überwältigen, dachte Fanni zynisch und betätigte die Spülung.

Frau Meiser nahm das Tablett auf. Herr Meiser trat unschlüssig von einem Fuß auf den anderen, drehte den Hals von Fannis Haustür zu Fannis Klofenster, bekam aber kein Zipfelchen von Fanni zu sehen.

Verzupft euch, dachte Fanni, ihr habt genug palavert und euch in Szene gesetzt für heute. Mich bekommt ihr nicht vor die Linse.

Fanni reichte es noch vom Vortag. Sie hatte ihre Papiertonne an den Straßenrand gerollt, und dabei war sie Frau Meiser vors Auto gelaufen. Frau Meiser kam gerade vom Zahnarzt zurück. Sie stieg aus dem Wagen, stellte Fanni und beschrieb ihr eingehend das Paar künstlicher Zähne, das ihr der Zahnarzt eben eingesetzt hatte. »Die zwei Zähne sind an einer Klammer befestigt, ich kann sie zum Putzen herausnehmen, soll sie aber danach gleich wieder einhängen. Abends muss ich die Zähne und die Klammer ganz gründlich reinigen und dann sofort wieder einsetzen. Muss alles über Nacht im Mund bleiben, nicht in einem Glas, so wie das früher war. Nur zum Putzen herausnehmen. Die Klammer lässt sich ganz leicht ...«

»Ich hab sie satt, die Meisers«, murmelte Fanni, »*ihr* endloses Gefasel und *seine* falsche Zuvorkommenheit.«

Meisers schlichen sich verstimmt, weil sich weder Fanni noch sonst jemand blicken ließ. Frau Meiser stolperte über die eigene Fußspitze, Herr Meiser nahm ihr das Tablett ab. Beide waren schon halbwegs über der Straße, da entdeckte Meiser mit einem Blick zurück Frau Praml in ihrem Vorgarten. Er machte sofort kehrt und stellte das Tablett auf Pramls Briefkasten. Seine Frau lief ihm nach, lehnte sich an den Zaun und hielt sich an den Querlatten fest.

Fanni fühlte beinahe Mitleid mit Frau Praml. Sie begann, den Teig zu kneten.

Es klingelte an der Tür, als Fanni gerade die Quarkfüllung in die dafür vorgesehenen Mulden der Hefeteigfladen löffelte.

»Sprudel«, sagte der Mann.

Es irritierte Fanni, dass er kein »*Bitte*« anfügte. Andererseits war sie seit Jahren an schlechte Manieren in ihrem Umfeld gewohnt. Sie überlegte einen Augenblick lang, ob sie kommentarlos eine Flasche holen oder dem Herrn zuvor erklären sollte, dass sie nur stilles Wasser von Urquell im Haus hätte.

Da streckte er die Hand aus. »Hauptkommissar Johann Sprudel, Kripo Straubing, ich würde mich gern ein wenig mit Ihnen unterhalten, Frau Rot.«

Fanni bat ihn ins Esszimmer. Das musste ja kommen, dachte sie, bringen wir es schnell und ein für alle Mal hinter uns.

»Sie haben heute um elf Uhr zehn Mirza Klein in ihrem Garten tot aufgefunden«, sagte Sprudel.

»Mirza lag zum größten Teil im Garten von Familie Praml«, bockte Fanni.

»Ja, natürlich«, sagte Sprudel. »Muss ein Schock für Sie gewesen sein, Frau Klein mit blutüberströmtem Kopf da liegen zu sehen.«

»Zuerst habe ich Mirzas Sandalen gesehen«, sagte Fanni.

Sprudel wirkte ein wenig verwirrt. »Wo?«

»An Mirzas Füßen.«

»Verstehe«, nickte Sprudel. »Die Sandalen sind Ihnen aufgefallen, als Sie vorbeigegangen sind, und dann haben Sie genauer hingesehen und die Leiche entdeckt.«

Fanni nickte.

»Und dann?«, fragte Sprudel.

»Habe ich die Polizei angerufen«, sagte Fanni.

»Gut«, sagte Sprudel, als hätte sich Fanni damit den Nobelpreis verdient.

Fanni wartete und sah sich Sprudel an. Er hat auffällig große Ohren, fand sie, saubere Ohren, rosig, wie frisch geschrubbt.

Von Sprudels Ohren aus zogen sich tiefe Falten an seinem Hals entlang und verschwanden im Hemdkragen.

Abgestandener Sprudel, dachte Fanni, gut so alt wie ich, nein, älter, um die sechzig mindestens.

»Haben Sie«, fuhr Sprudel indessen fort, »während der Zeit, die Sie draußen verbrachten, irgendjemanden gesehen?«

»Nein«, sagte Fanni.

»Als ich ankam, so gegen Mittag, war es ziemlich voll in Ihrem Garten«, lächelte Sprudel, »auch jetzt noch lehnen ganze Familien an Zäunen oder sitzen auf Randmäuerchen herum. Gibt es in Erlenweiler so viele Arbeitslose?«

Fanni musste grinsen. Es sah fast so aus. Meisers lagerten seit einer halben Stunde mit Frau Stuck auf Fannis rechter Grundstücksgrenze, und Herr Böckl unterhielt sich mit Herrn und Frau Praml über Fannis Zaun hinweg.

Sprudel stand plötzlich auf und setzte sich neben sie. Was hat er denn?, fragte sich Fanni erschrocken und erkannte im selben Moment, dass Sprudel bloß aus der Sonne gerückt war, die ihn auf dem Platz vor dem Fenster wohl geblendet hatte. Gardinen gab es bei Fanni nicht, da hatte sie sich durchgesetzt gegen ihren Mann.

»Die Gespräche unserer Zaungäste«, sagte Sprudel nun im Schatten sitzend, »waren recht aufschlussreich. Ich habe ein bisschen gelauscht, muss ich zugeben.«

Kein Problem mit diesen Ohren, dachte Fanni.

»Für die Leute von Erlenweiler liegt der Fall, so scheint es, klar«, fuhr Sprudel fort. »Sie sind sich insgesamt darüber einig, dass der Bauer Klein, dem der Hof dort oberhalb der Wiese gehört, seine eigene Schwiegertochter erschlagen hat.«

Fanni nickte.

»Sind Sie derselben Meinung?«, fragte Sprudel.

»Ich hab das auch als Erstes gedacht, als ich die Mirza gesehen hab mit dem Blut in den Haaren und überall drum herum«, sagte Fanni.

»Und warum haben Sie jetzt Ihre Meinung geändert? Das haben Sie doch, oder?«, fragte Sprudel.

Fanni zögerte. Sie hatte sich doch vorgenommen, kurz und bündig ihre Aussage zu machen, und damit basta. Was brachte sie plötzlich dazu, diesem Sprudel erzählen zu wollen, was ihr heute Nachmittag, während sie die Golatschen geformt hatte, durch den Kopf ging?

Sprudel schwieg. Er stützte die Ellenbogen auf den Tisch und den Kopf auf die Hände, dabei schob er seine Wangenfalten bis zu den Schläfen.

Jetzt sieht er aus wie Pluto, stellte Fanni fest, und das gab den Ausschlag. Fanni machte den Mund auf.

»Ich glaube nicht, dass es der Alte war, weil mir die Geschichte mit dem Hund eingefallen ist.«

»Aha«, sagte Sprudel und zog die Falten beiderseits vom Kinn nach unten.

Meine Güte, dachte Fanni, was mache ich denn da. Ich sollte lieber Lenis Bett im Balkonzimmer oben beziehen und den Mund halten. DEN MUND HALTEN, das konnte ich doch bisher ganz gut.

Sprudel wartete.

Ein Rückzieher kommt wohl jetzt nicht mehr in Frage, überlegte Fanni. Wankelmut macht verdächtig. Am Ende bezichtigt Pluto noch *mich*.

Sie legte beherzt los: »Die Geschichte fängt mit Bene an. Das ist der Sohn vom alten Klein. Der Bene ist ein wenig zurückgeblieben, geistig, meine ich. Die Kinder aus der Siedlung haben nie mit ihm gespielt. Sie haben ihn aber oft gehänselt, und wenn er dann geweint hat, sind sie weggelaufen. Am schlimmsten war der Bub vom Böckl.«

Fanni drehte sich um und deutete aus dem Fenster. »Hier rechts auf der anderen Straßenseite wohnen die Böckls.« Sie ließ Sprudel einen Moment Zeit, das Haus ins Auge zu fassen, und fuhr dann fort: »Dem Böckl hat es schon leidgetan, dass sein Junge so ein Früchtchen war. Er hat ihn sogar ein paarmal verdroschen deswegen. Aber der Bub hat es einfach nicht lassen können, den Bene zu piesacken. Irgendwann hat es der Böckl dann aufgegeben. ›Ich kann meinen Buben wegen dem Trottel vom Klein-Hof doch nicht erschießen‹, hat er gefaucht. – Der Böckl hat nämlich eine Waffenhandlung in der Stadt, und Jäger ist er auch«, flocht Fanni ein, um die Art und Weise dieser abwegigen Bestrafung zu rechtfertigen.

»Aha«, machte Sprudel.

Fanni wollte schon weiterreden, da machte Sprudel noch: »Ähm.« Fanni sah ihn an.

»Der alte Klein, Benes Vater, hat der nicht eingegriffen?«, fragte Sprudel.

»Ja schon«, sagte Fanni, »der hat dem Böckl-Jungen und den anderen Kindern immer Mistbatzen nachgeschmissen – damals war noch ein Misthaufen hinter der Scheune – und manchmal sogar Steine. Aber der Böckl-Bub und Konsorten, die waren ausgefuchst, die haben es jedes Mal spitzbekommen, wenn der Alte auswärts war, und dann sind sie angerückt. Vor Benes Mutter haben sie keine Angst gehabt. Benes Mutter haben sie bloß ausgelacht.«

Fanni schwieg. Sprudel schob seine faltige Wange halb über das rechte Auge und sah sie mit dem linken aufmunternd an. Das Auge war blau.

Fanni setzte wieder an: »Den Böckl hat natürlich weiterhin das schlechte Gewissen geplagt, und eines schönen Tages, ich weiß noch, dass es kurz vor Benes sechstem Geburtstag war, hat er dem Bene einen Hund gebracht. Der Böckl hält sich seit jeher einen Jagdhund, deshalb hat er eine Menge Kontakte zu Hundezüchtern. Es ist für ihn nicht schwer gewesen, ein geeignetes Tier für Bene zu finden. Böckl hat sich sogar die Zeit genommen, dem Bene zu zeigen, wie man mit dem Hund umgehen muss. Bello war ein kluger Hund. Wenn er geknurrt und die Zähne gefletscht hat, dann sind der Böckl-Bub und seine Kumpane geflüchtet. Keiner hat sich mehr getraut, ›Benelein dummes Schwein‹ oder irgend so was zu grölen. Der Hund hat den Spitzbuben das Mütchen gekühlt, und bald war es ein für alle Mal aus mit dem Triezen. Jetzt sollte man eigentlich denken, der alte Klein hätte sich über den Bello gefreut. So hat es aber überhaupt nicht ausgesehen, ganz im Gegenteil. Er hat geflucht und herumgebrüllt. ›Bringt der Böckl so einen Sauköter daher, der uns die Haare vom Kopf frisst und die Hühner verscheucht‹, hat er ständig gewettert.«

Fanni holte Atem.

»Das war glatter Unsinn«, sagte sie dann und fuchtelte mit dem Zeigefinger vor Sprudels Nase, »was der Alte da verzapft hat. Er kommt öfter in den Schlachthof als in die Kirche und hätte ein ganzes Rudel Wölfe ernähren können von all den Schweinefüßen und Kalbsschwänzen, die er mit heimnehmen kann. Und was die Hühner angeht, die hat der Bello nicht mal angeschaut.«

Fanni suchte mit ihrem Blick vorsichtig Sprudels Auge. Es machte sie ein wenig nervös, dass ihre weitschweifige Rede noch immer nicht ahnen ließ, worauf sie eigentlich hinauswollte.

Das Auge blickte interessiert und freundlich.

Fanni preschte weiter: »Der Bello war Benes bester und einziger Freund, und er war Benes Schutzengel. Der Bello hat auch jeden Fremden gemeldet, der in die Nähe des Hofes kam, und einmal hat er die ganze Familie mitten in der Nacht aus dem Schlaf gebellt und damit die wertvollste Kuh auf dem Hof gerettet. Sie war mit dem Kalben zu früh dran und hätte mitsamt dem Kälbchen zugrunde gehen müssen, wenn ihr keiner zu Hilfe gekommen wäre. Aber der Alte hat Bello von Tag zu Tag schlimmer traktiert: Er hat mit dem Stiefel nach ihm getreten und ihm mit der Mistgabel gedroht. Er hat den armen Bello nur Sauköter genannt. Der Böckl hat oft gesagt, er würde den Bello am liebsten wieder abholen, wenn es nicht wegen dem Bene wäre. Alle Nachbarn haben ihm recht gegeben. Ich auch. Bis zu dem Sonntag, an dem mir die Eier ausgegangen sind.

Zu der Zeit haben meine drei Kinder noch zu Hause gewohnt, und ich wollte sie und meinen Mann nicht um ihre Frühstückseier bringen. Deshalb bin ich schon um neun Uhr früh über die Wiese zum Hof hinaufgetrabt und hab ans Küchenfenster geklopft. Das machen alle so, wenn sie vom Klein-Hof was holen wollen, Milch, Eier, Kartoffeln, Zwiebeln und solche Sachen.

In der Küche hat sich nichts gerührt. Die Klein-Bäuerin war wohl schon auf dem Weg zur Messe. Da hab ich mich auf die Suche nach Bene gemacht. Der Bub durfte jederzeit an uns Nachbarn Eier abgeben, auch wenn seine Mutter nicht dabei war. Die Klein-Bäuerin wusste genau, dass wir alles ehrlich mit ihr abrechnen würden. Ich hab Bene bei seinen Maschinen vermutet, und deshalb bin ich zur Scheune hinübergelaufen. Die beiden Torflügel standen offen.

Ich bin hineingegangen, am Traktor vorbei, um den Heuwagen herum und wollte gerade nach Bene rufen, da habe ich den alten Klein unter dem Scheunenfenster auf einem umgestülpten Eimer hocken sehen. Ich beschloss, schleunigst kehrtzumachen. Der Alte würde kein einziges Ei herausrücken. ›Eierhandel ist Weiberkram, geht mich nichts an‹, hat er immer geschnauzt. Ich setzte also zum Rückzug an. Da hab ich auf einmal den Bello gesehen. Er saß direkt vor dem Alten ganz still auf dem Boden. Ehrlich gesagt, der Anblick hat mich festgenagelt. Ich dachte, jetzt bringt der Alte den Bello um, erwürgt ihn, schneidet ihm den Hals durch oder sonst was Schreckliches. Ich wollte gar nicht hinsehen, ich wollte nach Hause. Aber es ging nicht! Ich musste wie hypnotisiert in den Lichtfleck unter dem Fenster glotzen, und dann konnte ich gar nicht glauben, was sich tatsächlich abgespielt hat. Der Alte hat Bello mit Schinkenbröckchen gefüttert – *Schinken*, Sprudel! –, und er hat ihn zwischen den Ohren gekrault. Ich hab gegafft und geblinzelt, ich hab mich in die Backe gekniffen – die Szene war echt! Von diesem Tag an hab ich immer ganz genau hingeschaut, wenn der Alte den Bello traktiert hat. Es lief immer auf das Gleiche hinaus. Der Alte holte wie wild mit dem Stiefel aus und dann, Sprudel, hat er sorgfältig darauf geachtet, dass er den Bello bloß nicht traf. Und da erst, Sprudel, da erst ist mir aufgefallen, dass der Bello überhaupt keine Angst vor dem Alten hatte. Der Bello hat begeistert mit dem Schwanz gewedelt, wenn der Klein drohend mit der Mistgabel gefuchtelt hat.«

Fanni hatte sich in Hitze geredet und dabei sämtliche Formen höflicher Anrede missachtet. Ausgerechnet Fanni, die so auf Manieren hielt.

Sprudel hatte seine Falten geglättet und starrte Fanni aus beiden Pupillen an. »Ich verstehe, was Sie mir mit Ihrer Geschichte erklären wollen, Frau Rot«, sagte er, »aber warum, in Gottes Namen, hat der alte Klein so einen Zirkus aufgeführt?«

»An diese Frage«, sagte Fanni, »habe ich damals eine ganze Weile hinspekuliert.«

Sprudel grinste breit. »Und Sie sind zu einem Resultat gekommen!«

Fanni schüttelte den Kopf. »Ich habe mir eine Theorie gebastelt, die vermutlich bloß Quatsch ist.«

»Wir wollen sie ja nicht in *Science* veröffentlichen«, sagte Sprudel, »aber ich würde sie sehr gerne hören, bitte.«

»Ich dachte mir«, gab Fanni, derart höflich aufgefordert, nach, »dass der Alte irgendwie zweigeteilt war. Einerseits hat er sich gefreut über den Bello und darüber, dass der Hund so gut auf den Bene und alles andere auf dem Hof aufgepasst hat. Andererseits wollte es aber der Alte selber sein, er ganz allein, der den Bene beschützt und für ihn sorgt. Denn der Bene war sein Ein und Alles, das konnte jeder sehen. Ja«, resümierte Fanni, »und genauso zwiespältig wie ihm zumute war, so hat sich der Alte auch verhalten.«

»Leuchtet mir ein«, sagte Sprudel. »Was ist denn aus dem Hund geworden?«

»Bello ist inzwischen an Altersschwäche gestorben«, antwortete Fanni. »Er war mindestens vierzehn, als er starb – biblisches Alter für einen Hund. Drei oder vier Jahre muss das jetzt her sein. Die Mutter vom Bene war damals schon tot.«

Sprudel schob seine linke Wange ein Stückchen über den linken Nasenflügel und brütete eine Weile vor sich hin.

»Sie meinen also, Frau Rot«, sagte er dann bedächtig, »dass es sich mit Mirza genauso verhalten hat wie mit dem Hund.«

Fanni nickte.

»Das würde bedeuten«, meinte Sprudel, »dass der Alte heilfroh war, Mirza als Schwiegertochter im Haus zu haben, und dass er ihr nie etwas angetan hätte.«

»Ja«, sagte Fanni.

»Im Affekt vielleicht«, gab Sprudel zu bedenken.

Fanni zuckte die Schultern. »Ich glaube kaum. Schimpfen, Schreien, Drohen, das ist seine Natur, Zuschlagen nicht. Was glauben Sie, Sprudel, wie der alte Klein tagtäglich seine besten Milchkühe herunterputzt: Mistmatz, Rindvieh, saublödes und so weiter und so fort. Aber klammheimlich kauft er für die Tiere das teuerste Zufutter beim Händler, das mit den Vitaminen und Mineralstoffen – hat mir Mirza einmal erzählt.«

Sprudel rieb sich die Stirn und streute dabei ein graues Kraushärchen auf Fannis weiße Tischdecke. Sie zupfte es weg.

»Wie«, fragte Sprudel, »ist der Bene eigentlich an die Mirza gekommen?«

Fanni musste lachen. »Die Mirza hat ihm der Böckl verschafft.«

»Nein«, schnaufte Sprudel.

»Nachdem Benes Mutter tot war – sie ist an Krebs gestorben –, war die Lage überhaupt nicht rosig auf dem Klein-Hof«, erklärte Fanni. »Bene und der Alte haben mehr schlecht als recht gewirtschaftet. Alles ist heruntergekommen und verdreckt. Nur für die Rindviecher und für den Traktor haben die beiden gut gesorgt. Der Traktor war immer erstklassig in Schuss, weil der Bene jedes Rädchen daran gehätschelt hat. Alle aus unserem Dörfchen sind sich damals einig gewesen, dass wieder eine Frau auf den Klein-Hof muss, und zwar dringend. Aber alle sind sich ebenso einig gewesen, dass es nirgends eine geben würde, die dort hinwollte. Eines schönen Tages, Bene und der Alte haben da schon gut fünf Jahre lang alleine auf dem Hof gehaust, ist der Böckl auf die Idee gekommen, auf dem tschechischen Straßenstrich nach einer Frau für den Bene Ausschau zu halten. Der Böckl kommt oft ins Tschechische hinüber zur Jagd auf Rehböcke. Dabei ist ihm aufgefallen, wie die tschechischen Mädchen an jeder Ecke auf Kundschaft aus sind. ›Die Freier, mit denen sie gehen, sind auch nicht geistreicher als der Bene‹, hat der Böckl gesagt, und mit dem Bene als Ehemann bekommt so ein Mädel wenigstens ein anständiges Dach übern Kopf und ist in Sicherheit vor den Zuhältern und den Perversen.

Einen Versuch ist es allemal wert, hat der Böckl letztendlich entschieden, und so kam es, dass er am Palmsonntag letzten Jahres mit dem Bene über Böhmisch Eisenstein nach Klattau gefahren ist. Zwischen Birkau und Besin sind sie angeblich auf die Mirza gestoßen.«

»Erstaunlich«, sagte Sprudel, »und die ist gleich mitgekommen?«

»Nein«, sagte Fanni, »sie ist ein paar Tage später mit dem Zug hergereist, hat sich alles angesehen, und dann hat sie gesagt, mit Heiratsurkunde würde sie bleiben. Der Bene war hin und weg.«

»Und was hat der Alte gesagt?«, fragte Sprudel.

»Was Ordinäres natürlich«, antwortete Fanni.

Sprudel verkniff sich das Grinsen und stand auf. »Danke, Frau Rot.«

Er machte ein paar Schritte auf die Tür zu, dann drehte er sich um. Fanni, die knapp hinter ihm war, stoppte abrupt. Nur ihre ungewöhnlich schnelle Reaktion verhinderte, dass sich ihr Scheitelbein in Sprudels Kinn rammte.

»Sie haben mich sehr geduldig und anschaulich mit den Beteiligten bekannt gemacht«, sagte Sprudel. »Ich bin Ihnen wirklich dankbar.« Dann war er weg. Das tat Fanni leid, einen Moment lang jedenfalls, bis ihr die Golatschen einfielen. Sie schoss in die Küche. Die Golatschen waren rührig gewesen. Sie waren dreimal so hoch aufgegangen wie die, die Fanni bei Mirza gesehen hatte.

»Da schau her«, murmelte Fanni. »Es liegt gar nicht an Minirock und Spitzentop! Ihre Ruhe wollen sie haben, die Golatschen.« Fanni löffelte den restlichen Quark in die noch leeren Mulden und schob das Blech in den Ofen.

»Zwanzig Minuten, länger nicht müssen«, hat Mirza immer gesagt, ging es ihr durch den Kopf. Sie sah auf die Küchenuhr. Es war sechs Uhr vorbei!

Fanni schreckte auf, ihr Mann musste jeden Moment vom Büro nach Hause kommen, und Fanni hatte keine Ahnung, was sie zum Abendbrot auf den Tisch stellen sollte.

Sie riss die Kühlschranktür auf. Milch, Eier – Omelett hatte es erst gestern gegeben. Tomaten – okay, Salat kam immer gut an.

Seit die Kinder aus dem Haus waren, beschränkte sich Fannis Vorratshaltung mehr oder weniger auf Mehl, Kartoffeln und Rotwein.

Für Kartoffeln war es zu spät.

Fanni schnippelte drei Tomaten in Scheibchen.

Sie hörte ihren Mann an der Haustür und wusste immer noch nicht, was den Salat flankieren sollte. Eilig nahm sie das Blech mit den Golatschen aus dem Ofen und ließ das heiße Gebäck auf eine Porzellanplatte gleiten.

Während Hans Rot im Badezimmer rumorte, durchforstete Fanni den Inhalt ihres Vorratsschrankes: Thunfisch in der Dose – unbrauchbar ohne Reis und Erbsen; Pastasoße alla Napoletana im Glas – abwegig ohne Nudeln.

Fanni wurde es schwül unter der Bluse.

»Abend.« Fannis Mann kam in die Küche. »Ich muss gleich wieder weg, in fünf Minuten, keine Zeit für Abendbrot.« Er nahm einen der Golatschen von der Platte und biss hinein.

»Warmer Hefeteig macht Blähungen«, murmelte Fanni und klappte erleichtert die Tür des Vorratsschrankes zu.

»Schützenversammlung vorverlegt«, nuschelte ihr Mann kauend.

Hurra!, jubilierte Fanni heimlich hinter seinem Rücken. Donnerstagabend, »Tatort« im WDR, ungestört! Preis und Dank dem Vorstand des Schützenvereins!

Sie schlüpfte ins Wohnzimmer und schlug die Fernsehzeitung auf. Kommissar Leitmayr, juhu! Udo Wachtveitl mochte Fanni gern, Manfred Krug konnte sie nicht leiden. Redete immer mit vollem Mund, der Muffel.

»Was gewesen?«, mampfte Fannis Mann, als sie in die Küche zurückkam.

»Ein Kriminalkommissar hat mich vernommen«, sagte Fanni.

»Hast du dir selber eingebrockt«, rief ihr Mann auf dem Weg durch den Flur über die Schulter. Dann fiel die Haustür ins Schloss.

Um Viertel vor zehn ließ Kommissar Leitmayr die Handschellen klicken, Fanni schaltete den Fernsehapparat aus und ging ins Badezimmer. Wie immer schaute sie aus dem Fenster über die Wiese zum Hof hinauf, während sie langsam die Jalousie herunterließ. Wie immer sah sie Böckl mit seinem Hund im Licht der Hoflampe. Aber Böckl und der Hund kamen nicht wie immer geradewegs über die Wiese herunter, sie liefen im Zickzack. Fanni bremste die Jalousie auf halber Höhe und sah ihnen zu.

Der Hund hatte die Nase am Boden, schien aber nicht konsequent einer Spur zu folgen. Er rannte kreuz und quer, kam zu Böckl zurück, sprang an ihm hoch, lief wieder weg. Sie erreichten Fannis Grundstück. Fanni ging hinaus.

»Fehlt dem Hund was?«

Böckl fuhr herum. »Meine Güte, Frau Rot, es ist schon nach zehn.«

»Eben«, sagte Fanni.

Böckl lachte. »Sie wissen doch, ich geh immer um diese Zeit noch meine Runde mit dem Hund. Vor dem Einschlafen gehen wir Gassi, der Wolfi und ich.«

»Und der Wolfi studiert nebenbei eine Zirkusnummer ein?«, fragte Fanni.

»Na ja«, sagte Böckl, »mir ist vorhin auf der Wiese so eine Idee gekommen. Praml hat mir nämlich heute Nachmittag erzählt, dass die Kripo nach dem Stein sucht, mit dem die Mirza erschlagen worden ist, und dass der Stein hier irgendwo herumliegen müsste. Da hab ich mir halt gedacht, ich könnte den Wolfi mal auf die Spur von der Mirza setzen. An der Tatwaffe muss doch ihr Geruch haften, hab ich mir überlegt. Ich bin also noch mal zum Hof zurück, hab den Wolfi an Mirzas Stallschuhen schnüffeln lassen, und dann hab ich ihn losgeschickt. Hat aber nichts gebracht, das ›Such, Wolfi, such, Wolfi, such‹. Der Hund hat die ganze Zeit bloß die Spur von der Mirza selbst in der Nase gehabt, und das hat uns auf Ihr Grundstück geführt. Tja, schade, also dann gute Nacht, Frau Rot.«

3.

Fanni träumte von einem Hund in rosa Stöckelschuhen und wachte am Morgen misslaunig auf. Sie wollte keine Irritationen in ihrem Leben haben. Sie wollte sich mit einem »Tatort« am Abend und ein paar Kapiteln Ken Follett am Nachmittag still durch die Jahreszeiten treiben lassen. Und sie wollte sich keinen größeren Herausforderungen gegenübersehen als Marmelade einkochen, Plätzchen backen und Müll trennen. Ihre Vorliebe für Kriminalfälle beschränkte sich auf die *fiktive* Jagd nach einem *fiktiven* Mörder. Darin war Fanni richtig gut. Sie hatte längst herausgefunden, dass sich in Agatha Christies Kriminalromanen immer derjenige als Täter entpuppte, der das scheinbar solideste Alibi vorweisen konnte. Auch beim »Tatort« kam Fanni den Kommissaren mit der Lösung des Falles meist zuvor. Aber aus einem echten Mordfall wollte sich Fanni absolut heraushalten.

Vor dreißig Jahren, an dem denkwürdigen Tag, an dem sich ihr Lieblings-Luftschloss in eine Staubwolke verwandelte und davonflog, hatte sich Fanni geschworen, ab sofort anspruchslos, bescheiden und nüchtern zu sein. Sie hatte gelobt, sich künftig vollauf zufriedenzugeben: mit einem Leben in Erlenweiler, mit der Hausarbeit – und mit Hans Rot. Fanni hatte ihren Eid gehalten und sich an ihr Dasein gewöhnt.

Alles andere, sagte sie sich von Zeit zu Zeit, hätte ich sowieso nicht gepackt. Die Fälle, in die ich als Studentin gelaufen bin, kann ich als Beweis dafür nehmen.

Während ihrer Schulzeit hatte Fanni von einer Karriere als brillante Biologin geträumt. Die DNA, die das gesamte menschliche Erbgut speichert (wie Fanni in der Oberstufe des Gymnasiums erfuhr), hatte es ihr ganz besonders angetan. Nachdem sie dann das Abitur mit Müh und Not geschafft hatte, begann sie in Nürnberg mit dem Studium. Bereits im zweiten Semester trat allerdings zutage, dass Fanni von Prädikaten wie »erstklassig« und »exzellent« weit entfernt war.

»Benütz deinen Verstand, streng ihn an«, hatte ihr die Mutter von klein auf eingebläut, doch nun musste sich Fanni (wie auch oft während ihrer Schulzeit) fragen, wie sie etwas benützen, anstrengen und verwenden sollte, das nicht zu finden war.

Nein, blöd war Fanni nicht. Sie konnte mit genialen Einfällen aufwarten, mit scharfsinnigen Gedanken und geistreichen Sätzen, doch die kamen und gingen, wie sie wollten.

Kurz vor Ende dieses zweiten Semesters stellte sich jedoch heraus, dass es keine Rolle mehr spielte, ob sich Fannis Verstand mit Molekülsträngen, Enzymen und Zellkulturen anfreunden konnte, denn zu jener Zeit traf das Verhängnis ein.

Fanni schlug die Bettdecke zurück und stand auf. Ihre Laune hob sich, als ihr einfiel, dass Leni auf dem Weg nach Erlenweiler war. Fannis älteste Tochter hatte ihr Biologiestudium erfolgreich beendet, sie hatte vor Kurzem eine allgemein begehrte Stelle im Forschungslabor der Universität Nürnberg angetreten und strebte eine Liaison mit der Doppelhelix an. Lenis Steckenpferd war der genetische Fingerabdruck.

Fanni duschte, und die Wasserperlen, die von ihrer Haut tropften, mutierten vor ihren Augen zu winzigen gegenläufigen Spiralpaaren, jedes um eine gemeinsame Achse gewunden.

»DNA, oder deutsch DNS«, flüsterte Fanni, »Träger des menschlichen Erbgutes!«

Einkaufen, mahnte sich Fanni, ich muss als Allererstes einkaufen heute Morgen.

Aber zuvor wollte sie noch schnell das Badezimmer sauber machen, weil sie angekleckerte Wannen und Waschbecken nicht leiden konnte.

Wasserstoff, entsann sie sich beim Trockenrubbeln der Duschwand, was ihr Leni neulich erklärt hatte, ist das Bindeglied zwischen den komplementär einander zugeordneten Basenpaaren der DNS, die in eine Kette aus Zucker und Phosphorsäure eingebettet sind. Simpel, eigentlich ist alles ganz simpel, so simpel wie Zopfmuster stricken.

Fanni kramte ihre Geldbörse aus der Schublade und lächelte. Der genetische Code lässt sich mit dem Strichcode auf Lebensmittelverpackungen vergleichen. Wie der Scanner im Supermarkt eine Tafel Schokolade identifiziert, genauso kann Leni die DNS lesen, kann sie aufschlüsseln und zuordnen.

Leni konnte all das, wovon Fanni in jungen Jahren nur geträumt hatte. Ihr Faible für die Doppelhelix musste sie von Fanni geerbt haben (auf welchem Chromosom es wohl verzeichnet war?). Die Begabung und den Grips für wissenschaftliches Arbeiten hatte Leni von ihrem Vater, woher sonst. Lenis Vater galt als fabelhaft intelligent. Er hieß nicht Hans Rot.

Fanni kam eben vom Einkaufen zurück, da schneite Leni schon in ihre Küche. »Hallo, Mami!«

»Hallo«, sagte Fanni laut und deutlich und wünschte sich, ihr Mann könnte sie hören. Hans Rot hasste das Wort »Hallo«. Er versteifte sich dickköpfig auf das bayrische »Grüß Gott«. In einem Anfall von Auflehnung hatte Fanni neulich geknurrt: »Grüß ihn doch selber.« Hinterher hatte es ihr leidgetan. Hans Rot war nun mal reaktionär, katholisch und dumm. Aber das hatte auch sein Gutes.

»Wird der Garten neu vermessen?«, fragte Leni.

Fanni stutzte. Einen Augenblick lang stand sie mit der Butter in der Hand vor der offenen Kühlschranktür, bis ihr einfiel, dass Meiser ein rotes Absperrband im Karree um die Johannisbeerstauden gespannt hatte.

»Mirza ist tot«, platzte sie heraus. Sie verstaute die Butter, lehnte sich gegen die Herdfront und berichtete ihrer Tochter, was sich tags zuvor ereignet hatte.

»Armer Bene«, seufzte Leni. »Der Bub hat's echt nicht leicht gehabt. Sonderschule, Mutter früh gestorben, Vater engstirnig und despotisch. ›Die Mirza tut ihm gut‹, hast du erst neulich gesagt, ›die Mirza hat's voll drauf‹. Und da erschlägt sie einer.«

Fanni konnte sich nicht erinnern, von Mirza gesagt zu haben, sie hätte es »voll drauf«. Passt aber, dachte sie.

»Der Bene ist ein netter Kerl, hat mir immer das Rad geflickt, weißt du noch, Mama?«, sagte Leni. »Ein paarmal hat er es sogar geputzt und poliert.«

»Er hat dich angehimmelt, Leni«, antwortete Fanni, »weil du ihn immer ernst genommen hast.«

»Das hatte er auch verdient, der Bene«, sagte Leni. »Kann doch nicht jeder ein zweiter Schrödinger sein, so wie mein Bruder.«

Wohl nicht, dachte Fanni und warf einen Blick auf das Foto ihrer drei Kinder, das auf dem Wandbord neben den Kochbüchern stand. Leo, blond, groß und breitschultrig, grinste ihr entgegen. Physiker und Mathematiker, cum laude in beiden Examen, IQ mindestens 150, ging es Fanni durch den Kopf. Leo hat nur ganz wenige Gene von mir geerbt, das für Blond, das für Eigenbrötelei und das für Darmträgheit. Alles Übrige hat er von seinem Vater.

Leos Vater hieß nicht Hans Rot.

Lenis Stimme lenkte Fanni von den Gedanken an ihren Sohn ab. »Ich hab dem Böckl-Buben mal eine geschmiert, weil er den Bene Dorftrottel genannt hat. Das war noch, bevor der Bello auf den Hof kam.«

»Hast du mir nie erzählt«, schmunzelte Fanni, »und der Böckl-Bub hat sich das von dir gefallen lassen?«

»Mama«, lachte Leni, »ich bin fünf Jahre älter als der.« Dann wurde sie ernst. »Ziemlich viel Zeit vergangen, seit ich das letzte Mal mit dem Bene geredet habe. Seine Mirza hab ich immer nur von Weitem gesehen, und dem Alten bin ich schon eine Ewigkeit nicht mehr über den Weg gelaufen. Du sagst, dass ihn alle hier für den Täter halten. Meinst du wirklich, er war's?«

Fanni setzte gerade dazu an, ein weiteres Mal ihre Ansicht darüber zum Besten zu geben, da sprang Leni von der Anrichte, auf der sie gesessen hatte (ihr Lieblingsplatz seit Kindertagen).

»Ah, schon nach elf! Tom kommt um halb zwölf Uhr und holt mich ab. Wir wollen auf den Arber, zu der Stelle beim Richard-Wagner-Kopf, wo kürzlich der Totenschädel gefunden wurde.« Sie häufte sich drei Golatschen auf einen Teller und schaltete die Espressomaschine ein.

»Thomas Zacher holt dich ab?«, fragte Fanni, und Leni nickte mit vollen Backen.

Fanni stopfte den Brokkoli und die Karotten unsanft ins Gemüsefach. Diesem Thomas Zacher traute sie nicht über den Weg. Zugegeben, er trat immer höflich auf, gab sich respektvoll und gesittet. Hans Rot hielt große Stücke auf ihn, weil Tom »Grüß Gott«

sagte statt »Hallo«. Aber genau das hatte Fannis Argwohn erregt. Das, der Jaguar und die Designerklamotten.

»Du hast doch davon gehört?«, fragte Leni. Der Teller war leer und verschwand in der Spülmaschine.

»Wovon?«, gab Fanni zerstreut zurück.

»Von dem Totenschädel«, half Leni ihr auf die Sprünge. »Der Fall ist inzwischen aufgeklärt, und weißt du, wodurch?«

»Genetischer Fingerabdruck«, riet Fanni.

Leni reckte den Daumen hoch. »Der Kandidat hat hundert Punkte!«

Fanni musste lachen. »Was hatte denn der Schädel auf dem Arbergipfel zu schaffen?«, fragte sie.

»Er war unter ein paar Steinen verscharrt«, erklärte Leni. »Wanderer haben ihn zufällig entdeckt und die Polizei verständigt.«

»Und jetzt hoffst du, auch ein paar Knochen zu finden?«, grinste Fanni. »Könnte sich glatt zu einem Modehit entwickeln: Schädelsuche entlang der Weltcupstrecke.«

»Erstens«, erklärte ihr Leni daraufhin, »wollte ich sowieso mal wieder auf den Arber. Bodenmais, Rißlochfälle, Mittagsplatzl, Richard-Wagner-Kopf, das sind achthundert Höhenmeter! Dürfte spät werden, bis ich zurück bin.«

Fanni nickte und sagte: »Zweitens.«

»Ja, zweitens«, grinste Leni, »zweitens hatten wir diesen Schädel bei uns im Labor.« Sie vergewisserte sich, dass Fanni gebührend beeindruckt war, und fuhr dann fort: »Die Polizei konnte natürlich nicht einfach hergehen und den Schädel am Friedhof bei den anonymen Toten begraben. In so einem Fall sind Ermittlungen angesagt. Und die erste Frage lautet: Zu wem gehört dieser Körperteil? Mit einer DNA-Analyse hat man ganz gute Karten, das Rätsel irgendwann mal zu lösen.«

»Und ihr Laborratten habt es geschafft, aus den vergammelten Knochen die DNS zu isolieren und einen genetischen Fingerabdruck herzustellen?«

»Sowieso«, feixte Leni, »den eines Mannes. In der Zwischenzeit haben die Kripoleute ihre Vermisstenkarteien durchforstet und sind auf eine interessante Sache gestoßen. Es gab da einen verschollenen Mann aus Tschechien, dessen Auto man eines Tages verlassen an der deutsch-tschechischen Grenze gefunden hatte. Plötzlich ging's ruck, zuck. Die von der Kripo haben uns einen Pullover aus diesem Auto zur Vergleichsanalyse geschickt – und Volltreffer! Daraufhin hat's nicht mehr lange gedauert, bis aufgeklärt war, dass der Mann von seinen Verwandten ermordet und am Arber verscharrt worden ist. Sag mal, liest du keine Zeitung?«

»Manchmal entgeht mir halt was«, meinte Fanni.

Leni lachte sich schlapp. »Dir ist ja auch entgangen«, prustete sie, »dass Papa im vergangenen Jahr zweimal eine Schützenmeisterschaft gewonnen hat.«

Fanni zuckte die Schultern. Den Sportteil der Zeitung überblätterte sie grundsätzlich, Vereinsnachrichten interessierten sie nicht die Bohne, und alle Seiten mit der Überschrift »Lokales« tat sie ziemlich flüchtig ab. Den Rest, mit Ausnahme des Feuilletons, sah sie hauptsächlich deswegen durch, weil sie es für ihre Pflicht hielt. Recht konzentriert ging sie dabei nicht vor.

»Muss der Tote nicht etliche Jahre da oben begraben gelegen haben«, fragte sie, »um so weit zu verwesen, dass nur noch Knochen von ihm übrig geblieben sind?«

Leni zuckte die Schultern. »Zwei oder drei.«

»Erstaunlich«, sagte Fanni, während sie Äpfel und Bananen in einer Schale anrichtete, »wirklich erstaunlich, wie lange sich die DNA in einem toten Gewebe noch hält.«

»Drei Jahre sind gar nichts«, entgegnete Leni. »Einzig und allein ein DNA-Test hat letztendlich ans Licht gebracht, dass die Frau, die sich ein Leben lang als Zarentochter Anastasia ausgegeben hat, eine Hochstaplerin war. Ihr Bandenmuster wurde mit dem der Zarenfamilie Romanow verglichen, und wie lange waren da die Romanows schon tot? Achtzig Jahre mindestens.«

»Unzerstörbar, diese DNA«, murmelte Fanni.

»Gar nicht«, widersprach Leni, »sie ist sogar sehr empfindlich. Bakterien können sie flugs zersetzen, Verschmutzungen können sie unbrauchbar machen. Im Knochen ist sie zum Glück gut geschützt.«

»Wie kriegt ihr sie denn aus den Knochen heraus?«, fragte Fanni.

Vor dem Küchenfenster kam ein gelber Jaguar zum Stehen. Leni wandte sich zur Tür.

»Probe in Detergens einweichen«, rief sie zurück, »Gewebe quillt auf. Durch Zerreiben Zellwände aufbrechen. DNA liegt jetzt frei. Filtern. Ethanol zugeben, das sondert die DNA-Stränge aus, trennt die übrigen Zellbestandteile ab und entzieht der DNA die Wassermoleküle. Bingo, die Chromosomen sind geschnappt.«

Sie winkte und flog davon. Fanni sah sie zwei Sekunden später auf die Straße treten. In einer Hand trug sie ihre Wanderschuhe, in der anderen hielt sie den Rucksack. Thomas nahm ihr beides ab und versuchte, das Gepäck in einem Witz von Kofferraum zu verstauen. Als er sich bückte, konnte Fanni quer über seinem Rücken »Chiemsee« lesen. Leni stand neben der Beifahrertür, lächelte und zwinkerte zu Fanni hinauf. Thomas bemerkte es und machte eine kleine Verneigung in Richtung Küchenfenster. Dann stiegen sie ein. Fanni hätte auf die roten Ledersitze kotzen mögen.

4.

Der Tag nach dem Verbrechen an Mirza Klein – es war Freitag, der 10. Juni, Mirza war am 9. gestorben – verging recht still in Erlenweiler. Keine Polizisten mehr, keine Kriminalbeamten, die in Fannis Garten herumstocherten. Nicht einmal die Nachbarn standen auf der Straße und tratschten, weil der Fall für sie längst geklärt war. Man wartete nur noch darauf, dass der alte Klein hinter Gitter kam. Aber die Behörden ließen sich Zeit. »Kennt man ja«, sagte Herr Meiser.

Soweit Fanni vom Badezimmerfenster aus sehen konnte, werkelten Bene und sein Vater auf dem Hof, als sei Mirza bloß kurz zum Einkaufen in die Stadt gefahren.

Als Fanni am Nachmittag die verwelkten Pfingstrosen neben der Garage abschnitt, kam Böckl wieder über die Wiese herunter. Der Hund galoppierte zu Fannis Komposthaufen und schnüffelte dort herum.

»Hält sich recht tapfer, der Bene«, sagte Böckl. »Ob er wohl ganz begriffen hat, dass Mirza nie wieder kommt?«

»Ich glaub schon«, meinte Fanni. »Der Bene hat ja bereits Erfahrung mit dem Tod: seine Mutter, sein Bello …«

Böckl nickte. »Und was soll werden, wenn sie den Alten verhaften?«

Fanni schwieg und verflocht krampfhaft ihre Finger. Böckl schien zu merken, dass sie dieses bittere Szenarium nicht vor Augen haben wollte, denn er sprach schnell weiter. »Eigentlich glaube ich nicht, dass der Alte die Mirza erschlagen hat, das hätte er dem Bene niemals angetan.«

Schau an, dachte Fanni, ich stehe ja gar nicht komplett allein da mit meiner Meinung.

Bevor sie den Mund aufmachen konnte, pfiff Böckl seinem Wolfi, der an den verzahnten Holzlatten hochsprang, die Fannis Komposthaufen einfassten. »Haben Sie da ein Filetstück vergraben, Frau Rot?«, grinste er im Weitergehen. »Wolfi wollte gestern Abend schon reinklettern.«

Böckl trollte sich samt seinem Hund, und wenig später ging Fanni ins Haus, um zu packen.

Fanni, ihr Mann und Leni wollten über ein verlängertes Wochenende zu Vera, dem jüngsten Kind der Rots, ins Rheinische fahren. Vera hatte die ganze Familie zur Feier ihres sechsundzwanzigsten Geburtstages eingeladen. Fanni fragte sich manchmal, ob Vera auch nur ein einziges Gen von ihr geerbt hatte. Die ebenmäßige Nase vielleicht, die hatten alle ihre Kinder. Ansonsten kam Vera ganz nach Hans Rot, ihrem Vater. Veras Beine zeigten sich proportional zu ihrem Rumpf als zu kurz, als Ausgleich dafür schienen ihre Arme länger zu sein als nötig. Sie setzte um die Taille bereits Fett an, liebte Grillpartys und Small Talk. Sie fürchtete sämtliche Bücher, die Fanni, Leni und Leo angesammelt hatten.

Nach der mittleren Reife hatte Vera jede Form von Weiterbildung verweigert und unter dem Beifall von Hans Rot eine Lehrstelle bei der Sparkasse angenommen. Hinter dem Schalter verliebte sie sich in einen der Ressortleiter und heiratete ihn auf der Stelle. Kurz darauf zog das Paar in ein winziges Kaff am Rhein, wo Veras Mann das Haus seiner Großeltern erbte und einen Posten als Filialleiter bekam. Inzwischen belebten zwei Kleinkinder die Szene, und Vera versäumte keine Gelegenheit, ihre Eltern und Geschwister einzuladen. Auf Fanni wartete bei Vera ein Berg Bügelwäsche, auf Fannis Mann eine wuchernde Hecke, und auf Leo und Leni warteten Nichte und Neffe.

Ein Koffer voll Kleidung und zwei Kisten mit Feinkost für Veras Geburtstagsfeier standen bereit. Der Brokkoliauflauf köchelte in der Röhre. Es ging auf sechs Uhr zu, als Fannis Mann vom Büro nach Hause kam. Leni war noch nicht von ihrem Ausflug zurück.

Beim Essen erzählte Fanni ihrem Mann, dass Leni gegen halb zwölf mit Thomas Zacher im Jaguar davongefahren sei. Hans Rot hatte nichts davon mitbekommen, weil er seine Mittagspause an diesem Tag dazu nutzte, auf dem VdK-Frühlingsfest eine Runde zu drehen und im Festzelt kurz einzukehren. Grillhendl schmeckte ihm halt besser als Brokkoli und Co.

Er grinste anzüglich. Fanni schluckte ihren Missmut und begann sich langsam vorzutasten. »Der Vater vom Thomas betreibt eine Autoreparaturwerkstatt, sagt Leni, kennst du ihn?«

Hans Rot nickte. »Den Zacher Frieder in Regen kennt doch jeder. Außer Fanni Rot natürlich«, setzte er hinzu und schob angewidert ein Brokkoliröschen an den Tellerrand. Fanni fischte nach den Schinkenstücken in der Auflaufform, sammelte sie auf einem großen Löffel und ließ die gesamte Ausbeute auf seinen Teller gleiten.

Hans Rot geruhte weiterzusprechen. »Hat sich dumm und dämlich verdient, der Zacher, als die Kaserne in Regen jedes Jahr noch voller Rekruten gewesen ist. Alle haben ihre Schrottkisten bei ihm reparieren lassen. Er hat ein Ersatzteillager gehabt, größer als die Klein-Wiese.«

Hans Rot sortierte akribisch Brokkoli aus, und dann sagte er: »Obwohl der Zacher Ende der Achtziger unter Mordverdacht geraten ist, lief sein Geschäft tadellos weiter, bis die Bundeswehr mit den Einsparungen anfing.«

Fanni starrte ihren Mann entgeistert an. Er fragte: »Nie was von Anna Kreutzer gehört?«

Sie schüttelte den Kopf.

»Klar, sagte er, »mein Fannilein schaut sich jede ›Tatort‹-Folge zweimal an, aber was vor ihrer Nase passiert, bekommt sie nicht mit.«

Ende der Achtziger, dachte Fanni, da hatte ich dich, drei Schulkinder und Opa zu versorgen. Mitteilungen für mich waren auf Impftermine und Elternversammlungen reduziert.

Sie wartete, und ihr Mann bequemte sich zu erzählen. »Ein Busfahrer von der Frühschicht hat Anna gefunden. Sie war siebzehn und lag mausetot unterhalb einer Böschung an der B 85. Neben ihrer Leiche haben Polizisten die Schneestange entdeckt, mit der man sie erschlagen hatte. Es war eine von diesen Holzstangen, die im Winter den Straßenrand markieren«, fügte er erklärend an und seufzte. »Die anschließenden Ermittlungen haben dem Polizeiapparat wieder mal ein Armutszeugnis ausgestellt. Anna hatte Kopfverletzungen, Würgemale, eine Menge Abschürfungen, sie war sexuell missbraucht worden, und Blutspuren gab es noch und noch. Annas Sachen, Handtasche, Mantel, Wäsche lagen um sie herum verstreut. Alles, was der Kripo dazu einfiel, war, dass es vor dem Mord zu einem handgreiflichen Streit zwischen Täter und Opfer gekommen sein musste.«

Er lachte abfällig und öffnete die zweite Flasche Bier. »Um ihre Unfähigkeit zu bemänteln, hat die Polizei angefangen, wie wild zu ermitteln. Zwanzig Beamte von der KPI sind '87 im ganzen Landkreis Regen herumgewuselt und haben genau das herausgefunden, was alle Einheimischen längst wussten: Anna Kreutzer war ein Flittchen. Jeder Kneipenwirt kannte sie, schier jeder Stammgast hatte sie schon mal abgeschleppt. Treffer, freuten sich die Kriminaler, weil sie mit einem Schlag einen Haufen Verdächtige hatten. Jetzt mussten sie nur noch herauskriegen, in welcher Kneipe Anna an ihrem letzten Abend gewesen war – und Zugriff. Kinderspiel, meinten sie und lachten sich schon ins Fäustchen. Es war auch gar nicht schwer zu erfahren, dass Anna in der Nacht vor ihrem Tod im ›Gänseblümchen‹ herumhockte – bis drei Uhr früh. Der Wirt wurde bis zum Umfallen verhört, dann kamen die Gäste dran. Einer von ihnen war Frieder Zacher.«

Fannis Mann nahm einen großen Schluck Bier und feixte: »Ist ziemlich eng geworden für den Frieder. Er hat sogar ein paar Tage in U-Haft gesessen. Dort hat er zugegeben, dass er hie und da mit Anna auf der Stube gewesen war. Aber nicht in dieser Nacht, hat er steif und fest behauptet. Sie mussten ihn am Ende laufen lassen, weil ihn seine Frau mit einem Alibi versorgt hat. Ende der Geschichte.«

»Wie?«, fragte Fanni verdattert. »Der Mörder wurde nicht gefunden?«

»Damals nicht«, antwortete ihr Mann. »Der Fall Anna Kreutzer wurde '88 ad acta gelegt.«

»Und später?«, half Fanni nach.

»Später sind sie ja dann auf den Dreh mit den DNA-Tests gekommen. Plötzlich hatte einer die Idee, dass man damit im Fall Anna noch mal ansetzen könnte. Und prompt ist eine SoKo gegründet worden, 2002 glaub ich, war das. Nichts davon mitbekommen?«

Fanni erinnerte sich vage an eine etliche Jahre zurückliegende Aktion der Polizei im Landkreis Regen. Hunderte von Speichelproben waren damals gesammelt und verglichen worden – womit? Sie fragte nach.

»Der Rechtsmediziner, der Anna in den Achtzigern auf dem Tisch hatte, war ein kluger Kopf«, antwortete ihr Mann. »Er hat unter ihren Fingernägeln Hautfetzen gefunden, und die hat er eingefroren. 2002 hat man das Zeug dann aufgetaut und eine fremde DNA darin entdeckt. Frieder Zacher, jetzt geht's dir an den Kragen, haben alle gedacht. Aber seine DNA war es nicht. Der Wirt vom ›Gänseblümchen‹ und die anderen Gäste wurden auch entlastet. Den Kriminalern war schon ziemlich mulmig. Da hat der Staatsanwalt einen Massengentest durchführen lassen. Monatelang nichts. Ein Haufen Geld verpulvert und wieder Sense. Als schon niemand mehr damit gerechnet hat, ist er ihnen ins Netz gegangen. Ein Glasbläser aus Frauenau hatte Anna umgebracht. Er hat später gestanden, dass er Anna aus dem ›Gänseblümchen‹ hatte kommen sehen, dass er ihr angeboten hat, sie nach Hause zu fahren, und dabei zudringlich geworden ist. Er hat sie bedrängt, sie hat sich gewehrt. Er hat nicht nachgegeben, sie ist aus dem Auto gesprungen. Er hat sie verfolgt, sie hat ihn gebissen und gekratzt. Da hat er sie mit einer Schneestange erschlagen, peng.«

Frieder Zacher ist also rehabilitiert, dachte Fanni, er hat keinen Mord begangen. Weiß ist seine Weste trotzdem nicht.

»Seltsam«, riss Hans Rot sie aus ihren Gedanken, »kaum war es amtlich, dass Frieder mit dem Mord an Anna nichts zu tun hatte, ist es mit seinem Geschäft abwärts gegangen. Die Kaserne ist geschrumpft, seine Frau hat die Scheidung eingereicht und sich ihren Anteil auszahlen lassen, und der Steuerprüfer hat sich in seinem Büro häuslich eingerichtet. Eine Zeit lang musste Frieder ganz schön strampeln. Aber seit er Autos nach Osteuropa verschiebt, steht er wieder ganz gut da.«

Fanni wollte eben auf den Jaguar zu sprechen kommen, da bog der Schlitten in die Zufahrt. Hans Rot ging hinaus, um seine Tochter zu begrüßen und mit Thomas Zacher ein Schwätzchen zu halten.

Fanni blieb am Tisch sitzen und sinnierte über die Beziehung zwischen Leni und Thomas nach. Nichts wies darauf hin, dass mehr dahintersteckte als eine lockere Freundschaft. Thomas war noch nie über Nacht im Haus der Rots geblieben, und in Lenis Vokabular kam sein Name weit seltener vor als der Ausdruck DNA oder das Wort »Bandenmuster«. Trotzdem. Vielleicht hatte sich Thomas längst in Lenis Wohnung in Nürnberg eingenistet und war auf Lenis - Lenis Seele aus.

Quatsch, rief sich Fanni zur Ordnung, Thomas ist ja nicht Mephisto. Trotzdem. Fanni wollte endlich wissen, wie Thomas Luxuswagen und Designerklamotten finanzierte und wie er zu Leni stand. Sie nahm sich vor, Leni auf der Fahrt zu Vera ein wenig auszuhorchen.

Leni erzählte ihr eine ganze Menge. Von den Kollegen im Labor, von dem Professor, der ihre Doktorarbeit betreute, von den ungenießbaren Gerichten in der Cafeteria, die jede Diät überflüssig machten, und von dem neuen Gerät für Gelelektrophorese, das zwei Wochen lang nicht funktioniert hatte.

»Gel-elektro-phorese?«, echote Fanni.

»Ja! Weißt du, Mami, so ein Apparat kann unterschiedlich lange DNA-Fragmente der Größe nach ordnen. Das ist ganz wichtig, denn so entsteht das Bandenmuster. Man pipettiert DNA-Stücke auf eine Gelplatte, die an ein elektrisches Feld angeschlossen ist. Wegen der negativen Ladung der DNA bewegen sich die DNA-Fragmente zum positiven Pol der Platte. Kurze Stücke wandern schneller durch die Poren des Gels als lange. Nach einiger Zeit wird das elektrische Feld abgeschaltet und die DNA-Fragmente liegen der Größe nach auf der Gelbahn. Zwei Wochen lang sind die DNA-Fragmente jedes Mal wie ein Heringsschwarm im Kreis geschwommen, anstatt sich ordentlich aufzureihen. Es hat einfach nicht funktioniert, bis Thomas auf den rettenden Einfall kam.«

»Thomas Zacher?« Fanni hatte ihn glatt vergessen.

»Ja, Thomas! Er hat gemeint, wir sollten doch mal nachsehen, ob der Apparat ans richtige Netzteil angeschlossen ist. Bingo. Die Gelelektrophorese kann natürlich nur dann klappen, wenn sich die Pole nicht ständig ändern, so wie es bei dem Wechselstrom aus der Steckdose der Fall ist. Zwischen Steckdose und Gelplatte muss deshalb ein Netzteil mit Gleichrichter geschaltet werden. Wir hatten eines ohne.«

Hans Rot bog sich vor Lachen. Fanni nutzte ihre Chance. »Kennt sich denn Thomas in Molekularbiologie aus?«

»Das weniger«, kicherte Leni. »Thomas unterrichtet seit ein paar Monaten Elektrotechnik an der Berufsschule in Straubing, und dabei erlebt er täglich mehr Fehler und Irrtümer, als er je ausmerzen kann.«

»Oh, ich dachte, Thomas arbeitet in der Werkstatt seines Vaters«, hakte Fanni nach.

»Nur manchmal, zum Spaß«, erklärte Leni, »wenn ein ausgefallener Wagen hereinkommt oder wenn es Probleme mit irgendwelchen Schaltkreisen gibt. Thomas hat nie vorgehabt, die Werkstatt zu übernehmen, auch wenn sein Vater das gern gesehen hätte und ihn quasi gezwungen hat, eine Kfz-Mechaniker-Lehre zu machen. Sobald Thomas volljährig war, hat er sich an der FOS eingeschrieben und das Abitur nachgemacht. Danach hat er an der FH Elektrotechnik studiert. Im Moment ist er auf Wohnungssuche. Jeden Morgen fast fünfzig Kilometer von Regen nach Straubing zu fahren und am Abend dasselbe wieder zurück wird auf Dauer quälend. Er hat allerdings seinem Vater versprochen, samstags in der Werkstatt auszuhelfen. Manchmal ist da der Teufel los. Seit Thomas' Vater die Schwester eines Getriebeölhändlers aus Prag geheiratet hat, bekommt er noch mehr Autos zur Reparatur.«

Er frisiert Diebesgut, dachte Fanni. Weiß man doch, wie so was geht. Seriennummern werden aus Motorblöcken geschliffen, ein neuer Tacho wird eingebaut, und umgespritzt wird sowieso.

»Da wären wir«, sagte Hans Rot.

5.

Fanni und ihr Mann kamen am Dienstag, den 14. Juni, spätabends nach Erlenweiler zurück. Sie hatten Leni in Nürnberg abgesetzt.
»Und dein Auto?«, hatte Fanni gefragt.
»Das steht gut bei euch unter dem Birnbaum. Während der Woche brauche ich es sowieso nicht. Spritzt du es mit dem Dampfstrahler ab, Papa?«

Fanni packte aus, wusch die Wäsche und so verging der halbe Mittwoch. Gegen zwei Uhr nachmittags machte sie sich mit einer Schüssel voll Kartoffelschalen auf den Weg zum Kompost. Seit dem vergangenen Donnerstag hatte sie jedes Mal eine unsichtbare Wand eintreten müssen, bevor sie ihren Biomüll entsorgen konnte. Wie hoch ist die Wahrscheinlichkeit, fragte sie sich jetzt, als sie aus dem Haus trat, dass du, Fanni Rot, ein zweites Mal im eigenen Garten eine Leiche findest?

Sie war schon am Komposthaufen, als ihr die Antwort einfiel: verschwindend gering, ebenso gering, als würde dein Mann zugeben, dass Kegelschieben eine hirnlose Beschäftigung für frustrierte, schmerbäuchige alte Knacker ist.

Fanni beugte sich über die imprägnierten Holzlatten, die den Grünabfall in Schach hielten, und klatschte die Kartoffelschalen auf ihre verfaulten Vorgänger. Dann schwenkte sie herum und schaute über die Wiese hinauf zum Klein-Hof. Niemand zu sehen.

Man sollte, dachte Fanni und meinte sich selbst, hinaufgehen und ein paar passende Worte sagen. Man sollte Hilfe anbieten und dem Bene irgendwie Mut machen. Der arme Kerl muss verrückt sein vor Kummer.

Fanni wurden die Beine schwer. Später, wand sie sich heraus, am Abend, morgen.

Sie beschattete die Augen mit der flachen Hand und nahm den Hof noch mal ins Visier. Eine Gestalt bog ums Hauseck und hielt auf die Wiese zu.

Der Alte ist das nicht, sagte sich Fanni, der hinkt, seit er mit dem rechten Fuß unter das Güllefass geraten ist. Bene? Nein, auch nicht. Der schlenkert immer so auffällig mit den Armen beim Gehen. Und überhaupt, warum sollten Bene oder gar der Alte über die Wiese herunterkommen, zu Fuß, ohne den Traktor samt Mähwerk unterm Hintern?

Fanni kniff beide Augen zu Schlitzen, und da erkannte sie die Gestalt, die sowieso schon auf knapp zwanzig Meter heran war und ihr winkte.

Es war Sprudel.

Fannis Mundwinkel schoben sich eigenmächtig etliche Millimeter nach oben.

Sprudel begrüßte sie mit »Guten Tag, liebe Frau Rot«, und Fannis Mundwinkel hoben sich noch ein Stückchen. Bei Sprudels nächsten Worten sackten sie wieder hinunter.

»Ich wollte Ihnen mitteilen, Frau Rot«, sagte Sprudel, »dass ich soeben den alten Klein verhaften musste. Ihre Theorie ist zwar gut, Frau Rot, aber die Beweise gegen Klein sind ziemlich stichhaltig.«

»Es gibt Beweise?«, fragte Fanni baff.

»Ja«, sagte Sprudel, »ich erkläre Ihnen gerne alles, wenn Sie wollen. Die Presse haben wir bereits informiert, und darum darf ich darüber reden. Morgen steht es dann auch in der Zeitung – verdreht, aufgeplustert und marktschreierisch.« Er murmelte noch etwas in seinen Hemdkragen, das wie »Witzblätter, hinterwäldlerische« klang. Gute Charakterisierung für unsere Zeitungsausgaben, fand Fanni, hätte aber nicht darauf gewettet, alles richtig verstanden zu haben. Sie bat Sprudel ins Haus und schaltete die Kaffeemaschine ein.

»Seit heute früh«, sagte Sprudel, »liegt der Befund aus der Gerichtsmedizin vor. Ein stumpfer Gegenstand, es ist vermutlich – wie wir alle bereits angenommen haben – ein mittelgroßer runder Stein gewesen, traf einmal schwach und ein zweites Mal mit beachtlicher Wucht auf Mirzas großen Keilbeinflügel rechts.« Sprudel tippte auf die flache Mulde zwischen seiner Augenbraue und dem Wangenknochen.

Fanni stellte zwei Tassen auf den Tisch. Sie hatte Sprudels Demonstration nicht nötig, sie wusste neuerdings, wo das Keilbein im Schädel saß. Während des Besuchs bei Vera war natürlich auch Mirzas Tod diskutiert worden. »An was stirbt denn einer, der einen

Stein an den Kopf kriegt?«, hatte Vera gefragt, und Leni hatte mit einer Nektarine als Tatwaffe die für sie einzig denkbare Art und Weise nachgestellt und erklärt.

»Der zweite Aufprall«, sagte Sprudel, »hat eine Schädelfraktur verursacht, die spontan zum Tode führte.«

Fanni schenkte den Kaffee ein und sprach an Sprudels Stelle weiter. »Die innere, sehr poröse Schicht des Schädels ist durch den Schlag zersprungen. Die Splitter haben Hirn und Gefäße verletzt und dadurch Blutungen verursacht. Mirza blutete aus Nase und Ohren.«

Sprudel merkte anscheinend, dass er den Mund offen hatte, und nahm schnell einen Schluck Kaffee. Fanni stellte einen Teller mit zwei Butterhörnchen neben Sprudels Tasse.

»Der Todeszeitpunkt«, sagte Sprudel, »liegt – weit gegriffen – zwischen neun und elf Uhr morgens.«

Fanni nickte, sie hatte Mirza um elf gefunden, und da war Mirza tot gewesen.

»Unter den Fingernägeln von Mirza Klein hat der Rechtsmediziner Hautpartikel entdeckt«, kam Sprudel zum springenden Punkt.

»Meine Güte«, schnappte Fanni, »und darin fand sich DNS vom alten Klein!«

»Richtig, Miss Marple«, lobte Sprudel, »aber das ist noch nicht alles. Man hat Flecken auf Mirzas Kleidung entdeckt und Proben davon untersucht und –«

»– Speichel vom Alten gefunden«, fiel Fanni ein.

Sprudel musste lachen.

»Damit ist der alte Klein überführt«, sagte er dann ernst.

»Aha«, verkündete Fanni, und die Ironie in ihrer Stimme fiel sogar dem Gummibaum neben der Glastür zur Terrasse auf.

Sprudel biss irritiert in ein Butterhörnchen, kaute intensiv, schluckte und sagte bedächtig: »Der Staatsanwalt geht von folgendem Tathergang aus: Mirza und der Alte hatten wieder einmal Streit. Der Alte machte Anstalten, tätlich zu werden, deshalb flüchtete Mirza über die Wiese. Er rannte hinterher und erwischte sie, als sie gerade Ihr Grundstück queren wollte, Frau Rot. Bei den Johannisbeerstauden bekam er sie zu fassen und schlug ihr mit einem Stein den Schädel ein.«

»Der Gerichtsmediziner hat also blaue Flecken an Mirza entdeckt, da wo der Alte sie gepackt hat?«, fragte Fanni. »Und die Spurensicherung hat auf der Wiese Abdrücke von Mirzas Sandalen und von den Schuhen des Alten gefunden, und der Stein, an dem noch Haare von Mirza klebten, lag unter dem Bett des Alten?«

»So eindeutig ist die Beweislage leider nicht«, gab Sprudel zu. »Weitere Verletzungen waren bei Mirza merkwürdigerweise nicht festzustellen, und die Tatwaffe ist verschwunden. Vielleicht hat der Alte den Stein einfach in die Güllegrube geworfen. Selbst wenn wir den richtigen Stein da herausholen könnten, wären keine verwertbaren Spuren mehr darauf. Was die Fußspuren angeht: Nur die von Mirza waren zu erkennen, weil sich die spitzen Absätze der Sandalen durch die Grashalme in die Erde gebohrt haben.«

»Damit ich das alles richtig verstehe«, sagte Fanni, nachdem sie eine Weile in ihre Kaffeetasse gestarrt hatte, »die beiden streiten. Der Alte hebt einen Stein auf und geht auf Mirza los. Sie rennt weg, über die Wiese auf meinen Garten zu. Der Alte hinkt mit dem Stein in der Hand hinterher. Er ist dreißig Jahre älter als Mirza, zwanzig Kilo schwerer und hat einen lädierten Fuß. Das alles hindert ihn aber nicht daran, Mirza einzuholen, ohne auf der Wiese ein paar umgeknickte Halme zu hinterlassen. Auf meinem Grundstück, gleich neben dem Grenzmäuerchen, merkt Mirza, dass sie keine Chance hat gegen den Alten. Diese Erkenntnis lässt sie umgehend zur Salzsäule erstarren, und der Alte kann Mirza in aller Ruhe das Keilbein zertrümmern. Er lässt sie liegen, hinkt mit dem Stein in der Hand über die Wiese zurück, wieder ohne Spuren zu hinterlassen, und versenkt seine Tatwaffe in der Güllegrube.«

Fanni schwieg. Für so ein mieses Drehbuch würde sich Wachtveitl nicht hergeben, ging es ihr durch den Sinn. Und dann blitzte in Fannis Hirn ein Gedanke auf: Wenn gleich nach der Tat auf der Klein-Wiese nur Mirzas Spuren vorhanden waren, dann *muss* ihr Mörder von woanders hergekommen sein!

»Na ja«, sagte Sprudel indessen, »einholen hätte der Alte Mirza wohl schon können. Sie hat hochhackige Schuhe angehabt und ein recht enges Röckchen, da kann man nicht so schnell laufen.«

»Und was glauben Sie, hatte der alte Klein an den Füßen?«, fragte Fanni.

Sprudel zuckte die Schultern.

»Seit ich den Alten kenne«, erläuterte Fanni, »trägt er Sommer wie Winter Lederschlappen, und die bastelt er selber. Er sucht sich ein Paar ausgelatschte Schuhe – weiß der Himmel wo er sie hernimmt – und schneidet die Fersenstücke heraus. Nur einen schmalen Rand lässt er stehen. Dann trägt er diese Latschen, bis sie Löcher in den Sohlen haben. Früher mal, da hatte der Alte auch ein Paar gute Schuhe für die Kirche. Aber in der Kirche ist er zum letzten Mal gewesen, als seine Frau beerdigt wurde. Wenn der Alte hinter Mirza her über die Wiese gerannt wäre, dann hätten sie wahrscheinlich nicht nur seine Fußabdrücke gefunden, sondern auch seine Schlappen.«

Keine Spuren außer Mirzas, überlegte sie. Wie konnte das möglich sein? Fanni und ihre Nachbarn liefen doch ständig über die Klein-Wiese, wenn sie ihre Milch holten.

Und wann holen sie die Milch? Meist abends nach dem Melken! Über Nacht richten sich die Grashalme halbwegs wieder auf. Schlussfolgerung: An dem Morgen als Mirza starb, hatte außer ihr selbst noch niemand die Wiese betreten.

Fanni nickte vor sich hin, was ihr Hirn da produzierte, hatte Hand und Fuß.

Sprudel wirkte verunsichert. »Sie haben ja recht, Frau Rot«, sagte er. »Das, was wir uns da im Kommissariat zurechtgeschneidert haben, hat seine Schwächen; große Schwächen, wie mir jetzt erst richtig aufgeht. Andererseits sind da diese Hautpartikel unter Mirzas Fingernägeln und die sind ein unumstößlicher Beweis gegen den Alten. Das sagt jedenfalls mein junger Kollege, und der hat Abitur, und am Schalthebel sitzt er auch, weil ich in zwei Wochen in Pension gehe.«

»Und deshalb, Sprudel, wollen Sie den alten Klein unschuldig einbuchten?«, fragte Fanni.

»Unschuldig!«, schnaubte Sprudel. »Wir haben *Beweise*!«

»Ihren Lieblingsbeweis kann ich entkräften«, sagte Fanni.

»Da bin ich aber gespannt«, antwortete Sprudel.

Fanni zögerte zwei Sekunden lang. Was trieb sie bloß dazu, ständig die Polizei belehren zu wollen? Dann gab sie sich einen Ruck. Wie schon vergangene Woche, war sie auch diesmal zu weit vorgeprescht, um noch umkehren zu können.

»Vielleicht hört es sich so an, als hätte ich mir die Sache gerade eben ausgedacht, um den Alten zu entlasten und meine eigene Theorie zu unterstützen. Habe ich aber nicht«, meinte sie forsch.

»Gut«, sagte Sprudel, »ich gehe davon aus, dass Sie mir keinen Bären aufbinden.«

»Ab und zu ist es vorgekommen«, erzählte Fanni daraufhin, »dass ich in die Milchkammer oder in Mirzas Küche geriet, wenn Mirza und der Alte gerade ihre Zankereien austrugen. Es ging dabei nie um irgendwas Spezielles. Der Alte maulte Mirza an, sie gab mit gleicher Münze zurück, und so haben sich beide gegenseitig hochgeschaukelt. Der Showdown sah dann meist folgendermaßen aus: Der Alte blökte ›Saumensch‹ und spuckte. Mirza zischte ›Misthammel, das Spucken treib ich dir noch aus‹, trat einen Schritt an den Alten heran und kratzte mit den Fingernägeln ihrer ganzen Hand über seinen Arm.«

Sprudel schüttelte ungläubig den Kopf.

Fanni seufzte. »Keifen und Poltern und Drohgebärden machen, das ist die Art des Alten, mit jemandem umzugehen, den er auf seine zwiespältige Weise recht gern hat.« Sie rückte ihre leere Tasse zur Seite, schob den Oberkörper bis zur Mitte des Tisches vor, starrte Sprudel in die Augen und sagte nachdrücklich: »Mirza hat das gewusst! Und sie hat es genauso gemacht wie Bello. Sie hat das Spiel mitgespielt. Mirza hatte keine Angst vor dem Alten, nicht die geringste!«

Fanni lehnte sich wieder zurück und schwieg.

Von Sprudel kam keine Reaktion.

Fanni wartete. Als ihr Sprudels Reglosigkeit unerträglich wurde, fügte sie hinzu: »Glauben Sie mir wenigstens eines, Sprudel: Mirza hatte wirklich keine Angst vor dem Alten. Sie wäre nie vor ihm davongelaufen.«

Die Kaffeekanne war längst leer, die Butterhörnchen waren aufgegessen. Sprudel stand auf und murmelte: »Danke, Fanni.« Offenbar bemerkte er gar nicht, dass er sie beim Vornamen genannt hatte. Ein wenig steifbeinig ging er zur Tür. Fanni folgte ihm. Wie bei seinem ersten Besuch blieb er plötzlich stehen. Aber heute war Fanni darauf vorbereitet.

Sprudel sagte: »Ich möchte mir das, was Sie mir gerade erzählt haben, gerne noch mal in aller Ruhe durch den Kopf gehen lassen. Darf ich morgen wieder vorbeikommen?«

Fanni nickte. Es war sowieso schon ziemlich spät.

Für das Abendessen hatte sie allerdings schon am Mittag vorgesorgt. Die Lasagne stand bereits im Backrohr. Fanni stellte die Oberhitze auf 200 Grad ein.

»Du brätst dich jetzt zu einer schönen, dicken braunen Kruste«, sagte sie zu der Käseschicht obenauf, damit der Chef nicht stänkert, während er isst.«

Bis dahin würde es noch gut eine halbe Stunde dauern, und deshalb entschied sich Fanni, bei Leni anzurufen. Sie wollte ihrer Tochter berichten, was die Polizei betreffs Mirzas Tod ermittelt hatte. Falls Leni nicht gerade in Eile war, wollte ihr Fanni ihre eigenen Überlegungen dazu schildern. Leni würde verstehen, und sie würde etwas Vernünftiges dazu sagen, etwas, das wiederum Fanni verstand.

Fanni wählte. Leni hatte Zeit. Sie hörte ihrer Mutter verblüfft zu und dann sagte sie: »Ich kann mir da kein Urteil erlauben, Mama. Mirza kannte ich ja nur vom Sehen, und dem alten Klein bin ich schon immer am liebsten aus dem Weg gegangen. Aber es kommt mit plausibel vor, was du sagst. Du solltest deine Hypothese der Polizei mitteilen. Und Mama, lass dich bloß nicht von Papa einschüchtern.«

Fanni gestand ihrer Tochter die Unterhaltung mit Sprudel.

»Na siehst du«, sagte Leni, »manchmal findet sich doch noch einer mit ein bisschen Hirn unter den Dorfzauseln. Ihr gebt bestimmt ein gutes Gespann ab ihr beide – Mama sprudelt.« Sie kicherte ausgelassen.

»Albernes Gör«, sagte Fanni und legte auf.

»Der alte Klein ist verhaftet«, vermeldete Fannis Mann, während er ein Stückchen Speck kaute. »War auch höchste Zeit.«

Die Nachbarn hatten es also schon spitz bekommen und über den Zaun getuschelt.

»Meiser sagt, er selber hat in den vergangenen Tagen aus gutem Grund den Klein-Hof scharf im Auge behalten«, betete Fannis Mann nach, was auf der anderen Straßenseite gepredigt wurde. »Meiser sagt, er wäre auf der Stelle persönlich eingeschritten, wenn der Alte Miene gemacht hätte, sich zu verdrücken. Egal, was Mirza für eine war, davonkommen sollte ihr Mörder nicht.«

Na klar, dachte Fanni, dieser Mordfall quasi vor seiner Haustür ist ein gefundenes Fressen für Meiser. Hoffentlich platzt er vor lauter Wichtigtuerei. Wäre kein großer Schaden für Erlenweiler.

Ihr Mann sprach bereits weiter. »Meiser ist sofort zum Klein-Hof hinaufgegangen, als er gesehen hat, wie das Polizeifahrzeug an Erlenweiler vorbei zum Hof gefahren ist. Falls sie Hilfe brauchten, die Polizisten. Hätte doch leicht sein können, dass sich der Alte schnell ein Versteck sucht, irgendwo in Benes Schrottlager hinter den verrosteten Dreschtrommeln.«

Fanni stellte sich die entsprechende Szene vor und musste sich auf die Lippen beißen, um nicht laut herauszulachen. Meiser zwischen stumpfen Sensenblättern und verschmierten Ölkannen herumkrabbelnd auf der Suche nach dem Alten, der Alte ängstlich unter den verbogenen Zinken eines Kreiselheuers kauernd, hinter Türen und Fenstern ein halbes Bataillon Polizisten mit den Waffen im Anschlag.

»Aber das glatte Gegenteil war der Fall«, redete Fannis Mann indessen weiter, »Meiser sagt, der Klein hat mordsherrisch getan und sich so saugrob aufgeführt wie immer. Blöde Hammeln hat er die Polizisten genannt und Hornochsen. Der glaubt wohl, mit genügend Dreistigkeit kommt er wieder heraus aus der Geschichte. Da hat er sich aber geschnitten. Diesmal siegen die Beweise und nicht das ungehobelte Mundwerk!«

»Sagt Meiser«, flüsterte Fanni.

»Was wollte denn eigentlich der Kripoheini schon wieder von dir?« Fannis Mann häufte sich noch mal Pasta mit viel Käse auf den Teller.

Meiser hatte also gelauert und gepetzt!

»Ich habe ihm gesagt«, antwortete Fanni, »dass ich glaube, der Alte war es gar nicht.«

Fannis Mann erstickte schier an einem Stück Kruste, so musste er lachen. »Frau Fanni Rot belehrt die Polizei! Frau Fanni darf das, weil sie jede Woche ›Tatort‹ schaut im Fernsehen!«

Fanni aß langsam ihren Teller leer, während ihr Mann prustete und schnaubte und schluckte. Als er sich beruhigt hatte, sagte sie:

»Was soll denn jetzt aus dem Bene werden und aus dem Hof? Die Mirza tot und der Alte weggesperrt. Ganz allein schafft er es nicht, der Bene.«

»Ja soll man einen Mörder laufen lassen, damit jemand da ist, der den Kretin hütet?«, blafftc Fannis Mann. »Da dürfte man überhaupt niemanden mehr einsperren, wenn es danach geht, ob er irgendwo gebraucht wird. Im Übrigen haben die Nachbarn gerade erzählt, dass bald eine Dorfhelferin auf den Hof kommt. Der Meiser kümmert sich darum. Das ist jetzt ganz dringend, sagt Meiser, sonst passiert noch ein Unglück. Heute, sagt Meiser, hat er gerade noch verhindern können, dass der Bene, der Volltrottel, mit seiner Schweißflamme den Hof abfackelt.«

Fanni schüttelte verwundert den Kopf. Bene konnte kein Einmaleins und kein Halma, er konnte schlecht vorausplanen, und Zeitangaben bekam er selten richtig hin, aber mit einem Schweißapparat umgehen, das konnte er.

»Meiser sagt«, hörte Fanni ihren Mann wieder reden, »seine Frau bringt dem Bene jetzt gleich noch einen Teller Gulaschsuppe, damit er was Anständiges in den Magen kriegt nach der Stallarbeit. Das muss man den Meisers wirklich hoch anrechnen.« Fannis Mann legte die Gabel weg, zog den vergilbten Zahnstocher aus dem Griff seines Schweizer Messers und sprach weiter, während er in den Zähnen pulte. »Immer zur Stelle, wenn sie gebraucht werden, die Meisers. Die igeln sich nicht hinter der verschlossenen Haustür ein, stecken den Kopf in irgendeinen Schmöker und lassen andere Hand anlegen, wo es nottut. Der Meiser hat auch den Polizisten geholfen, die hier überall nach Spuren gesucht haben, sogar was zu trinken hat er ihnen gebracht, weil es so warm war an dem Tag, sagt seine Frau. Die kümmern sich eben, die Meisers.«

»Um jeden Dreck«, flüsterte Fanni und hatte ein verdammt schlechtes Gewissen dabei. Warum bloß konnte sie sich nicht dazu aufraffen, selbst mal nach Bene zu sehen? Sie kannte ihn doch schon seit jener Zeit vor dreiundzwanzig Jahren, als er den ganzen Nachmittag über glucksend und strampelnd in seinem Kinderwagen gelegen hatte, der bis April in der Stube stand und ab Mai auf der Gred.

Weil du eine feige Drückebergerin bist, Fanni Rot!

Teil II

1.

Am Donnerstag, es war der 16. Juni, und Mirza war bereits eine Woche tot, setzte Fanni gleich nach dem Frühstück Hefeteig für böhmische Dalken an.

Sprudel hat eine nette Abschiedsgeste verdient, rechtfertigte sie sich, er war so aufmerksam. Vielleicht hat er sich sogar ernsthafte Gedanken über meine Darlegungen gemacht. So oder so, Sprudel wird nicht wiederkommen.

Fanni versuchte, darüber erleichtert zu sein, und es gelang ihr nicht.

Mirzas Tod hat eine Menge durcheinandergebracht, dachte sie, während sie den Teig knetete. Mitten am Nachmittag bekomme ich Herrenbesuch, ich mische mich unaufgefordert in die Arbeit der Polizei, und ich fühle mich irgendwie … beflügelt. Zeit, dem Ganzen ein Ende zu machen. Die Polizei kommt ganz gut ohne mich zurecht. Und Sprudel auch – schade.

Fanni wurde ein bisschen rot. Meine Güte, rüffelte sie sich selbst, sei nicht kindisch, Fanni, du bist fünfundfünfzig, hast erwachsene Kinder, Enkel, und überhaupt: Schuster bleib bei deinen Leisten.

Gegen Mittag, als das Hefegebäck im Ofen bräunte, ging Fanni nach draußen, um die Zufahrt zu fegen. Sie nahm zwei ausgepresste Zitronenhälften für den Komposthaufen mit. Weit kam sie allerdings nicht. Das Fenster zu Frau Pramls Bügelzimmer stand offen, und Fanni hörte deutlich deren keifende Stimme: »Du hast ihr noch unter den Rock geglotzt, da ist die Mirza schon tot auf der Gartenmauer gelegen!«

Fanni bremste abrupt.

Herrn Pramls Antwort drang nur als leises Grollen nach draußen.

Gut, dass seine Frau eine Stimme wie eine rostige Kreissäge hat, freute sich Fanni zum ersten Mal, seit sie neben Pramls wohnte, als Frau Praml wieder ansetzte: »In letzter Zeit bist du jeden Tag zum Klein-Hof gerannt. Einmal wolltest du die neue Melkmaschine anschauen, ein anderes Mal das Stierkalb bewundern. Erst neulich musstest du dem Bene das gute Schmierfett zum Ausprobieren vorbeibringen. Ausreden waren das, Vorwände, um die Mirza wolltest du rumscharwenzeln.«

Fanni hielt die Luft an. Sollte sich Praml wirklich an die Mirza herangemacht haben? Kaum zu glauben. Er war so ein Stiller, der Praml, machte selten den Mund auf. Verständlicherweise, denn seine Frau kreischte laut genug für beide.

»Kein Wort glaub ich dir!«, jaulte sie gerade eben. »Ich bin doch nicht blind. Das hab ich doch selber gesehen, wie du hingestarrt hast, wenn sich die Mirza über die Milchkübel gebeugt hat.«

Herrn Pramls neuerliches Grollen klang deutlich auf »tot« aus, und im selben Moment knallte eine Tür ins Schloss.

Schade, dachte Fanni, eilte zum Kompost und dann schleunigst zurück ins Haus. Die Dalken mussten aus dem Ofen.

Als Sprudel gegen zwei Uhr nachmittags an der Tür klingelte, stand das Gebäck mit Puderzucker bestäubt neben der vollen Kaffeekanne.

Sprudel biss in einen Dalken hinein, verdrehte die Augen, als würde ihn solcher Genuss vom Fleck weg ins Paradies schicken, und erging sich in Lobeshymnen. Fanni strahlte, trübte aber schnell wieder ein.

»Rezept von Mirza«, sagte sie, »damit wenigstens ein bisschen was von ihr zurückbleibt.«

Sprudel nickte und dann sagte er: »Fanni, ich habe die halbe Nacht lang über Mirza und den Alten nachgedacht. Darüber, wie der Alte durch sein Spucken eine Art Körperkontakt zu Mirza herstellen wollte, und darüber, wie sie darauf eingegangen ist und wie sie seine ›Zärtlichkeit‹ auf die einzige Manier erwiderte, die der Alte ertragen konnte.«

Fanni strahlte wieder. »Du hast mich verstanden, Sprudel.«

Sie konnte nicht anders, sie musste ihn duzen, weil er so wunderbar in Worte gefasst hatte, was sie ihm begreiflich zu machen versucht hatte, ohne es selber so recht zu durchschauen.

»Ja«, sagte Sprudel, »ich habe verstanden, und das kompliziert die Sache um Zehnerpotenzen.«

»Mindestens«, grinste Fanni, »weil du keinen Täter mehr hast und nicht weißt, wo du einen hernehmen sollst.«

»Sehr richtig«, stimmte Sprudel zu, »und das ist überhaupt nicht lustig – oder hast du etwa einen anzubieten?«

»Nein«, sagte Fanni. Sie benötigte genau zwei Sekunden, um alle guten Vorsätze des Vormittags über Bord zu werfen, und fuhr fort: »Aber einen Weg in seine Richtung.«

Sprudel nahm sich den dritten Dalken, biss hinein und hielt Fanni demonstrativ sein großes Ohr hin.

Fanni legte los: »Deine Kollegen haben am Mordtag auf der Klein-Wiese nur Mirzas Fußspuren finden können. Warum gehen wir also nicht einfach davon aus, dass auch keine anderen da waren, Sprudel?«

Sprudel spülte dem Dalken Kaffee nach und blinzelte Zustimmung zu Fannis neuem Ansatz.

Fanni wagte sich weiter. »Mirza ist also alleine und in aller Ruhe über die Wiese heruntergekommen und ist auf mein Grundstück spaziert – fragt sich, was wollte sie hier?«

»Bei Fanni Johannisbeeren klauen«, schlug Sprudel vor.

»Noch nicht reif«, konterte Fanni, »und außerdem kein Grund für mich, Mirza zu erschlagen.«

»Für dich wäre es sowieso ziemlich schwierig gewesen, Mirza das Keilbein zu zertrümmern«, sagte Sprudel. »Mirza war gut zehn Zentimeter größer als du, mit ihren Stöckelschuhen eher fünfzehn. Laut Rechtsmedizin hat aber eine Person den tödlichen Schlag ausgeführt, die mindestens so groß wie Mirza war – oder auf der Grenzmauer stand. Du hättest also auf das Mäuerchen klettern müssen, um ihr den Schädel einzuschlagen, und sie hätte geduldig und in der richtigen Position abwarten müssen, bis du so weit gewesen wärst. Aber selbst aus einem günstigen Winkel heraus wärst du womöglich nicht stark genug gewesen, Mirza tödlich zu verletzen.«

»Da irrst du dich, Sprudel«, widersprach Fanni vehement. »Ich habe eine gute Kondition, und kräftig bin ich auch. Ich war früher viel in den Bergen mit meinem Mann.«

Als er noch keinen Schmerbauch hatte, fügte sie im Stillen hinzu und sagte dann wieder laut: »Ich war es aber trotzdem nicht.«

»Zum Glück«, schmunzelte Sprudel, »so ein rankes Stängelchen wie dich könnte man nicht mal einsperren. Um auszubrechen, bräuchtest du dich nur durch die Gitterstäbe zu zwängen, und weg wärst du.«

Fanni lachte. »Möglich, ich habe es sogar einmal geschafft, durch die gekippte Terrassentür ins Haus einzusteigen – ich hatte mich ausgesperrt.«

Sprudel sah sich die Tür an. »Fanni, du flunkerst, der Spalt ist höchstens fünf Zentimeter breit, da kommst auch du nicht durch.«

»Hier unten nicht«, gab Fanni zu, »aber hier, weiter oben. Ich bin draußen auf den Tisch gestiegen und habe mich durch den Spalt gequetscht, der gut fünfzehn Zentimeter hergibt, wenn man ein bisschen gegen die Tür drückt. Als mein Kopf durch war, wusste ich, dass der Rest auch durchpasst. Drinnen konnte ich mich auf der Lehne vom Sofa abstützen.«

»Bleibt die Frage, ob wir dich von der Liste der Verdächtigen streichen können oder nicht«, kam Sprudel wieder auf den Punkt.

»Wir nehmen vorerst überhaupt keine Frauen in diese Liste auf«, ordnete Fanni an.

Sprudel zuckt mit keiner Wimper. »Mirza kam also, hübsch zurechtgemacht, ganz gemütlich über die Wiese herunter«, sagte er. »Nehmen wir an, sie wollte zu dir oder zu einem deiner Nachbarn. Kam das öfter vor?«

»Nie«, sagte Fanni. »Die Leute hier gehen sowieso alle zwei, drei Tage zum Hof, weil sie Milch holen oder Eier oder Kartoffeln, und die neuesten Nachrichten nehmen sie dabei gleich mit. Mirza musste nicht extra über die Wiese herunterlaufen und Bescheid geben, wenn frisches Gemüse aus dem Gäuboden eingetroffen war – Kohl, Karotten und Salat baut Klein nicht selber an, das wächst hier nicht so gut – oder wenn es Fleisch aus eigener Schlachtung direkt vom Hof zu kaufen gab. Bene kam allerdings oft her, weil er alles Mögliche repariert hat für die Leute aus Erlenweiler. Der ist aber immer mit dem Traktor gefahren.«

»Was also hat Mirza dazu veranlasst, hier so aufgeputzt anzutanzen?«, rätselte Sprudel. »Kaffeeklatsch mit einer Nachbarin?«

»Unwahrscheinlich«, sagte Fanni. »Mitten am Vormittag, so viel Zeit hatte Mirza nicht, und mit Klatsch hatte sie es auch nicht.

Außerdem hätte keine der Nachbarinnen Mirza zu sich eingeladen. Mirza war nicht salonfähig. Mirza war anrüchig.«

»Was hat sie dann hier gemacht?«, stöhnte Sprudel. Plötzlich starrte er Fanni in die Augen. »Du hast doch schon eine Theorie.«

»Eine sehr gewagte«, gab Fanni zu.

»Daran bin ich inzwischen gewöhnt«, sagte Sprudel.

»Weil der alte Klein für mich nicht mehr in Frage kommt«, begann Fanni, »nehme ich an, dass es einer meiner Nachbarn hier war. Die Möglichkeit, dass ein Fremder des Weges kam, Mirza sah, bei sich dachte: Die bring ich kurz mal um, einen Rundling aufhob und ihr damit den Schädel einschlug, schließe ich aus.«

Fanni schnaufte zweimal durch und dann fuhr sie fort. »Ich könnte mir vorstellen, dass es sich so abgespielt hat: Einer der Nachbarn, frustriert vom eintönigen Eheleben, hat sich die junge Mirza in den Kopf gesetzt, als heimliches Gspusi, versteht sich. Er hat sich wegen Mirzas einschlägiger Vergangenheit ganz gute Chancen ausgerechnet und hat sie unter einem Vorwand zu sich ins Haus gelockt.«

»Als seine Frau gerade beim Einkaufen war«, warf Sprudel ein.

»So ähnlich«, sagte Fanni und setzte hinzu: »Der Vorwand muss raffiniert gewesen sein, sonst wäre Mirza nicht gekommen.«

»Dazu hast du doch bestimmt eine Idee«, ermunterte sie Sprudel.

»Schau, Sprudel«, sagte Fanni, »die Leute hier fahren oft ins Tschechische hinüber, zum Tanken und zum Zigarettenholen. Da könnte doch leicht einer auf den Gedanken gekommen sein, Mirza anzurufen und ihr vorzuschwindeln, er hätte in Klattau oder sonst wo Verwandte von ihr getroffen, müsse ihr eine Menge davon erzählen, hätte sogar Fotos gemacht, die er ihr zeigen wolle.«

»Meine Verehrung, Miss Marple«, sagte Sprudel, verneigte sich vor Fanni und spann selbst den Faden weiter.

»Mit dem Köder ›Grüße aus der Heimat‹ hat also der Freier Mirza in sein Haus gelockt. Sie kam über die Wiese herunter, betrat sein Haus, er hat die Tür zugemacht, den Schlüssel umgedreht und hatte Mirza im Käfig. Statt Fotos vorzuzeigen, ist er ihr mit seinem unmoralischen Angebot gekommen. Warum nicht? Es könnte sich durchaus so abgespielt haben, theoretisch! Und wie hat Mirza reagiert?«

»So wie ich sie einschätze«, sagte Fanni, »hat sie ihn ausgelacht. Sie hat ihm vielleicht gesagt, wenn sie weiterhin auf Freier Wert legen würde, dann hätte sie den Puff in Vseruby gewählt und nicht den Bauernhof in Erlenweiler.«

»Da war er beleidigt«, mutmaßte Sprudel.

»Sicher«, sagte Fanni, »wenn aber Mirza noch hinzugefügt hat, dass sie nicht vorhätte, für sich zu behalten, was der ehrenwerte Herr für ein geiler Bock ist, dann war er auch alarmiert.«

»Dann ist Mirza gegangen«, strebte Sprudel zum Ende der Geschichte, »sie schlug den Weg über dein Grundstückstück ein, um wieder über die Wiese zum Klein-Hof zu spazieren.«

»Ja«, sagte Fanni, »und *er* ist ihr gefolgt. Bei meinen Johannisbeeren hat er sie gestellt. Er wollte sie möglicherweise nur bitten, den Mund zu halten, aber falls Mirza wieder gelacht hat, ihn vielleicht sogar verspottet hat, könnte er ausgerastet sein und den Rundling ...«

»Apropos Rundling«, warf Sprudel ein, »das wollte ich vorhin schon fragen, wie kommst du darauf und wo soll der herkommen?«

»Aus unserer Drainage«, sagte Fanni, »wir haben um das ganze Hause herum Rundlinge – Böckl nennt sie Bachkugeln – aufgereiht, damit das Wasser schön abfließen kann, und du hast doch selbst gesagt, die Tatwaffe ist ein großer, runder Stein.«

Sprudel atmete scharf ein. »Würdest du denn merken, wenn einer fehlt?«

»Seit fast dreißig Jahren kehre ich wöchentlich die Rundlinge sauber«, sagte Fanni. »Ich weiß, dass einer fehlt.«

Sprudel verschluckte sich an seinem Kaffee.

»Ich weiß es erst seit heute früh«, gab Fanni zu, und das schien Sprudel etwas zu beruhigen.

»Deine Hypothese ist ebenso einfach wie logisch«, sagte er sichtlich beeindruckt, nachdem er diskret in ein sauberes weißes Taschentuch gehustet hatte.

Auf einmal grinste er spitzbübisch. »Und wie finden wir heraus, welcher von den Nachbarn das war? Wir schließen aus, dass der

Alte oder sonst jemand Mirza über die Wiese *herunter* verfolgt und sich den Rundling geschnappt hat, nachdem er sie eingeholt hatte. Tatverdächtig sind demnach all diejenigen Nachbarn, die *unterhalb* der Klein-Wiese wohnen.«

»Ermittlungsarbeit«, konterte Fanni. »Alibis!«

Sprudel wurde wieder ernst, schwieg eine ganze Weile, und dann sagte er:

»Das ist nicht so einfach, Fanni. Ich darf nämlich nicht mehr offiziell ermitteln, weil der Fall praktisch abgeschlossen ist. Wir beide könnten deshalb nur als Privatpersonen nachforschen, unter der Hand sozusagen, und das bedeutet, wir würden kriminalistisch vor uns hin dilettieren.«

Sprudel machte eine lange Pause. Er schob Teller und Tasse ans andere Tischende, stützte die Ellenbogen auf den frei gewordenen Platz und sah Fanni in die Augen.

»Aber gut, warum nicht. Den Versuch ist es wert.« Er lachte: »Fanni, du hast mich infiziert!«

Fanni kam nicht zu Wort, weil Sprudel fortfuhr. »Wir fangen auf der Stelle an. Wer ist deiner Meinung nach der Verdächtigste?«

Fanni druckste herum, machte »Ähm« und »Tja«, und dann platzte sie heraus:

»Genau das ist der Punkt, an dem ich für meine schöne Theorie alle Felle wegschwimmen sehe. Keiner ist verdächtig! Kein Einziger der Nachbarn kann es gewesen sein!«

Sprudel schaute verdutzt und schnaufte ein »Wieso?« aus.

»Weil sie alle so ehrbar und rechtschaffen sind«, sagte Fanni.

Sprudel gluckste leise.

Fanni warf ihm einen argwöhnischen Blick zu, sprach aber weiter. »Schau den Meiser an zum Beispiel, gefällig und hilfsbereit wie der Stammvater aller Samariter, moralisch sattelfest wie das Urbild aller Päpste. Oder nimm den Böckl ...«

Sprudel ließ einen scharfen Luftschwall aus seiner Nase zischen und unterbrach sie. »Fanni, was redest du denn da? Die Päpste und ihre Handlanger haben mehr Leute – Frauen und Kinder inbegriffen – auf dem Gewissen als sämtliche Erdbeben der letzten fünfhundert Jahre zusammen. In den Hochsicherheitstrakten der Gefängnisse aller Welt sitzen Mörder, die bekommen Tränen in die

Augen, wenn sie einen bunten Schmetterling sehen, die zerquetschen keine Spinne unter ihrer Schuhsohle und erst recht keine Ameise, aber in die richtige Stimmung gebracht, würden sie ohne Zögern ein ganzes Dorf samt Kind und Kegel ausrotten.«

Fanni schaute unsicher in ihre leere Kaffeetasse.

»Meiser«, sagte Sprudel, »ist das der mit dem Tablett und den Gläsern, der seine Nase letzten Donnerstag in jedes Loch gesteckt hat und der eine Menge Geschichten über den alten Klein zum Besten gegeben hat?«

Fanni nickte.

»Was, wenn das passende Wort *herumschnüffeln* heißt und nicht *unterstützen*?«, fragte Sprudel.

»Ich halte es auch für ziemlich merkwürdig, was er da macht, der Meiser«, sagte Fanni darauf, »aber so ist er, seit ich ihn kenne. Ich glaube, er kann nicht anders. Vielleicht hat Meiser ein zwanghaftes Einmischungssyndrom oder so was.«

»Schon möglich«, gab Sprudel zurück, »aber seit wann zählen neurotische Erscheinungen zu den Entlastungsbeweisen? Haben wir noch mehr derart unverdächtige Nachbarn?«

»Mit Meiser sind es acht«, sagte Fanni. »Es kommen nämlich nur die in nächster Nähe in Frage. Wäre Mirza zu einem der anderen Häuser in Erlenweiler unterwegs gewesen oder von dort gekommen, dann hätte sie den Weg an der Hauptstraße entlang genommen und wäre nicht über die Wiese heruntergelaufen.«

»Und wessen Grundstücke befinden sich in Reichweite der Wiese?«, fragte Sprudel und fischte Stift und Notizbuch aus der Jackentasche.

»Zwei links von mir: Praml und Molk; zwei rechts von mir: Stuck und Weber; drei auf der gegenüberliegenden Straßenseite: Böckl, Meiser, Kundler.«

»Acht Verdächtige«, wiederholte Sprudel. »Können wir einen oder gar mehrere davon jetzt schon ausschließen? Anhand von Beweisen meine ich, nicht aufgrund ihrer Reputation.«

»Molk«, sagte Fanni, »der wohnt die Woche über in München und kommt mit seiner Frau nur an Feiertagen und am Wochenende hierher. Am letzten Donnerstag, als Mirza gestorben ist, waren Molks bestimmt nicht da.«

Sprudel schrieb in sein Notizbuch.

»Rot«, zählte Fanni auf, »mein Mann kommt auch nicht in Betracht. Ich weiß, dass er nicht zu Hause war, weil ich ja selbst hier gewesen bin.«

Sprudel nickte bestätigend.

»Weber«, sagte Fanni, »liegt seit zwei Wochen im Krankenhaus, Bandscheibenvorfall.«

»Bleiben fünf«, resümierte Sprudel, weil Fanni nicht weitersprach. »Die Kollegen und ich«, sagte er, »wir haben natürlich alle Nachbarn zu Mirzas Tod befragt und bei dieser Gelegenheit auch die jeweiligen Alibis aufgenommen. Überprüft haben wir sie bisher nicht. Ich sehe die Vernehmungsprotokolle gleich heute noch durch.« Er stand auf. »Das weitere Vorgehen planen wir morgen.«

Fanni wurde rot. »Ich weiß nicht recht, die Nachbarn tratschen schon.«

»Meine Güte«, sagte Sprudel, »tut mit leid.« Er zögerte einen Moment und fragte dann: »Könnten wir uns woanders treffen?«

»Gerne«, sagte Fanni.

2.

»War der Kripoheini schon wieder bei dir?«, fragte Fannis Mann, während er das Risi-Bisi-Fertiggericht in sich hineinschaufelte.

»Er hat mir gesagt«, log Fanni, »dass der Fall jetzt endgültig abgeschlossen ist und dass der Tatort wieder freigegeben wird.«

»Dann hat er sein blödes Absperrband endlich mitgenommen?«, knurrte Hans Rot.

»Das hat Meiser weggeräumt.«

»Der Meiser, stimmt ja, hat er mir doch gerade eben erzählt«, sagte Fannis Mann. »Meiser wollte sich sowieso den Tatort noch mal ansehen.«

»Sucht er was Bestimmtes?«, fragte Fanni.

»Er will einfach der Polizei behilflich sein«, antwortete ihr Mann, »aber das kapierst du ja nicht.«

Er nahm einen Schluck Bier und rülpste. »Meiser hat einen guten Bekannten bei der Polizei, der hat ihm erzählt, dass nicht nur nach der Tatwaffe gesucht wird, sondern auch nach einem Stück von Mirzas Schuh.«

»Stück vom Schuh?«, fragte Fanni dümmlich.

»Irgend so ein Plastikteil, Blüte oder so was, fehlt an einer von Mirzas Sandalen. Meiser sagt, sein Freund von der Polizei hat ihn ausdrücklich darum gebeten, sich noch mal danach umzusehen. Die Kripo hat einfach nicht genug Leute dafür. Besonders wichtig ist das abgebrochene Stück Plastik allerdings nicht mehr, weil sowieso schon genug Beweise da sind gegen den alten Klein. Alles hieb- und stichfest, sagt Meisers Polizistenfreund. Die Tatwaffe und das Stück vom Schuh, das alles wäre bloß noch der Zuckerguss für die Anklageschrift.«

»Und den möchte Meiser beitragen«, murmelte Fanni.

Ihr Mann hörte gar nicht hin und schenkte sich zum dritten Mal das Bierglas voll. Zeit für Fanni, ihr eigenes Projekt voranzutreiben. Sie sagte laut: »Ich habe mich heute zu einem Bastelkurs angemeldet, vier Nachmittage, zweimal die Woche.«

»Was bastelst du denn Schönes?«

Fanni schluckte. »Ähm, das muss ich mir erst noch aussuchen, es gibt da verschiedene Möglichkeiten, zum Beispiel –«

Fanni musste nicht Hals über Kopf etwas erfinden. Ihr Mann stand schon in der Tür: Schützenabend.

Die Haustür schlug zu, und im selben Augenblick läutete das Telefon. Leni meldete sich. »Hast du Mirzas Mörder schon dingfest gemacht?«, fragte sie.

»Wie denn?«, sagte Fanni. »Der Alte wurde verhaftet und als Täter abgestempelt. Alles, was handfest ist, spricht gegen ihn. Und was habe ich? Nichts als eine lächerliche Theorie, aus den Fingern gesogen, absurd.«

»Gar nicht«, sagte Leni, »je mehr ich darüber nachdenke, desto besser gefällt sie mir. Ist etwa dein Sprudel auch abgesprungen, hat er sich auf die Seite der Besserwisser geschlagen?«

»Nein«, antwortete Fanni, »aber gegen die Beweiskraft der DNA weiß er auch kein Kraut.«

Leni musste zugeben, dass die DNA-Spuren unter Mirzas Fingernägeln schwer zu Buche schlugen, und es schlecht aussah für Klein.

»Trotzdem«, sagte sie, »es kann ja nicht schaden, noch ein bisschen herumzustochern. Wer weiß, was ans Licht kommt. Nicht klein beigeben, Miss Marple.«

Fanni versprach es, obwohl sie sehr daran zweifelte, dass Herumstochern die geeignete Methode war, ein Verbrechen aufzuklären.

Sie redeten noch ein wenig hin und her, dann sagte Leni, sie müsse sich wohl bald aufs Rad schwingen und zum Sportcenter fahren, Aerobictraining.

»Und hinterher«, sagte Leni, »muss ich noch mal ins Labor. Die Kripo Nürnberg will morgen früh den genetischen Fingerabdruck sehen, den wir in Arbeit haben. Aber zwei unserer Laboranten sind krank und einer ist im Urlaub. Da bleibt mir nicht anderes übrig, als selbst bis Mitternacht zu blotten.«

»Du machst was?«, fragte Fanni.

»Ich muss DNA-Fragmente, die der Größe nach geordnet auf ihrer Gelbahn liegen, sichtbar machen.«

»Und das heißt *blotten*?«, erkundigte sich Fanni.

»Das Verfahren nennt sich Southern Blot«, präzisierte Leni, »und ist ein bisschen knifflig.«

»Kann ich mir gut vorstellen, dass es eine heikle Sache ist, die DNA-Fragmente aus dem Gel herauszuklauben«, meinte Fanni.

Leni lachte und sagte dann: »Übrigens, Mama, übers Wochenende fahre ich mit Thomas nach Köln. Wir haben Samstagabend Karten für die Philharmonie, und am Sonntag wollen wir ins Schokolademuseum. Am Montag melde ich mich bei dir, okay?«

»Klar«, stammelte Fanni. »Und viel Spaß!«

Sie legten beide auf, Fanni ging wieder ins Esszimmer, um den Tisch abzuräumen. Sie trug Schüssel und Teller in die Küche, und als sie zurückkam, um die Gläser zu holen, blieb sie an der Terrassentür stehen und starrte hinaus.

Ermitteln, dachte sie, Alibis prüfen, einem Mörder auf die Schliche kommen wollen. Du musst verrückt sein, Fanni Rot. Du weißt doch ganz genau, dass dein Verstand schon seit dem Kindesalter in irgendeinem Gewebesumpf versackt ist. Die wenigen verwendbaren Blasen, die er aufsteigen lässt, solltest du besser nutzen. Wenn du schon Detektiv spielen willst, dann versuch doch herauszubekommen, was dieser Thomas Zacher für einer ist. Hat er Dreck am Stecken wie sein Vater? Ist Frieder Zacher per Zufall in eine Affäre mit dieser flatterhaften Anna geschlittert, oder ist er ein Krimineller, ein Mädchenjäger, ein Autoschieber, ein Schurke?

Zwei gelbe Schmetterlinge turtelten über den Seerosen im Gartenteich, und Fanni sagte sich, dass Leni alt genug wäre, um zu wissen, mit wem sie sich einließ. Außerdem hat deine Tochter weit mehr Menschenkenntnis als du, Fanni Rot, flüsterte ein Stimmchen in ihrem Kopf. Trotzdem, widersprach Fanni, Fakten, zuverlässige Daten können nur von Nutzen sein. Ich sollte Sprudel fragen, ob Frieder Zacher bei der Polizei aktenkundig ist. Wenn in seiner Werkstatt gestohlene Autos umdekoriert werden, dann ist ja wohl auch Thomas an diesen kriminellen Machenschaften beteiligt.

Sie wandte sich abrupt den Gläsern auf dem Tisch zu, weil sie sich nicht eingestehen wollte, dass sie mit Leni seit jeher mehr verband als mit ihren anderen Kindern. Leo hatte nie viel Zuwendung gebraucht. Er funktionierte von klein auf wie ein Computer: Input, Output, nächster Mausklick. Vera hatte schon in der Wiege ihren eigenen Kopf, und darin schwirrten übermäßig viele Hans-Rot-Gene herum. Leni dagegen war so … menschlich.

Fanni stellte die Teller in die Spülmaschine und trug die Schüssel mit dem restlichen Salat zum Kompost.

Der Rasen bei den Johannisbeerstauden war zertrampelt. Zwei runde Löcher bleckten aus dem Gras, dort, wo Meiser vor einer Woche die Holzpflöcke in den Boden getrieben und an diesem Nachmittag wieder herausgezogen hatte.

Fanni holte eine kleine Handschaufel.

Sie hatte das erste Loch bereits zugescharrt und beugte sich mit einer Schaufel voll Erde gerade über das zweite, als sie ganz unten einen gelben Schimmer ausmachte.

Fanni legte die Schaufel weg und suchte sich ein Stöckchen. Sie stanzte vorsichtig einen Kreis um das gelbe Ding, stocherte tiefer und förderte Mirzas Sandalenblüte, eingebettet in einen Erdklumpen zutage.

Fanni musste lachen. Meiser hatte das gesuchte Beweisstück in den Boden gerammt!

Die Blüte auf der Schaufel balancierend strebte Fanni ihrer Haustür zu.

In der Küche ließ sie die Sandalenblüte samt Erdklumpen von der Handschaufel auf eine Lage Frischhaltefolie gleiten und klappte die Enden der Folie vorsichtig darüber. Sie wickelte das Päckchen in eine feste Plastiktüte und verstaute es in ihrer Handtasche. Anschließend brachte Fanni die Schaufel wieder nach draußen.

Im Gras kniete Meiser.

»Ah«, sagte er, »gerade wollte ich den Schaden beheben, den ich in Ihrem Garten angerichtet habe, da sehe ich, dass Sie schneller waren.«

Fanni vergaß zu antworten. Sie starrte fasziniert auf Meisers Outfit. Er trug ein weißes Unterhemd von Schiesser (fein gerippt), hellblaue Boxershorts und Badelatschen. Fanni kannte das, im Sommer trug Meiser oft solche Sachen im Garten. Was Fanni die Sprache verschlug, das waren die schwarzen Anzugsocken, die sich straff von Meisers Zehen bis zu Meisers Knie spannten.

Meiser löffelte ein Häufchen Erde aus einem mitgebrachten Eimer auf das von Fanni eher notdürftig zugescharrte Loch, und dann zeigte er Fanni, was Perfektion ist: Aus einem winzigen Tütchen nahm er eine Prise Grassamen, verteilte die Körnchen auf dem Erdfleckchen und drückte sie fest.

»So eine Tragödie, was soll man da sagen«, murmelte er, während er auf die Grassamen drückte und klopfte. »Aber es hat ja so kommen müssen. Seit Monaten sage ich schon zu meiner Frau: ›Er bringt die Mirza noch um, der Alte.‹ Und wissen Sie, warum, Frau Rot?«

»Er konnte sie nicht leiden.«

»Falsch«, sagte Meiser, »er wollte sie für sich. Ich bin nämlich dazugekommen, ganz zufällig, wie er über sie hergefallen ist in der Scheune. Den Minirock, den hatte Mirza schon an den Schultern. Sie hat wie wild gestrampelt und geschrien. Da hab ich dem Alten eins übergezogen, mit dem Besenstiel. Eine riesige Beule hat er gekriegt davon. Was glauben Sie, Frau Rot, warum er seinen Hut neuerdings nicht mehr abnimmt?«

Fanni hatte den Alten noch nie ohne seinen speckigen Filzhut gesehen, und Fanni wohnte nun schon seit fast dreißig Jahren neben dem Hof. Sie begann sich zu fragen, ob Meiser vielleicht auch ein zwanghafter Lügner war.

Meiser machte sich bereits am zweiten Loch zu schaffen. »Ah, Sie waren noch gar nicht fertig«, sagte er und kippte eiligst seinen Eimer darüber aus.

»Wir haben das gleich«, fügte er hinzu, weil Fanni auf ihre Uhr sah. »Ich konnte nicht früher herüberkommen zu Ihnen, weil ich seit zwei Tagen damit beschäftigt bin, eine zuverlässige Kraft aufzutreiben. Eine, die dem Bene sagt, wo es langgeht. Das nützt doch dem Bene nichts, wenn der Praml mit der Melkmaschine herumfuhrwerkt und mit dem Mähbalken. Davon versteht der Praml nichts, und zwei linke Hände hat der auch.«

Genau deswegen ist er wohl als Techniker bei den Vereinigten Motorenwerken angestellt, dachte Fanni sarkastisch. Laut sagte sie zu Meiser, noch bevor er ein geeignetes Plätzchen für die letzten beiden Grassamen ausgewählt hatte: »Vielen Dank, Herr Meiser, und gute Nacht!«

Fanni hatte genug von ihm.

3.

Tags darauf, es war Freitag, der 17. Juni, und Mirza lag seit acht Tagen in einem Kühlfach im gerichtsmedizinischen Institut, spazierten Fanni und Sprudel durch ein kleines Waldstück am südwestlichen Rand der Kreisstadt, die knapp fünf Kilometer von Erlenweiler entfernt lag. Fanni versuchte, das Unbehagen abzuschütteln, das sie von ihrer Haustür bis hierher verfolgt hatte.

Als Fanni rückwärts aus ihrer Zufahrt gestoßen und dann den schmalen Erlenweiler Ring in Richtung Hauptstraße hinuntergefahren war, hatten sich Herr und Frau Meiser in ihrem Vorgarten befunden. Er schnitt den Fliederbaum zu, der frech ein Zweiglein zu der Schubkarre aus Holzbohlen hinwachsen ließ, in die seine Frau Geranien gepflanzt hatte; sie stach mit einem winzigen Spatel Gänseblümchennester aus dem Rasen. Im Rückspiegel sah Fanni, wie ihr beide mit offenem Mund nachstarrten. Dann waren neben Fannis Seitenfenster Frau Praml und ihre beiden Kinder auf dem Ring erschienen – sie waren vermutlich auf dem Weg zu Frau Pramls Mutter, die ein Stück die Hauptstraße hinunter bei der Gärtnerei wohnte. Frau Praml schaute Fanni ganz erschrocken an. Und einen Augenblick später kam dort, wo der Ring in die Hauptstraße mündete, auch noch Böckl in seinem Auto daher. Er hob – Fanni hatte es genau gesehen – belustigt eine Augenbraue.

Fanni hatte tief geseufzt. Es war ja kein Wunder, dass sich die Nachbarn erstaunt zeigten. Ganz Erlenweiler wusste, dass sie dienstags zum Einkaufen fuhr, am Mittag, weil da weniger Leute unterwegs waren. Selten, äußerst selten stieg sie an einem anderen Tag in ihren Wagen und setzte sich ans Steuer. Falls sie einen Termin – Arzt, Zahnarzt, Friseur – wahrzunehmen hatte, dann legte sie den auf Dienstag vor oder nach dem Einkaufen.

Als sie deshalb an diesem Freitag kurz nach zwei Uhr über den Erlenweiler Ring zur Hauptstraße gekurvt war, fiel sie in ihrem roten Mitsubishi ungefähr ebenso auf wie in einem illuminierten Kreiselheuer auf dem Münchner Stachus. Keine Frage, dass Meiser am Abend Hans Rot abfangen würde, um ihm zu stecken, dass

Fanni am Nachmittag mit dem Auto weggefahren war. Meiser würde wissen wollen, wohin. Nun gut, Hans Rot war präpariert: Bastelnachmittag! Aber, fragte sich Fanni besorgt, würde Meiser so weit gehen und nachprüfen, ob in der Kreisstadt zurzeit Bastelkurse liefen? Sie traute es ihm zu.

Der Weg, den Sprudel und Fanni eingeschlagen hatten, führte bergwärts und gab nach einer Biegung die Aussicht auf die Donau und auf die Benediktinerabtei Niederaltaich frei.

»Schön«, meinte Sprudel, »hier bin ich noch nie gewesen.«

Sie sahen einem Lastkahn nach, der sich gemächlich in die Mühlhamer Schleife hineinziehen ließ.

»Was sagen deine Vernehmungsprotokolle über die Alibis?«, fragte Fanni, nachdem das Schiff wie ein Traumbild verschwunden war. »Bleiben Verdächtige übrig oder hat jeder Einzelne meiner Nachbarn Zeugen für seine Unschuld?«

»Nur Stuck ist vollkommen entlastet«, sagte Sprudel. »Er war zur Tatzeit in seinem Büro im Arbeitsamt, das habe ich kontrolliert. Drei seiner Kollegen haben ihn den ganzen Vormittag über im Blickfeld gehabt. Die anderen Alibis sind nicht so leicht zu überprüfen. Vier von deinen Nachbarn sind also weiterhin tatverdächtig.«

»*Tat*verdächtig«, wiederholte Fanni bedrückt, »das ist es, was mir Sorgen macht. Bisweilen scheint mir meine Theorie meilenweit von den *Tat*sachen entfernt.«

Sprudel sah Fanni scharf an, sagte aber kein Wort.

»Ich weiß wirklich nicht«, fuhr Fanni nach einer Pause fort, »ob das alles einen Sinn hat. Selbst wenn wir mit der Zeit dies und das zusammentragen und zu dem Ergebnis kommen, dass einer von den vieren der Täter gewesen sein könnte, dann können wir noch lange nicht wissen, ob er es auch wirklich war, und beweisen können wir schon gar nichts.«

»Sehr richtig, Fanni«, antwortete Sprudel, »und genau das habe ich vor zwei Tagen gemeint, als ich dir gesagt habe, wir haben sehr schöne Beweise *gegen* den Alten, aber wir haben keine einzige Spur, die auf eine andere Person hindeutet. Gestern noch wolltest du dieses Argument nicht gelten lassen. Du hast mir genauestens auseinandergesetzt, warum wir den Alten als Täter gar nicht in Erwägung ziehen sollten. Du hast mir einleuchtend geschildert, wie es wirklich gewesen sein könnte. Du vertrittst die Ansicht, dass es der Alte, auch wenn mit ihm nicht gut Kirschen essen ist, nicht verdient hat, für etwas eingesperrt zu werden, das er nicht getan hat. Gut, ich habe das alles eingesehen, und deshalb habe ich die Nachbarn ins Visier genommen. Da auf einmal wird dir die Sache zu heikel! Und warum? Weil wir jetzt *echte* Nachforschungen über *echte* Menschen anstellen müssen, Menschen, die du seit Jahren kennst, mit denen du täglich zusammentriffst. Und deshalb willst du jetzt die Flinte ins Korn werfen.«

Sprudel atmete tief durch, dann stellte er klar: »Fanni, wir müssen schon konsequent bleiben, wenn wir den Fall aufklären und den alten Klein vor dem Gefängnis retten wollen!«

Fanni steckte das Kinn in den Jackenkragen und schritt heftig aus.

Sprudel hielt locker mit. Sie stiefelten an einem Weidezaun entlang, hinter dem eine Herde Schafe graste. Der Hirtenhund kam dahergepprescht, nahm eine Nase voll Fanni und eine Nase voll Sprudel und zog daraufhin beruhigt wieder ab.

Fanni hetzte eine Böschung hinauf. Sprudel begann zu hecheln, aber er gab sich auf keiner Ebene geschlagen.

»Es wäre doch schade, Fanni«, schnaufte er und mühte sich, nicht einen Schuhbreit zurückzufallen, »schade, jetzt aufzuhören. Ein wenig Mühe sollten wir uns schon geben. Wenn wir keine neuen Spuren finden, und der Alte wirklich unschuldig verurteilt wird, dann haben wir wenigstens getan, was wir konnten.«

Fanni blieb stehen und sah ihn an. »Ich war schon immer ein Hasenfuß!«

Sprudel musste lachen.

»Wie verhält sich denn das mit diesen DNS-Spuren?«, fragte Fanni im Weitergehen. »Hätte der Täter in jedem Fall etwas von seiner DNS auf Mirza zurücklassen müssen?«

»Wenn er sie angefasst hat, schon«, sagte Sprudel.

»Das hat er vielleicht gar nicht«, überlegte Fanni laut, »hinter verschlossenen Türen musste er Mirza nicht packen, um sie festzuhalten, und draußen im Garten hat er sie vermutlich völlig überrumpelt mit seinem Angriff. Mit so was hat Mirza sicher nicht gerechnet. Also keine DNS-Spuren vom Täter!«

»Doch«, sagte Sprudel, »auf der Tatwaffe! Übrigens, welcher von deinen Rundlingen fehlt denn?«

»Der Achte, vom hinteren Hauseck aus gezählt«, sagte Fanni.

»Den zu finden, das wäre ein Durchbruch«, seufzte Sprudel.

»Weit wird der gar nicht sein«, sagte Fanni, »der Täter hat ihn wahrscheinlich in die Wiese geworfen, das haben ja die Polizisten von Anfang an vermutet. Eigentlich hätte er den Rundling wieder zurücklegen können, das wäre am unauffälligsten gewesen.«

Sie dachte eine Zeit lang nach und sagte dann: »Angenommen, wir finden den Stein, kann man dann die DNS-Spuren darauf noch nachweisen? Ich weiß, dass die DNS in Knochen und Knorpeln Jahrzehnte übersteht. Aber in einem Hautschüppchen scheint sie mir nicht recht gut geschützt.«

»Auch in Blut- und Gewebeproben verhält sie sich sehr lange Zeit stabil«, antwortete Sprudel.

»Genügen denn die Spuren für eine DNS-Bestimmung, wenn der Täter den Stein bloß in der Hand gehalten hat?«, fragte Fanni.

»Ich glaube schon«, sagte Sprudel, »aber bevor du anfängst, Fragen zu stellen, die ich alle nur mit *vielleicht* und *schon möglich* beantworten kann, weil ich kein Biochemiker bin, schlage ich vor, dass ich dir beim nächsten Mal eine Abhandlung mitbringe, die seit Monaten auf meinem Schreibtisch liegt: *DNA-Analyse zur Verbrechensaufklärung*, Interesse?«

Keine Frage, Lesestoff war für Fanni wie ein Salatfeld für das Kaninchen: Fanni las alles kahl. Ihre Vorliebe für Gedrucktes hatte ihr im Laufe der Jahrzehnte stapelweise Buchgeschenke von Verwandten und Freunden eingebracht.

Fanni brachte es nicht fertig, ein bereits gelesenes Buch wieder wegzugeben, und ebenso wenig trennte sie sich von einer Broschüre. Auf diese Weise hatte sie in ihrem Haus mehr als dreitausend Bücher und jede Menge Zeitschriften angesammelt. Selbst die Schulbücher ihrer Kinder standen noch in den Regalen im Obergeschoss.

Fannis Mann drohte von Zeit zu Zeit scherzhaft: »Eines schönen Tages werden wir uns im Keller wiederfinden, weil die Deckenkonstruktionen das Gewicht nicht mehr aushalten.«

Fanni wollte Sprudels Abhandlung haben, am liebsten sofort.

»Ich habe neulich ein wenig hineingelesen«, sagte Sprudel, »interessante Broschüre. Schon der erste Satz hat's in sich. Da ist von einem gewissen Alphonse Bertillon die Rede, der als Erster auf Verbrecherjagd mit wissenschaftlichen Methoden gearbeitet hat.«

»Und ich dachte, das war Sherlock Holmes«, grinste Fanni.

Sie wusste, dass Bertillon um 1880 herum Kriminelle anhand ihrer Körpermaße katalogisierte. Fanni hatte darüber in dem Buch ›Gnadenlose Jagd‹ von Jürgen Thorwald gelesen. Sie war sich der geschichtlichen Entwicklung der Kriminalistik bewusst. Bertillons Anthropometrie sollte, gerade als sie sich europaweit durchzusetzen begann, von einem Identifizierungsverfahren überholt werden, das nicht nur ganz simpel, sondern auch untrüglich war. Die Chinesen nutzten es schon seit einem Jahrhundert. Und im Jahre 1902 kam dann der Tag, an dem die beiden Mörder Alfred und Albert Stratton vor dem Central Criminal Court in Old Bailey zum Tod durch Erhängen verurteilt wurden, weil sie ihre Fingerabdrücke am Tatort zurückgelassen hatten.

Sprudel warf Fanni einen forschenden Blick zu, dann grinste auch er. Sie erreichten ein Holzgatter, das am oberen Rand der Böschung entlanglief und eine Weide einzäunte. Sprudel lehnte sich schnaufend dagegen.

»Ich muss nach Hause«, sagte Fanni.

Sprudel zuckte zusammen. »Ja, natürlich! Morgen?«

»Morgen ist Samstag«, erklärte Fanni während sie bereits den Rückweg einschlug, »und dann kommt Sonntag. Mein Mann will am Wochenende die Thujen zurückschneiden. Vielleicht sollte ich mich in der Wiese nach meinem Rundling umsehen, während ich das Schnittgut zusammentrage.«

»Einen Versuch ist es wert«, sagte Sprudel, »obwohl ich eigentlich großes Vertrauen in die Beamten von der Spurensicherung setze.«

Er schwieg einen Moment, dann lächelte er Fanni an und fragte: »Und welche Aufgabe ist *mir* zugedacht für das kommende Wochenende, Miss Marple?«

»Hast du keine Familie?«, platzte Fanni heraus.

»Nein«, sagte Sprudel trocken, »ich lebe seit Jahren allein.«

Fanni wagte nicht nachzuhaken. Sie kramte nach ihrem Autoschlüssel. Ein paar Schritte noch, dann würden sie auf den Feldweg treffen, an dem Fanni ihren Wagen abgestellt hatte. Das Sandsträßchen lief an dem Waldstück entlang und mündete in eine Straße, die zu dem Dörfchen Seebach führte. Dort, an der Marienkapelle, zweigten Landstraßen in verschiedene Richtungen ab. Eine davon durchkreuzte Erlenweiler.

»Ich könnte am Samstag einen unserer Verdächtigen aufs Korn nehmen«, redete Sprudel weiter, während Fanni die Autotür öffnete. »Wie wäre es mit Böckl, dem Jäger?«

Fanni musste lachen. »Gut«, meinte sie, »nimm den Jäger aufs Korn. Er hat Mirza vermutlich am besten gekannt. Böckl ist es ja auch gewesen, der sie hergebracht hat.«

»Soweit ich aus den Protokollen weiß«, sagte Sprudel, »betreibt Böckl in der Stadt eine Waffenhandlung. Samstags überfällt mich oft ein besonderes Interesse für Schusswaffen, und da suche ich dann das Fachgespräch mit einem talentierten Büchsenmacher.«

»Bleibt zu hoffen«, lächelte Fanni, »dass du Belege für alle seine Angaben im Polizeiprotokoll entdeckst. Ein bestätigtes Alibi, und Böckl ist aus dem Schneider.«

»Dann wären's nur noch drei«, schmunzelte Sprudel, als Fanni bereits den Schlüssel ins Zündschloss steckte.

»Am Montag sind wir jedenfalls wieder einen Schritt weiter«, sagte sie zum Abschied und legte den Gang ein.

»Bis Montag dann«, antwortete Sprudel, und es hörte sich ein bisschen traurig an.

»Pünktlich um zwei werde ich hier sein«, rief Fanni aus dem offenen Fenster und fuhr los. An der Seebacher Kapelle holte sie das schlechte Gewissen ein. Du sollst nicht, du kannst nicht, du darfst nicht, und überhaupt bist du sowieso zu blöd, röhrte es. Du verrennst dich da in was, mahnte es. Du wirst dich verirren, wirst eine Menge Federn lassen, und deiner Familie wirst du schaden. Und wofür das alles?

»Für Gerechtigkeit«, wisperte Fanni.

Das Gewissen lachte sich scheckig: Fanni-Muttchen kämpft für Recht und Freiheit. Fanni-Heimchen-am-Herd setzt alles daran, einen Unschuldigen aus den Fängen der Justiz zu retten. Fanni-Mondkalb mutiert zur Heldin.

Im Kreisverkehr an der Friedenseiche nahm ihr ein Sattelschlepper die Vorfahrt, und auf Höhe des TÜV-Geländes hupte sie ein BMW-Fahrer nieder, weil sie nicht sofort wegspritzte, als die Ampel auf Grün sprang. Fanni schrumpfte hinter ihrem Steuerrad. Das Gewissen setzte zum Gnadenstoß an: Ist es nicht so, dass der alte Klein der herzlosen Frau Fanni einen Dreck wert ist? Ist es nicht so, dass sich Frau Fanni gerne in Szene setzen möchte nach all den Jahren, die sie in Erlenweiler verträumt hat? Und ist es nicht so, dass sich Frau Fanni vergafft hat, im reifen Alter von fünfundfünfzig ihr Auge auf einen ausgedienten Kriminalinspektor geworfen hat, einen mit Elefantenohren und einem Haufen Plissee im Gesicht?

Fanni stöhnte. Sie hätte »Nein, nein, nein!« rufen wollen. Aber die Gewissenspein verschloss ihr den Mund.

4.

Zu Hause wartete Fannis Mann.

»Wo bleibst du denn, Fanni? Hast du den Geburtstag von unserem Schützenvorstand vergessen? Um halb sieben müssen wir im Vereinshaus sein, und du bist noch nicht mal festlich angezogen und hergerichtet!«

Fanni hasste Geburtstagsfeiern.

Sie ging ins Badezimmer.

Die hellbraune Leinenhose und die olivfarbene Blusenjacke, die sie anhatte, waren gut genug für das Schützenhaus, fand Fanni.

Sie fuhr sich mit den Fingern durch die kurzen grauen Haare. Saß doch schön so, die Frisur.

Fanni betrachtete ihr Gesicht im Spiegel.

Teint? Leicht gebräunt, wozu also mit Puder bestäuben.

Nase? Fein und gerade, etwas glänzend an der Spitze, na und.

Wimpern und Brauen? Natürlich und unbehandelt, warum nicht?

Mund? Hübsch geformt, ein Wischer Lippenstift als Zugeständnis.

Zwei Minuten später verließ Fanni das Haus.

Ihr Mann saß bereits im Wagen, der Motor lief schon.

»Was hast du denn Schönes gebastelt heute?«, fragte Fannis Mann, als sie in Richtung Stadt fuhren.

Fanni täuschte einen akuten Anfall von Taubheit vor und zupfte Flusen vom Sakko ihres Mannes.

»Was du gebastelt hast, Mausi, habe ich gefragt«, säuselte Fannis Mann. Wenn es was zu feiern gab, war er immer bester Laune.

»Eine ... ähem – ein Trockengesteck«, stieß Fanni hervor und warf einen dankbaren Blick auf das Gartencenter neben der Straße.

»Schon fertig?«, fragte Fannis Mann.

»Nein, meine Güte, das ist wirklich kompliziert und langwierig.«

Fannis Mann bog sich vor Lachen.

Fanni machte einen Knoten in ihr Taschentuch. Der sollte sie erinnern, bei nächster Gelegenheit ein Trockengesteck zu erwerben. Wenn sie es zu Hause noch etwas zerzauste und zerfledderte, konnte sie das Ding als eigenes Machwerk ausgeben.

Fanni schüttelte dem Schützenvorstand die Hand, wünschte ihm Gesundheit und eine herausragende Trefferquote für das kommende Lebensjahr und folgte ihrem Mann zu den Biertischen. Hans Rot blieb auf ein paar Floskeln beim Kassenwart hängen und auf ein »Heut lassen wir es aber krachen!« bei den diesjährigen Gaumeistern der Sparten Zimmerstutzen und Ordonanzgewehr.

»Schützen schießen mit Gewehren«, ging es Fanni durch den Kopf. »Der Sekundant jedes Schützen ist der Büchsenmacher!«
Sie sah sich um.
Böckl saß drei Tische weiter zwischen dem Gaumeister Luftgewehr und dem Gaumeister Armbrust, beide kenntlich an den handtellergroßen Plaketten, die sie am rot-weißen Band um den Hals trugen.
Fanni ließ ihren Mann beim Schriftführer zurück, quetschte sich auf die Bank vis-à-vis von Böckl und fasste sich in Geduld.
Sie aß zwei Schinkenbrötchen, trank ein Glas Rotwein und ließ so sinnlose Wörter wie »gezogener Lauf« und »Würgebohrung«, »Hammerleßgewehr« und »Radschlossbüchse« an sich vorbeirauschen.
Fanni wartete auf ihr Stichwort, und das kam gegen halb zehn, als die beiden Gaumeister aufs Klo mussten.
»Ah, Frau Rot«, feixte Böckl quer über den Tisch, »immer auf gutem Fuß mit der Kripo! Er kommt doch täglich, der Herr Hauptkommissar, nicht wahr?«
»Dreimal täglich«, gab Fanni zurück, »und ab morgen kommt er dreimal täglich zu Ihnen, Herr Böckl. Er wird wissen wollen, was Sie am Tag des Verbrechens gemacht haben, jede Minute müssen Sie belegen. Sie sollten schon mal damit anfangen, sich zu erinnern.«
»Jede Minute«, echote Böckl und spielte mit. »Zum Frühstück hatte ich kalten Kaffee«, sagte er, »weil um halb acht schon das Telefon geklingelt hat. Ein Kunde, wollte Patronen bestellen. Jäger stehen halt früh auf.«
Fanni hatte eine gute Viertelstunde, dann kam der Gaumeister

KK-Gewehr und drückte sich von links auf die Bank neben Böckl. Fanni räumte das Feld.

Fannis Mann saß neben dem Schützenvorstand und lachte wie sonst nur bei Bud-Spencer-Filmen. Fanni wollte gar nicht wissen, worüber, denn eines war klar: *Sie* würde es nicht lustig finden. Und noch eines war klar: Es würde spät werden.

Fanni drehte zwei flotte Runden um das Schützenhaus, ging die dritte gemütlich an und dehnte sie dafür bis zur Einkaufsstraße aus. Sie sah sich dort die Auslagen eines Schuhgeschäftes und eines Haushaltswarenladens an. Gegen Mitternacht kehrte sie zu den Bierbänken zurück.

Hans Rot saß neben der Frau des Kassenwarts und lachte zwei Oktaven zu hoch.

Fanni nahm sich ein Käsebrötchen und ein Glas Rotwein und suchte sich eine Bank an der Wand, damit sie sich anlehnen konnte. Es ging auf ein Uhr früh zu. Fanni wünschte sich einen Schmöker von Stephen King oder einen von Dan Brown, aber damit hätte sie ein Aufsehen erregt wie Marco Polo auf den großen Sunda-Inseln.

Fanni schloss die Augen, damit fiel sie nicht auf.

Stühlerücken und Füßescharren rissen sie aus ihrem Dämmerschlaf. Um sie herum schüttelten sich Schützenbrüder die Hände und boxten sich gegenseitig in die Rippen. Das sah nach Aufbruch aus. Halb drei. Fanni ging ohne Umweg zur Tür. Keiner würde morgen wissen, dass sie sich von niemandem verabschiedet hatte. Alle waren vollauf beschäftigt, und alle waren angetrunken. Der Gaumeister Luftgewehr hielt die Frau des Schriftführers in den Armen und flüsterte ihr etwas ins Ohr. Der Schützenvorstand hatte die Hand auf dem Po einer Dame, die kurz zuvor mit dem Gaumeister Armbrust poussiert hatte. Fanni wollte keinesfalls Schweißfinger auf ihrem Rücken spüren, und feucht-fettige Küsse auf beide Backen wollte sie erst recht nicht.

Sie eilte zum Wagen und wartete neben der Beifahrertür auf ihren Mann. Er würde selbst fahren wollen, keine Frage.

»So viel kann ich gar nicht trinken, dass wir mit mir am Steuer nicht sicherer nach Hause kämen als mit Schlitterfanni«, pflegte er zu sagen, wenn sie sich erbot zu chauffieren, weil er unerlaubt viele Promille im Blut hatte.

Es stimmte ja, Fannis Auto war schon mal auf vereister Straße ausgebrochen und eine Böschung hinuntergeschlittert. Das kann wohl jedem passieren, sollte man denken. Schon, aber Fanni *war* es passiert.

Hans Rot startete den Wagen, und Fanni schnallte sich an. Der Gaumeister Zimmerstutzen hupte dreimal, als er an ihnen vorbeifuhr und nach rechts Richtung Fischerdorf abbog.

»Radaubruder«, grinste Fannis Mann und hupte zurück. Dann hatten sie die Straße für sich. Die anderen Schützen wohnten in den Käffern an der Donau, in Thundorf, Hofkirchen und Pleinting. Den Weg in die Hügel des Hinterlandes nach Erlenweiler nahmen nur die Rots.

In Höhe von Natternberg tauchten vor ihnen die Schlussleuchten eines Wagens auf. Obwohl Hans Rot langsam fuhr, holte er schnell auf. Fanni starrte durch die Windschutzscheibe. Das Auto vor ihnen kroch mit vierzig Stundenkilometern dahin. Sein flaches Heck kam Fanni vage vertraut vor. Hans Rot begann zu lachen.

»Gelber Jaguar Marke Zacher«, grölte er.

Fanni schreckte auf.

Unmöglich, blitzte es in ihrem Kopf, Leni und Thomas sind in Köln.

Hans Rot setzte zum Überholen an und bleckte: »So eine Schleichfahrt hat ihre Vorzüge, und wie.«

Als beide Autos auf gleicher Höhe waren, versuchte Fanni zu erspähen, wer in dem Jaguar saß. Der Mann am Steuer hatte das Gesicht seiner Beifahrerin zugewandt. Fanni sah ihren Pferdeschwanz wippen. Auch Leni trug ihre Haare manchmal so zusammengebunden. Der Hinterkopf des Mannes leuchtete hell. Blond, dachte Fanni, wie Thomas.

Dann waren sie vorüber.

»Dieser Jaguar«, wieherte Hans Rot und scherte auf den rechten Fahrbahnstreifen zurück, »der hat's in sich.«

Fanni konnte nicht schlafen. Sie wälzte sich herum, ging aufs Klo, trank ein Glas Wasser, legte sich wieder hin und fing ihren Gedankenreigen von vorne an. Gegen halb vier Uhr nachts hatte ihr Mann Thomas Zachers gelben Jaguar überholt, in dem ein junges Paar saß. Leni und Thomas? Thomas und eine andere? In beiden Fällen hätte Leni ihre Mutter angelogen. So etwas tat Leni nicht. Wozu auch? Sie war alt genug. Sie konnte wegfahren, mit wem sie wollte, und sich aufhalten, wo sie wollte. Die ganze Sache ergab keinen Sinn.

Wieder eine dieser Situationen, gestand sich Fanni um fünf Uhr morgens ein, in denen mein Verstand kapituliert, sich sang- und klanglos verabschiedet, ohne den winzigsten Lösungsvorschlag anzubieten.

Ein wenig Vernunft hätte ihr sagen können, dass sich all diese offenen Fragen nicht durch schieres Nachgrübeln beantworten ließen. Doch Fannis Vernunft schlief schon. Der Gedanke, der Fanni noch wach hielt, flüsterte: »Und so vernagelt, wie du bist, möchtest du Detektiv spielen. Bildest dir ein, du könntest einem Mörder auf die Schliche kommen.« Fanni seufzte resigniert, und da schwieg auch diese Stimme in ihrem Kopf. Fanni fielen die Augen zu.

»Hast du den Kuchen fertig?«, fragte Fannis Mann am Samstagmittag. »Für das Straßenfest«, fuhr er fort, als Fanni ihn verständnislos anstarrte.

Sie hatte es ganz und gar vergessen, dieses jährliche Straßenfest, das immer am Wochenende vor Sonnwend gefeiert wurde.

Fanni raste in die Küche. Sie schlug gerade das fünfte Ei in die Rührschüssel, da sah sie auch schon Meiser, wie er seinen Zweitkühlschrank auf einer Sackkarre aus der Garage rollte. Meiser steuerte auf den Wendeplatz am Ende der Stichstraße zu, dorthin, wo zwischen den Häusern von Weber und Beutel bereits drei Sonnenschirme standen.

Fanni verquirlte die Eier mit dem Zucker. Sie sah, wie Meiser zurückkam und gleich darauf zwei Bierbänke vorbeikarrte. Frau Meiser lief neben ihm her und trug die Polsterauflagen.

Der Teig war noch nicht in der Form, da schwankte ein Biertisch auf Meisers Sackkarre; Frau Meiser schleppte einen blauen Sonnenschirm.

Beim nächsten Blick aus dem Fenster sah Fanni die beiden mit einer Lichtergirlande und einem Korb voller Gläser vorbeiziehen. Fannis Mann folgte ihnen mit einem Sack Holzkohle.

Fanni stellte den Kurzzeitwecker auf 45 Minuten und setzte sich solange mit Grisham auf die Terrasse.

Es ging auf acht Uhr hin, die Sonnenschirme waren bereits zugeklappt, die Nackensteaks vertilgt, und Frau Meiser sagte zum sechsten Mal »pietätlos«.

Fanni sagte gar nichts und wünschte Böckl insgeheim Erfolg für seinen Plan. Böckl war diesen Morgen nach Klattau gefahren.

Seit Meiser vor drei Stunden das erste Glas Bier aus dem Fässchen gezapft hatte, wurde die Sensation gehandelt: Böckl beabsichtigte, eine von Mirzas Schwestern zu fragen, ob sie nicht zu Bene auf den Hof kommen wolle, als Verwandte, als Angestellte oder, wenn es nach Böckl ginge, als Benes Ehefrau.

Böckl kennt Mirza besser, als er zugegeben hat, überlegte Fanni, wie könnte er sonst wissen, wo ihre Schwestern zu finden sind?

Links neben ihr setzte sich Meiser gerade in Szene. »Das hab ich immer schon gesagt«, rief er in die Runde, »dass der Böckl kein Niveau hat. Die Erste ist noch nicht einmal unter der Erde, da will er uns schon die nächste Dirne nach Erlenweiler bringen.«

»Ich glaube, eine Schwester von Mirza auf dem Hof, das würde dem Bene guttun«, warf Fanni ein. »Das wäre, als würde ein Stück von Mirza zu ihm zurückkommen.«

»Pietätlos«, wiederholte Frau Meiser.

»Überhaupt«, unterbrach Herr Meiser seine Frau, die schon die Lippen zu einem weiteren »Pi« schürzte, »für meinen Geschmack mischt sich der Böckl ein bisschen viel ein in die ganze Angelegenheit. Letzte Woche erst hat er mit seinem Köter auf Ihrem Grundstück herumgeschnüffelt, Frau Rot. Ich würde mir das nicht bieten lassen.«

»Ich sollte wohl ein Stück von Frau Pramls Kirschtorte probieren«, murmelte Fanni und verließ den Platz zwischen Meiser und seiner Frau.

Sie trieb sich eine Weile am Kuchenbüfett herum und linste zu den drei Biertischen hinüber. Herr und Frau Meiser redeten inzwischen auf Frau Molk ein, die Meiser auf Fannis Platz komplimentiert hatte. Gegenüber unterhielt sich Fannis Mann mit Herrn Stuck. Am nächsten Tisch saßen Pramls und ihnen gegenüber Kundlers. Fanni steuerte auf die Gruppe zu, und Frau Praml rutschte ein Stückchen zur Bankmitte, sodass sich Fanni neben sie setzen konnte.

Herr Kundler und Herr Praml sprachen über Pirelli-Reifen.

»Meiser betitelt Böckl als Mädchenhändler«, informierte Frau Praml Fanni über den aktuellen Gesprächsgegenstand am Nebentisch.

»Ich halte das für verleumderisch«, sagte Frau Kundler, »Herr Böckl will das Mädchen ja nicht zwingen, zu Bene auf den Hof zu kommen. Das kann er gar nicht.«

»Ich könnte mir vorstellen, dass Mirzas Schwester keinen schlechten Tausch macht, wenn sie herkommt«, sagte Frau Praml.

»Sie werden vermarktet und zugrunde gerichtet, die Mädchen in Tschechien«, stimmte ihr Frau Kundler zu. »Viele Freier, heißt es, die über die Grenze hinüberfahren, verlangen nach ganz jungen Mädchen, Kindern! Kriminell ist so etwas, charakterlos.«

»Ach«, seufzte Frau Praml, »sie sind eben Lüstlinge, die Männer, allesamt.«

Fanni nickte pflichtschuldigst, stand auf und begann, leer gegessene Kuchenteller abzuräumen. In ihrem Rücken hörte sie Meisers Stimme:

»Den neuen Geländewagen hat Böckl von seinem Kumpan, dem Zacher Frieder aus Regen, diesem Schlitzohr.«

Fanni spitzte die Ohren und klaubte Krümel vom Tischtuch. Frau Kundler sah sie irritiert an.

»Der Zacher hat mehr Dreck am Stecken als Al Capone«, sagte Meiser. Die anderen lachten. Meiser fühlte sich geschmeichelt und legte nach: »Drogen, Waffen, Mädchenhandel, Autoschiebereien ... in jedem kriminellen Sumpf hat der Zacher seine Finger drin. Was glaubt ihr denn, warum er diese Nutte aus Prag geheiratet hat? Das hat ihm Kontakte bis nach Wladiwostok eingebracht. Russenmafia!«

Fanni wurde übel. Aber sie wollte nicht kneifen. Meiser war jetzt voll in Fahrt, sie musste einfach zuhören.

»Die russischen Gangster haben den Zacher Frieder bestimmt

mit Handkuss aufgenommen. Er hatte ja eine imponierende Eintrittskarte vorzuweisen – Mord!«

An Meisers Tisch erhob sich erregtes Gemurmel. Er lachte abfällig und verschaffte sich damit wieder die volle Aufmerksamkeit.

»Wer hat denn damals die Anna Kreutzer auf dem Heimweg vom ›Gänseblümchen‹ erschlagen? Der erbärmliche Wicht aus der Glasbläserei? Der kannte sie doch gar nicht! Der Zacher Frieder war's, kein anderer. Er war schließlich Annas Zuhälter, und weil sie nicht mehr spuren wollte, hat er kurzen Prozess mit ihr gemacht.«

Fanni vernahm Widerspruch: »Das Mädchen ist keine Hure gewesen.« – »Die Kleine war flatterhaft, aber sie hat nicht für Geld …« – »Der DNS-Test hat eindeutig bewiesen …«

»DNS-Quatsch!«, brüllte Meiser. Es wurde still. »Darauf falle ich nicht herein, ich nicht!«

Er muss schon gehörig einen in der Krone haben, schoss es Fanni durch den Kopf.

Meiser fuhr fort: »Jeder weiß doch, wie es zugeht in den Labors. Da werden die Proben nach dem Lotterieverfahren beschriftet. In den Reagenzgläsern tummeln sich Bakterien vom Vorjahr. Jeder Wetterbericht ist zuverlässiger als ein Laborergebnis.«

Besoffener Schwafler, dachte Fanni und fühlte sich ein bisschen erleichtert, hast noch nie in deinem Leben ein Labor betreten. Kannst bloß alles und jeden verunglimpfen, schlechtmachen, mit Dreck bewerfen.

Sie beschloss, Meiser kein einziges Wort zu glauben.

Am besten gar nicht mehr hinhören, sagte sie sich, stellte die benutzten Teller in eine Plastikwanne und machte sich damit auf den Weg zu ihrem Haus. Lieber wollte sie die Spülmaschine bestücken, als sich von Meiser Flöhe in die Ohren setzen lassen. Sie konnte allerdings nicht verhindern, dass noch ein weiterer Satz in ihr Gehör drang:

»Und wenn sie nicht schlampen, die Damen und Herrn Biologen, dann lassen sie sich schmieren und liefern Ergebnisse auf Bestellung.«

Fanni beschleunigte ihre Schritte und entschied, nicht mehr zu den Tischen zurückzukehren. Sollte Meiser diffamieren, wen er wollte, Fanni würde es nicht hören.

Meiser fantasiert, überlegte sie, während sie die Spülmaschine füllte, aber was ist Frieder Zacher in Wahrheit für ein Mensch – und wo ist Leni?

Sie fand auch jetzt keine Antwort darauf.

»Und was ist mit Sprudel?«, fragte die rastlose Stimme in ihrem Kopf. »Mit Sprudel und dieser lächerlichen Mördersuche?«

»Montag früh«, versprach Fanni, »rufe ich im Kommissariat an und sage das Treffen ab.« Dann ging sie zu Bett und schlief sofort ein.

5.

Ich kann nicht einfach anrufen, sagte sich Fanni am Montagmorgen. Was, wenn Meisers Polizistenfreund mitbekommt, dass ich Sprudel zu sprechen verlangt habe? Er erzählt es postwendend Meiser, und der tratscht es weiter, zuallererst an Hans. Und überhaupt, argumentierte Fanni, wollte ich ja Sprudel nach Frieder Zacher fragen. Sprudel ist der Einzige, der mir verbürgte Informationen über Thomas' Vater liefern kann.

Nach dem Bettenmachen ertappte sie sich dabei, wie sie vor dem Kleiderschrank stand und darüber nachdachte, was sie zu dem Treffen mit Sprudel anziehen sollte.

Gegen zehn klingelte das Telefon. Leni rief an. Sie erzählte gut gelaunt von Spaziergängen an der Rheinpromenade und von Reibekuchen mit zwei Gläsern Kölsch zum Mittagessen.

»Und du warst mit Thomas da?«, fragte Fanni.

»Hab ich dir doch gesagt. Und heute in aller Früh ist er nach Straubing gedüst. Um acht hat sein Unterricht angefangen. Ich geh erst um elf ins Labor.«

Fanni zögerte eine Sekunde, dann platzte sie heraus: »Seid ihr mit diesem Sportwagen unterwegs gewesen?«

Leni lachte lauthals. »Der Jaguar? Du magst ihn nicht, Mama, stimmt's? Aber du musst dir keine Sorgen machen, der Jaguar läuft ganz gemächlich.«

Sie kicherte vor sich hin, und dann erkundigte sie sich nach »den Fortschritten im Kampf gegen Justizirrtümer«.

»Damit ist Schluss«, sagte Fanni. »Das ist nicht mein Bier, und außerdem bin ich für Ermittlungsarbeit nicht ausgebildet. Dafür ist die Polizei da.«

»Hat dich Papa in die Mangel genommen?«, fragte Leni und sprach nach einer Pause weiter, weil Fanni schwieg. »Sei nicht so ein Angsthase, Mama. Häng dich rein in die Sache, ich wette, es macht dir sogar Spaß.«

Fanni schluckte.

»Lass deinen Sprudel grübeln und tüfteln«, meinte Leni, »du

musst ihm nur den Zündstoff liefern, ein Geistesblitz hier, eine extravagante Hypothese da, und schon winkt der Erfolg. Bloß nicht schwach werden. Tschüss, Mami.«

Aufgelegt. Fanni musste grinsen. Für extravagante Hypothesen war sie genau die Richtige.

Schon kurz nach ein Uhr mittags stieg Fanni in ihren Mitsubishi. Sie wollte sich noch vor dem Treffen mit Sprudel im Gartencenter nach einem Trockengesteck umsehen – vorsichtshalber.

Als sie den Wagen die Zufahrt hinunterlenkte, merkte sie, dass etwas nicht stimmte.

Läuft irgendwie nicht rund, dachte Fanni. Sie erwog, anzuhalten und nachzusehen, ob sich von außen etwas Ungewöhnliches erkennen ließe. Bevor sie sich dazu durchringen konnte, geriet Frau Praml in ihr Blickfeld, die wild mit einem Handbesen gestikulierend im Vorgarten stand. Fanni trat auf die Bremse und starrte ihre Nachbarin an. Es dauerte eine Weile, bis sie merkte, dass Frau Pramls Handbesen zwar Kreise und Schleifen in der Luft beschrieb, aber immer wieder zu einem bestimmten Punkt zurückkehrte und dort für einige Augenblicke hängen blieb. Dieser Ruhepunkt befand sich auf einer gemeinsamen Linie mit dem rechten Vorderrad von Fannis Auto.

Sie stellte den Motor ab, stieg aus, und sofort hörte sie das Wort »Platten«.

»Sie haben einen Platten, Frau Rot!«, kreischte Frau Praml. »Und was für einen! Die ganze Luft ist komplett raus. So können Sie keinen Meter mehr weiterfahren.«

Fanni wankte um die Kühlerhaube herum und glotzte verstört auf ihren lädierten Reifen. Heftig schoss ihr durch den Kopf, dass Sprudel nun vergeblich auf sie warten würde. So, wie das Rad aussah, konnte sie nirgendwo hinfahren, und Reifenwechseln gehörte nicht zu Fannis Talenten.

Obwohl Frau Praml lauter röhrte, als Benes Notstromgenerator das tat, falls er angeworfen wurde, drang der Sinn ihrer Worte um Längen verzögert bei Fanni ein.

Frau Praml hatte gefragt, ob Fanni auf dem Weg zu einem Termin sei – Arzt?, Zahnarzt?, Friseur?

Fanni nickte mehrmals.

»Ich hole meinen Mann«, bot Frau Praml an, »der wechselt das platte Ding da im Nu aus.« Sie ließ den Handbesen fallen und rannte davon.

Fanni seufzte auf und dankte sämtlichen himmlischen Heerscharen, dass Herr Praml nachts arbeitete, vormittags schlief, nachmittags verfügbar war und eine ganze Menge von Maschinen und dergleichen verstand.

Im nächsten Augenblick bog er mit einem Werkzeugkoffer in der Hand um die Ecke der Praml'schen Garage. Als er den Wagenheber am Mitsubishi ansetzte, erschien auch Frau Praml wieder und erzählte Fanni des Langen und Breiten davon, wie sie selbst einmal einen Platten gefahren hatte.

»Auf dem Parkplatz vor der Schule, Frau Rot, das müssen Sie sich mal vorstellen, da lagen Nägel, Tausende!«

Herr Praml zog am Ersatzreifen bereits die Muttern fest. Dann stellte er das Rad, das er abmontiert hatte, auf, rollte es kleine Stückchen vor und zurück und beäugte es kritisch.

»Eigenartig«, meinte er nach einer Weile, »der Reifen ist völlig zerschnitten. Sind Sie durch einen Scherbenhaufen gefahren, Frau Rot?«

Fanni schüttelte den Kopf. Dann bedankte sie sich überschwänglich für seine Hilfe. »Wie kann ich mich bloß revanchieren?«, fragte sie.

»Oh, da wüsste ich schon was«, antwortete Herr Praml. »Sie haben mir letzten Winter, als ich den losen Deckel von Ihrer Mülltonne wieder festgeschraubt habe, ein Glas selbst gemachte Himbeer-Kirsch-Marmelade gegeben. Das war was Feines. Die Kinder sind auch ganz wild drauf gewesen. Haben Sie noch was übrig davon?«

Fanni lachte, rannte ins Haus und in den Keller. Zwei Minuten später reichte sie Herrn Praml ein Holzkistchen, in das sie vier volle Marmeladengläser gestellt hatte.

»Zu viel!«, zierte sich Herr Praml.

»Keinesfalls«, lächelte Fanni, »ich wollte, ich könnte mich besser erkenntlich zeigen.«

Sie öffnete die Wagentür und stieg ein. Die Uhr am Armaturenbett zeigte 13:40 an. Sie würde pünktlich zu ihrem Treffen mit Sprudel kommen. Das Trockengesteck musste allerdings warten.

»Äh, Frau Rot«, sagte Herr Praml, bevor sie die Autotür schließen konnte, »ich würde mich auf Ihrem Grundstück gern mal nach dem Stein umsehen, mit dem Mirza erschlagen worden ist. Solange die Tatwaffe fehlt, ist doch ein Verbrechen nicht richtig aufgeklärt, oder?«

»Sie haben recht«, antwortete Fanni, »aber die Polizei …«

Herr Praml hatte das Kistchen unter den rechten Arm geklemmt, mit der linken Hand wedelte er Fannis Einwand weg. »Wenn es Ihnen recht ist, schau ich selber nach. Den platten Autoreifen deponiere ich neben ihrer Garage.«

Fanni nickte zustimmend und startete den Motor. Als sie den Erlenweiler Ring hinunterfuhr, stand Frau Praml am Gartenzaun und winkte ihr mit dem Handfeger nach.

Sprudel strahlte bis zu den großen Ohren, als Fanni auf dem Feldweg ihren Wagen neben seinem anhielt. Er deutete auf einen nahe gelegenen Hügel.

»Der Natternberg«, sagte er, »heißt es nicht, der Teufel wollte den Felsen in die Donau werfen, um die Anwohner zu ertränken?«

Fanni nickte. »Aber der Brocken war dem Teufel zu schwer, und er musste ihn mitten in der Ebene fallen lassen.«

»Warst du schon mal auf dem Natternberg oben?«, fragte Sprudel.

Fanni verneinte.

»Dann los«, sagte Sprudel.

Sie stiegen in die Autos und fuhren das kurze Stück zum Fuß des Hügels. Zwei Holztafeln mit geschichtlichen Angaben, Daten, die bis in die Steinzeit zurückgingen, markierten den Beginn des Wanderweges zum Gipfel.

»Böckl hat kein Alibi«, berichtete Sprudel.

»Ja«, sagte Fanni, »er war zur Tatzeit im Keller seines Hauses und hat ein Jagdgewehr repariert, und er war alleine, weil ihn seine Frau währenddessen im Geschäft vertreten hat.«

»Fanni!«, schrie Sprudel, dass es an den Felsen widerhallte. »Kannst du jetzt auch schon Gedankenlesen?«

Fanni klärte ihn auf.

»Nüchtern betrachtet ist Böckl ziemlich verdächtig«, meinte sie danach und begann aufzuzählen. »Erstens: Er kennt Mirza besser, als die anderen Nachbarn sie kannten. Er weiß genau, wo sie herkommt, obwohl er immer so getan hat, als hätte er sie zufällig von der Straße aufgelesen. Er kennt sogar Verwandte von ihr. Böckl hätte also ganz leicht einen Vorwand finden können, Mirza zu sich ins Haus zu locken. Zweitens: Böckl geht jeden Abend mit seinem Hund Gassi.«

»Wieso macht ihn das verdächtig?«, warf Sprudel ein.

Fanni ließ sich nicht beirren. »Er geht sehr spät spazieren mit dem Hund«, sagte sie. »So um zehn Uhr abends läuft er gewöhnlich den Erlenweiler Ring herauf und biegt dann in die Hauptstraße ein.«

»Ähm«, machte Sprudel.

Fanni unterbrach sich und sah ihn an.

»Wieso«, fragte Sprudel, »heißt dieses Gässchen eigentlich ›Ring‹? Es handelt sich doch bloß um eine Stichstraße, die von der Hauptstraße abzweigt und in eine Siedlung führt, so wie tausend andere zwischen der Kreisstadt und den Bayerwaldbergen.«

Fanni warf ihm einen vorwurfsvollen Blick zu. »Mein lieber Sprudel«, grinste sie dann, »dir scheint entgangen zu sein, dass unser Erlenweiler Sträßchen vor den Häusern von Weber und Beutel einen perfekten Kreis beschreibt, bevor es wieder in sich selbst mündet.«

»Ah«, machte Sprudel. »Der Erlenweiler Ring«.

»Genau«, sagte Fanni und fuhr fort. »Böckl spaziert also um zehn Uhr abends den Erlenweiler Ring herauf und biegt dann in die Hauptstraße ein. Wenn ich gegen halb elf im Badezimmer die Jalousie herunterlasse, dann sehe ich ihn über die Wiese herunterkommen. Das bedeutet, er hat den Klein-Hof umkreist.«

»Macht ihn schon eher verdächtig«, gab Sprudel zu. »Und das ist wohl noch nicht alles.«

»Doch, fast«, antwortete Fanni, »was ich sonst noch beobachtet habe, lässt sich nur als Hinweis verwenden, als mögliche Antwort auf die Frage, warum Böckl darauf verfallen sein könnte, Mirza zu belästigen.«

Sprudel senkte sein Ohr.

»Mirza hat nie ihre Vorhänge zugezogen«, sagte Fanni, »wenn

Böckl bei Dunkelheit den Hof umkreist hat, dann hat er einiges zu sehen gekriegt hinter den Fenstern.«

»Das hätte er bei dir auch«, murmelte Sprudel.

»Sprudel«, regte sich Fanni auf, »ich habe *Jalousien*, die lasse ich herunter, wenn ich mich abends im Badezimmer ausziehe, und in meinem Wohnzimmer, da gibt es nichts zu sehen für Voyeure. Mirza hatte da viel mehr zu bieten.«

Sprudel grinste. »Drittens«, sagte er.

»Drittens, was drittens, ach drittens. Böckl ist Jäger! Ich denke mir, dass Jäger mit dem Tod kaltblütiger umgehen als andere Leute. Ein Jäger weiß bestimmt genug über Anatomie, sodass er seiner Jagdbeute gezielt das Keilbein oder das Schläfenbein zertrümmern kann. Ein Jäger verliert gewiss nicht die Nerven, wenn ein Lebewesen tot zusammenbricht, im Gegenteil, ein Jäger kann in so einem Fall in aller Ruhe nach Hause spazieren.«

»Mitsamt der Tatwaffe?«, erkundigte sich Sprudel.

»Ich glaube nicht«, sagte Fanni, »denn Böckl – wenn er der Täter wäre – musste über die Straße zurück zu seinem Haus, da hätte ihn jemand sehen können mit dem Stein.«

»Wenn er so ein kaltblütiger Jäger wäre«, sagte Sprudel, »dann hätte er den Stein an seinen Platz in der Reihe zurückgelegt.«

»Auch ein Jäger kann nicht an alles denken«, wandte Fanni ein, und Sprudel stimmte ihr zu.

»Aber wo hockt der vermaledeite Stein?«, murmelte Sprudel. »Tatwaffe hin oder her«, sagte er laut, »wir haben hier einiges, was für Böckl als Täter spricht.« Er zog Fanni auf ein bemoostes Bänkchen. »Haben wir auch etwas, das ihn entlastet?«

»Ja«, sagte Fanni, »Böckl hat noch am selben Tag, an dem Mirza gestorben ist, spätabends seinen Wolfi auf Mirzas Spur angesetzt. Er wollte sehen, ob nicht der Wolfi den Stein in der Wiese aufstöbern könnte. Das hätte Böckl doch nicht tun müssen, wenn er selber der Täter gewesen wäre. Dann hätte er ja gewusst, wo die Tatwaffe versteckt ist.«

»Falls«, wandte Sprudel ein, »falls ihm nicht nach der Tat die waidmännische Kaltblütigkeit abhanden gekommen ist und er im Affekt den verräterischen Stein in die Wiese geschleudert hat. Dann hätte er ihn suchen müssen, dringend, bevor ihn ein anderer findet.«

Fanni nickte zwar, hatte aber die Lippen geschürzt und die Stirnpartie zwischen den Augenbrauen vertikal gefältelt.

»Spuck es einfach aus«, sagte Sprudel.

Fanni begann recht zaghaft. »Ich kann mir gar nicht vorstellen ...«, sie versandete, räusperte sich und sagte dann fest: »Ich glaube nicht, dass er es war.«

»Lieber Gott«, stöhnte Sprudel. »Warum denn nicht?«

Fanni atmete durch. »Böckl hätte es Mirza nicht übel genommen, falls sie ihn auf irgendwelche Avancen hin abblitzen ließ. Er hätte gesagt: ›Probieren geht über studieren, den Versuch war es wert‹ oder so etwas in der Art, und dann hätte er Mirza zur Tür gebracht. Selbst wenn Mirza dann noch angedroht hätte, die Geschichte herumzuerzählen, hätte er sie bloß ausgelacht, weil er wusste, dass man ihm mehr glauben würde als ihr.«

»Gut«, sagte Sprudel, »verstehe, Böckl ist einerseits kaltblütig genug, Mirza in deinem Garten zu erschlagen und den Unschuldigen zu spielen, und er ist andererseits auch kaltblütig genug, Mirza überhaupt nicht zu erschlagen.«

Fanni fauchte, stand auf und ging weiter. Hinter der nächsten Biegung lag das Gipfelplateau des Natternbergs. Sie blickten eine Weile schweigend in die Donauebene.

»Setzen wir Böckl einstweilen auf die Reservebank«, schlug Sprudel versöhnlich vor, »und nehmen wir uns – wen könnten wir uns denn vornehmen?«

»Praml«, sagte Fanni. Sie schlug den Rückweg ein. »Die Pramls sind meine nächsten Nachbarn linkerseits. Die eine Hälfte von der toten Mirza lag auf ihrem Grundstück. Herr Praml schiebt schon seit vielen Jahren Nachtschicht bei den Vereinigten Motorenwerken. Er kommt morgens um sechs von der Arbeit nach Hause, und dann schläft er mindestens fünf Stunden. Bis Mittag bleiben bei Pramls immer die Jalousien geschlossen – das Küchenfenster ausgenommen. Die Kinder sind in der Schule, und ich frage mich schon lange, ob Frau Praml ihre Hausarbeit mit der Taschenlampe macht.«

»Heißt das, Frau Praml war zur Tatzeit zu Hause – was ihrem Mann ein Alibi gäbe?«, fragte Sprudel.

»Heißt es nicht«, sagte Fanni. »Frau Praml fährt vormittags manchmal weg, zum Einkaufen oder zum Friedhof, wo vor zwei

Wochen ihr Vater beerdigt wurde. Manchmal läuft sie zu Fuß zum Gartencenter und sieht nach ihrer Mutter, die dort gleich gegenüber wohnt.«

»Laut Vernehmungsprotokoll war Frau Praml an diesem Tag zu Hause«, erinnerte sich Sprudel. Er sinnierte eine Weile vor sich hin, dann fragte er: »Wie stand denn Herr Praml zu Mirza?«

Fanni erzählte ihm von dem Streit des Ehepaares Praml, den sie vergangenen Donnerstag belauscht hatte.

Sprudel pfiff leise durch die Zähne.

»Außerdem interessiert sich Herr Praml für die Tatwaffe«, fügte Fanni an und berichtete kurz, was sich vor ihrer Abfahrt ereignet hatte.

»Dein Vorderreifen war aufgeschlitzt«, echote Sprudel, »und du hast keine Ahnung, wie das passieren konnte?«

»Na ja«, meinte Fanni, »auf dem Feldweg, der zu unserem Treffpunkt führt, kann alles Mögliche herumgelegen haben.«

Sprudel stimmte ihr zu. Recht überzeugt sah er allerdings nicht aus.

»Wir sollten Pramls Alibi überprüfen«, sagte Fanni, »aber wie bloß?«

»Du könntest mit Frau Praml ein Schwätzchen halten und ihr dabei auf den Zahn fühlen. Kernfrage: Was genau hat Praml gemacht, während Mirza erschlagen wurde.

Fanni seufzte auf. »Das bedeutet, ich muss sie zum Kaffeetrinken einladen. Hast du Frau Praml mal reden hören, Sprudel? Sie hat eine Stimme wie Eisennägel, die über Wellblech kratzen.«

Fanni und Sprudel waren am Fuß des Natternbergs bei den Übersichtstafeln angekommen. Sprudel öffnete seine Autotür und beugte sich zum Beifahrersitz hinüber.

»Trostpflaster«, sagte er zu Fanni, als er wieder zum Vorschein kam. Er hielt einen dünnen Aktenhefter in der Hand. Auf dem Deckblatt waren zwei gegenläufige, durch Stege verbundene Spiralen abgebildet. Die Doppelhelix! Fanni erkannte das berühmte Modell sofort.

»Danke, Sprudel«, sagte sie.

»Kannst du behalten«, antwortete er. »Ich hab extra eine Kopie für dich gemacht.

Fanni fragte sich, ob er ahnte, wie ungern sie die Blätter wieder herausgerückt hätte.

»Übermorgen«, setzte Sprudel hinzu, als Fanni in ihren Wagen stieg.

Sie nickte und startete den Motor. Sprudel klopfte ans Fenster. Sie öffnete es.

»Wo?«, fragte er.

»Wie wär's mit einer kleinen Wanderung von Mietraching aus in die Saulochschlucht?«, meinte Fanni.

»Hört sich vielversprechend an«, schmunzelte Sprudel.

»Gut«, sagte Fanni, »wir treffen uns bei den Ruselkraftwerken.«

Unterwegs nach Hause tätschelte Fanni die Mappe neben sich.

Montag war heute, fein. Montags ging Fannis Mann zum Kegelschieben.

Der Abend gehörte Fanni und der Doppelhelix. Auf NDR war zwar ein »Tatort« angekündigt, aber Götz George mochte Fanni nicht besonders. Der sah schurkischer aus als die Verbrecher, die er jagte, fand Fanni.

Bevor Hans Rot zu seinen Kegelbrüdern ging, wollte er allerdings von Fanni wissen, wie sie es fertiggebracht hatte, das rechte Vorderrad ihres Wagens derart zuzurichten.

»Ich bin vergangene Woche nur meine übliche Einkaufsstrecke gefahren und am Freitag zum Pfarrzentrum, wo der Bastelkurs stattfindet«, verteidigte sich Fanni.

»Und dabei bist du kurzerhand über ein Feld aus Rasierklingen geflitzt.«

»Nein«, bockte Fanni, »nicht mal über einen Reißnagel. Der Fehler kann doch auch am Reifen selbst liegen. Vielleicht war der Gummi porös. Bei den Gummiringen meiner Weckgläser passiert das ständig. Über den Winter werden sie brüchig, und dann reißen sie, sobald man ein wenig dran zieht«.

Hans Rot verdrehte die Augen hilfesuchend zu Decke. »Weißt du was, Fannimaus? Reifen werden nicht aus Weckglasgummi hergestellt.«

Fanni schwieg.

Zum Glück entschied ihr Mann, das Thema zu beenden und sich lieber auf den Weg zu den Kegelbrüdern zu machen.

Die Haustür schlug zu. Zwei Minuten später kuschelte sich Fanni aufs Sofa im Wohnzimmer. Sie nahm die schmale Akte, die ihr Sprudel gegeben hatte, starrte auf des Modell der Doppelhelix und versank in Erinnerungen. Sie driftete durch die Jahre '74 und '75, bis das Läuten des Telefons sie in die Gegenwart zurückholte. Fanni schreckte auf und eilte in den Flur.

»Mama, es brennt«, sagte Vera.

Bei Vera brannte es immer. Fanni seufzte. »Ich werde Papa fragen, ob er sich am Wochenende loseisen kann. Du weißt ja, die Schützen, die Kegelbrüder, Hinz und Kunz. Was liegt denn an?«

»Deine Enkelkinder haben Darmgrippe«, quengelte Vera. »Außerdem sind wir am Samstag zu einer Grillparty eingeladen, und ich habe versprochen, zwei Torten mitzubringen. Aber Backen ist ja nicht so meine große Stärke. Du kannst das viel besser. Für Papa gibt's auch eine Menge zu tun. Am Garagentor blättert die Farbe ab, und im Gartenhäuschen nisten Mäuse, vielleicht sind es auch Ratten oder Iltisse.«

»Na fein«, meinte Fanni und versicherte ihrer jüngsten Tochter: »Ich rede mit Papa.«

Dann erkundigte sie sich, ob Vera mit den Kindern beim Arzt war und wie es den beiden ginge.

»So weit ganz gut«, sagte Vera, »aber Minna hat auf den neuen Teppich gespuckt und Max auf den Videorecorder.«

Fanni notierte sich im Kopf, Sagrotan und Bleichmittel einzupacken.

»Mama«, drängte Vera, »du musst auf alle Fälle herkommen. Wenn Papa keine Zeit hat, dann frag Leni.«

Es galt als ungeschriebenes Gesetz, dass Fanni Autofahrten von mehr als einer halben Stunde nicht allein unternahm. Fanni beherrsche weder das Einfädeln in Autobahnen, noch könne sie Geschwindigkeiten und Entfernungen abschätzen, pflegte Hans Rot zu sagen. Fanni sei sogar als Beifahrerin ein Risiko.

Als Flasche zu gelten hat auch sein Gutes, dachte Fanni, während sie ins Wohnzimmer zurückkehrte.

Sie schlug den Aktenhefter auf und las das erste Kapitel, in dem der schematische Aufbau der Doppelhelix und ihr Vervielfältigungsmechanismus beschrieben wurden.

»Vier Basen«, betonte der Verfasser mehrmals, »komplementär zueinander angeordnet! Durch die Abfolge dieser unterschiedlichen Basenpaare entsteht der individuelle genetische Code eines jeden Menschen.«

Sie birgt so unendlich viele Informationen, dachte Fanni, bevor sie weiterblätterte. Alles, was einen Menschen ausmacht, ist auf der Doppelhelix gespeichert: Talente, Schwächen, Augenfarbe, sogar Krankheiten.

Im nächsten Kapitel wurde erläutert, dass die DNS in winzige Stücke zerschnitten werden muss, die letztendlich das Bandenmuster und damit den genetischen Fingerabdruck ergeben.

»Die durch das Zerstückeln entstandenen Teilchen heißen Restriktions-Fragment-Längen-Polymorphismen, abgekürzt RFLP (David Botstein 1978)«, stand in einer Fußnote.

»Was für ein Zungenbrecher«, murmelte Fanni, las jedoch gespannt weiter. Sie wollte schnellstens wissen, womit sich die DNS zerschnippeln ließ – mit einem Messer? Sie musste lachen. Wohl kaum.

Mit einer biologischen Schere, natürlich, erfuhr Fanni. Und was war damit gemeint?

»Enzyme«, schrieb der Verfasser, »sie sind überall im Körper zuständig für das Spalten und das Verbinden.«

Staunend entnahm Fanni dem weiteren Text, dass Restriktionsenzyme aus Bakterien gewonnen werden. »Ihre substanzielle Eigenschaft ist es, die DNS an einer bestimmten Stelle zu trennen. Es gibt viele verschiedene Restriktionsenzyme. Jedes schneidet die DNS an einem anderen Punkt. Die Schnittstelle erkennt es an der spezifischen Basensequenz.«

Im Fenster erschien ein Lichtkegel. Hans Rot bog in die Zufahrt. Fanni machte das Licht aus und eilte ins Badezimmer. Als sie mit dem Zähneputzen fertig war, kam ihr Mann herein. Er orderte ein frisches Oberhemd für den nächsten Tag.

Fanni ging ins Schlafzimmer hinüber, suchte ein hellblaues heraus, knöpfte es auf und hängte es über den Herrendiener. Währenddessen röhrte ihr Mann aus dem Bad:

»Die Shampooflasche ist schon wieder leer.«

Fanni holte eine neue aus dem Vorratsschrank in der Küche. Dabei fiel ihr ein, dass sie morgen in aller Frühe einen Kuchen backen musste, weil ja Frau Praml zum Kaffeetrinken kommen würde.

Als Fanni nach dem Treffen mit Sprudel nach Hause gekommen war, hatte sie Frau Praml wieder mit dem Handfeger im Garten gesehen. Was macht sie denn, hatte sich Fanni gefragt, die Zaunlatten kehren?

»Ich hasse es«, rief Frau Praml über den Zaun, als Fanni ausstieg, »jede andere Arbeit ist mir lieber, als die Kellerschächte sauber zu machen.«

Fanni hatte ein paar Schritte in den Praml'schen Garten getan und verständnisvoll genickt. »Ich hasse das auch. Spinnen, Asseln, Moder, Würmer.«

Frau Praml sah ziemlich unglücklich drein. »Einer noch. Aber dann hab ich's geschafft«.

Frau Praml hat also in drei Stunden vier Kellerschächte sauber gemacht, rechnete Fanni. Wie lang braucht die denn für einen? Nimmt sie für den Feinschliff eine Zahnbürste?

»Ich finde«, sagte sie laut, »zum Ausgleich für solche Ekelarbeiten verdienen wir uns ab und zu ein wenig Behagen. Wollen Sie nicht morgen Nachmittag auf ein Tässchen Kaffee und ein Stückchen Kuchen herüberkommen?«

Frau Praml hatte erfreut genickt.

»Um zwei«, schlug Fanni vor, und Frau Praml hatte zustimmend den Handfeger geschwenkt.

»Mit Kirschen oder mit Pflaumen?«, fragte Fanni jetzt die Shampooflasche. »Beides muss bis zur kommenden Ernte verarbeitet sein.« Das Häschen aus Kamillenblüten auf dem Etikett plädierte für Kirschen, weil diese zwei Monate früher reifen als Pflaumen.

»Wo bleibst du denn?«, brüllte Fannis Mann aus der Dusche.

Fanni brachte das Shampoo, lief in den Keller und wühlte in der Tiefkühltruhe nach den Kirschenpäckchen. Sie entdeckte dabei einen Beutel eingefrorenes Bohnengemüse vom Vorjahr und beschloss, es morgen Mittag zu den Schweinemedaillons zu kredenzen.

»Was treibst du denn noch?«, rief ihr Mann aus dem Schlafzimmer.

6.

»Frau Praml war zur Tatzeit zu Hause«, sagte Fanni am Mittwochnachmittag zu Sprudel, als sie zusammen in die feucht-neblige Saulochschlucht eindrangen.

Fanni hatte beim Abmarsch einen Rucksack geschultert, und Sprudel hatte sie gefragt, ob mit Schneesturm oder Hagelschauer zu rechnen sei. Fanni hatte lächelnd den Kopf geschüttelt und darauf bestanden, den Rucksack selbst zu tragen, obwohl sich Sprudel heftig dazu anbot.

»Frau Praml hat gut zwei Stunden meiner Zeit verplempert, nur um mir zu erzählen, was sie gemacht hat, während Mirza starb.«

»Muss ja eine ganze Menge gewesen sein«, meinte Sprudel.

»Frau Praml sagt«, fuhr Fanni fort und stieg vorsichtig über eine glitschige Wurzel, »sie hätte Mirza retten können, wenn nicht Punkt zehn Uhr ihre Schwiegermutter angerufen hätte, die eigentlich ganz genau weiß, dass Herr Praml seinen Schlaf braucht und nicht geweckt werden darf.«

»Und wieso hätte Frau Praml Mirza helfen können?«, fragte Sprudel.

»Frau Praml hat gebügelt«, berichtete Fanni, »im hinteren Zimmer. Da kann sie die Jalousie hochziehen, ohne dass ihr Mann davon oder vom Straßenlärm aufwacht. Sie hatte ab halb zehn Uhr meine Johannisbeerstauden genau im Visier. Hätte der Alte Mirza zwischen halb und zehn Uhr bei den Stauden angegriffen, dann hätte ihm Frau Praml vom Fenster aus das Bügeleisen an den Kopf geworfen, sagt sie.«

»Dann ist also Mirza ziemlich genau um zehn Uhr erschlagen worden, was mit dem Obduktionsbericht übereinstimmt«, überlegte Sprudel laut. »Und warum hat Frau Praml die Leiche nicht gesehen, nachdem sie ins Bügelzimmer zurückkam?«

»Sie ist nicht zurückgekommen«, sagte Fanni. Sprudel hob die Augenbrauen, und Fanni fuhr fort.

»Frau Praml sagt, sie sei gut vierzig Minuten lang am Telefon hängen geblieben, weil ihre Schwiegermutter einfach nicht aufgehört hat, zu quasseln. Und als sie den Hörer endlich auflegen konnte, ist sie sofort in die Küche gerannt. Die Kartoffeln, die sie aufgesetzt hatte, waren längst gar, und der Kuchen in der Röhre war auch schon überfällig. Frau Praml hat an diesem Tag das Bügelzimmer überhaupt nicht mehr betreten. Sie war gerade dabei, den Kuchen zu glasieren, als die Polizeifahrzeuge an ihrem Küchenfenster vorbeigefahren sind. Da hat sich Frau Praml natürlich nicht mehr für ihre Bügelwäsche interessiert.«

»Und wer hat das Bügeleisen ausgesteckt?«, fragte Sprudel.

Fanni sah ihn irritiert an. »Frau Praml, gleich als das Telefon geklingelt hat, nehme ich an. Ich jedenfalls ziehe immer den Stecker, wenn ich vom Bügeltisch weggehe.«

»Hm«, brummte Sprudel, »Herr Praml scheidet also aus, er hat den ganzen Vormittag geschlafen, unter Aufsicht sozusagen.«

»Wenn Frau Praml nicht lügt«, hielt Fanni dagegen.

»Du meinst, sie steckt mit ihrem Mann unter einer Decke?«, fragte Sprudel.

»Denk doch mal an den Streit zwischen den beiden, von dem ich dir erzählt hab, Sprudel«, antwortete Fanni. »Frau Praml hat ihrem Mann vorgeworfen, er wäre in letzter Zeit andauernd um die Mirza herumscharwenzelt, hätte keine Gelegenheit ausgelassen, ihr unter den Rock zu gaffen, und hätte ständig nach Vorwänden und Gelegenheiten gesucht, um zum Klein-Hof hinaufgehen zu können.«

Fanni atmete durch und fuhr fort. »Wenn da etwas dran ist, wenn Frau Pramls Eifersucht nicht völlig unbegründet ist, dann haben wir bei Praml ein Motiv. Er hätte die Mirza auch ganz leicht ködern können. Praml hat über seine Arbeitsstelle oft Motorenöl und Schmierstoffe für den Bene bezogen. Er hat das Zeug immer selber auf den Hof gebracht, auch schon bevor Mirza dort eingeheiratet hat, und er hat sich oft die Zeit genommen, mit dem Bene ein wenig zu fachsimpeln. Um Mirza ins Haus zu locken, hätte Praml bloß warten müssen, bis der Bene mit dem Traktor wegfuhr. Wenn Praml in diesem Moment bei Mirza angerufen und sie gebeten hätte, schnell einen Kanister Schmieröl bei ihm abzuholen, den der Bene dringend braucht, wäre Mirza sofort gekommen. Fein angezogen hätte sie sich dazu natürlich nicht. Aber sie könnte die Sachen ja zufällig schon angehabt haben.«

»Schön«, sagte Sprudel, »Mirza wird erfolgreich angelockt und geht ins Haus. Praml bedrängt sie, Mirza flüchtet. Sie läuft quer durch Pramls Garten auf deine Johannisbeeren zu und will dort einen rechten Haken schlagen, um auf kürzestem Weg über die Wiese zum Klein-Hof zu gelangen. Aber Praml folgt ihr. Er stellt sie am Grenzmäuerchen und erschlägt sie. Pramls Frau bügelt gemütlich vor sich hin, beobachtet aber den letzten Akt, weil sich der direkt vor ihrem Fenster abspielt. Sie beschließt, ihren Mann zu decken, denn es ist auch ihr Schaden, wenn er ins Gefängnis geht.«

»Unwahrscheinlich«, sagte Fanni, »dass sich Praml an Mirza herangemacht hat, während seine Frau im Haus war. Sie könnte allerdings auch auswärts gewesen sein. Nehmen wir an, Herr Praml hat ihr, als sie zurückkam, gleich gebeichtet, was passiert ist. Vielleicht hat er ihr Mirzas Tod als Unfall verkauft. Wie auch immer, Frau Praml wollte ihrem Mann helfen und hat die Bügelgeschichte erfunden – als Alibi.«

Sprudel nickte, dann grinste er. »Ihre Ansicht, Miss Marple?«

»Gestern, beim Kaffeeklatsch«, antwortete Fanni, »da hab ich versucht, Frau Praml aufs Glatteis zu führen. Ich habe Mirzas Tod sehr bedauert und gesagt, dass es mir wirklich leidtue um Benes Frau, weil sie so tüchtig war und so hübsch und nie jemandem Schaden zugefügt hat. Die Antwort von Frau Praml hat sich für mich aufrichtig und ungekünstelt angehört. ›Mirza war viel *zu* hübsch‹, hat Frau Praml gesagt. Mirza hat allen Männern in Erlenweiler den Kopf verdreht. Alle haben ihr nachgegafft, alle, ohne Ausnahme. Deshalb hat es auch so manchen Ehekrach gegeben am Erlenweiler Ring, und die Frauen waren spinnefeind mit Mirza.«

Fanni verschwieg, dass Frau Praml hinzugefügt hatte: »Nur Sie nicht, Frau Rot, obwohl Ihr Mann auch immer Stielaugen bekam, wenn er die Mirza gesehen hat.«

»Frau Praml«, fuhr Fanni stattdessen fort, »hat gestern jedenfalls nicht so getan, als hätte sie Mirzas Wirkung auf Männer nicht gekannt, und als wolle sie mir einen Bären aufbinden.«

»Fazit«, sagte Sprudel, »auch Praml sitzt auf der Reservebank!«

Der Wanderpfad verengte sich. Rechts rückten die Felsen näher, links schimmerte ein kleiner mattgrüner See. Sprudels rechter Fuß blieb plötzlich in der Luft hängen und zog sich dann langsam wieder zum linken zurück. Fanni sah auf die Erde. Ein Feuersalamander kreuzte den Weg. Reifengummischwarz mit großen gelben Flecken am Rücken und am Schwanz kroch er auf dicken ebenso gefleckten Beinchen bedächtig auf eine Felsspalte zu.

»Er sieht ganz genauso aus wie Lurchi«, schmunzelte Fanni.

»Lurchi?«, echote Sprudel.

»Als ich klein war«, klärte Fanni ihn auf, »gab es in den Salamander-Schuhgeschäften für die Kinder immer ein Comic-Heftel nach dem Einkauf. Vorne drauf war ein Feuersalamander abgebildet, ›Lurchis Abenteuer‹ nannten sich die Geschichten darin. Ich habe Lurchi heiß geliebt.«

Sie stiefelten eine Weile schweigend dahin, trafen einen weiteren Feuersalamander und überholten eine Kröte. Auf einmal öffnete sich die Schlucht, und der Weg durchschnitt eine sonnige Wiese. Kurz darauf tauchten sie in ein Wäldchen ein. Es wurde kühl und dunkel. Fanni fröstelte.

»Wenn wir bloß mehr Spuren hätten«, sagte sie, »aus einer einzigen menschlichen Zelle kann man heutzutage schon genügend DNA gewinnen, um sie sichtbar machen und zuordnen zu können. Und ihr habt bei Mirza bloß die DNA vom alten Klein gefunden. Das gibt es doch nicht, Sprudel.«

»Aha, Frau Fanni hat sich mit Biochemie beschäftigt«, lachte Sprudel, wurde aber schnell ernst. »Natürlich«, sagte er, »müssen noch eine Menge anderer Spuren auf Mirzas Kleidung und an ihrem Körper sein. Von ihrem Mann beispielsweise, von den Hühnern vermutlich, vielleicht sogar von einer Nachbarin, die am Morgen schon Eier geholt und dabei ein Haar auf Mirzas Schulter hinterlassen hat. Aber es ist nicht nach mehr gesucht worden, weil die entscheidenden Indizien schon gefunden waren.«

»Könntest du Mirzas Kleidung noch mal durchleuchten lassen?«, fragte Fanni, und im selben Moment fiel ihr die Blüte von Mirzas Sandale ein, die sie in dem Loch im Rasen gefunden hatte. Sie erzählte Sprudel davon. »Vielleicht sind da Spuren vom Täter drauf«, meinte sie abschließend.

»Ohne triftigen Grund kann ich keine weitere DNS-Analyse

beantragen«, sagte Sprudel. »Aber möglicherweise«, fuhr er fort, »werden offiziell wieder Ermittlungen aufgenommen.«

»Ist dem Staatsanwalt Justitia persönlich im Traum erschienen und hat ihm den Marsch geblasen?«, grinste Fanni.

»Ganz im Gegenteil«, antwortete Sprudel, »Justitia hat dem alten Klein eins übergebraten!«

»Ihr habt ihn gefoltert!«, unterstellte Fanni.

»Also wirklich, Fanni!«, rief Sprudel entrüstet und berichtete, was sich zugetragen hatte.

»Der Alte«, begann er, »ist in der JVA, wo er in U-Haft sitzt, drei- oder viermal vernommen worden. Sein Geständnis hätte den Fall nämlich astrein zu Ende gebracht. Ein Geständnis ist immer erwünscht, auch wenn die Beweise noch so stichhaltig sind.

Anfangs hat sich Klein recht barsch und unzugänglich gegeben. Wenn er den Mund aufgemacht hat, dann hat er als Erstes rumgepöbelt. Zur Sache hat er nur ein einziges Mal ausgesagt. Mirza sei ein liederliches Flittchen gewesen, hat er verkündet, und sie hätte es dreimal verdient, dass ihr einer den Kopf einschlägt. Er selber allerdings, hat Klein meinen Kollegen versichert, würde sich an so einer Schnepfe die Hände nicht schmutzig machen.

Bei seiner Vernehmung vor zwei Tagen war Klein plötzlich umgänglicher. Vielleicht ist ihm inzwischen aufgegangen, wie tief er in der Tinte sitzt. Er hat alle Fragen vernünftig beantwortet. Bei dem gestrigen Verhör ist er dann zusammengebrochen.«

»Er hat gestanden«, japste Fanni.

»Er hatte einen Herzinfarkt«, sagte Sprudel. »Jetzt liegt er im Krankenhaus auf der Intensivstation, und immer, wenn er genug Luft bekommt, schwört er Stein und Bein, dass er Mirza nicht umgebracht hat.«

Sprudel setzte sich auf ein morsches Bänkchen, auf das ein Streifen Sonnenlicht fiel, und fegte rechts neben sich ein Häufchen Fichtennadeln beiseite. Statt sich zu setzen, stellte Fanni den Rucksack auf die Bank. Sprudel, der gerade weitersprechen wollte, hob irritiert die Augenbrauen.

Fanni förderte zwei Teller, zwei Becher, eine Thermoskanne voll Kaffee und zwei Erdbeertörtchen in einer Plastikbox zutage, dann erst ließ sie sich neben Sprudel nieder.

Der gab ihr spontan einen Kuss auf die linke Backe.

Es dauerte einige Zeit, bis Fanni in Sachen »Der deutsche Staat gegen Klein« Weiteres erfuhr.

»Nun macht sich der Staatsanwalt so seine Gedanken«, sagte Sprudel und stellte seinen Becher auf den leer gegessenen Teller, »und auch mein junger Kollege und Nachfolger – der mit Abitur – fragt sich, warum der Alte ausgerechnet in dem Moment seine Unschuld beteuert, in dem ihm juristisch gesehen nicht viel passieren kann. Klein ist im Augenblick nicht prozessfähig, und einsperren kann man ihn auch nicht. Niemand kann zum jetzigen Zeitpunkt sagen, inwieweit er sich wieder erholen wird. Wir könnten die Akte eigentlich schließen und in aller Ruhe abwarten, denn es sprechen genügend Beweise gegen Klein. Sollte er sterben, ließe sich behaupten, der Fall sei gelöst. Sollte er wieder auf die Beine kommen, müssten wir dem Gericht halt die Indizien präsentieren, die wir haben. Aber glücklicherweise nimmt der Staatsanwalt seine Aufgabe ernst.«

Fanni gluckste anerkennend.

»Der Staatsanwalt«, fuhr Sprudel fort, »hat vorgeschlagen, in Mirzas Heimatort in Tschechien nachzuforschen, weil die Spur zum Täter bekanntlich vom Opfer ausgeht. Ich habe mich bereiterklärt, nach Klattau zu fahren und mich dort halbamtlich umzuhören.«

Fanni packte Teller und Tassen ein. »Wann wirst du denn zurück sein?«, fragte sie.

»In zwei, drei Tagen«, antwortete Sprudel.

»Ich hoffe«, meinte Fanni, als sie durch das Wäldchen zurückgingen, »du entdeckst Hinweise, die den Staatsanwalt zu neuen Untersuchungen anfeuern.«

»Was auch immer bei meiner Ermittlung herauskommt«, sagte Sprudel darauf, »es kann ja nicht schaden, Mirzas Hintergrund auszuleuchten und ...«

»Und eine handfeste Spur zum Täter zu finden«, beendete Fanni den Satz.

Sprudel musste lachen, sagte aber dann nachdenklich: »Es wäre fatal, wenn die Erfolge, die der genetische Fingerabdruck der Verbrechensaufklärung gebracht hat, blindes Vertrauen in die DNS-Analyse hervorrufen würden. Man darf nie vergessen, dass durch Probenverwechslungen und andere Irrtümer ein völlig falsches Ergebnis entstehen kann. Außerdem sagt ein Klecks Fremd-DNS am Körper des Opfers noch lange nicht, dass er vom Täter stammen muss.

»Eben«, grinste Fanni, »ein Hund pariert nur so gut, wie er abgerichtet wird.«

Sprudel schmunzelte. »Richtig!«

Fanni und Sprudel durchwanderten jetzt die Saulochschlucht auf dem Weg zurück zum Parkplatz. Nachdem sie die Engstelle passiert hatten – Lurchi und Co waren inzwischen untergetaucht –, meinte Fanni: »Bestimmt keine leichte Sache, an einem Tatort die wirklich heiße Spur zu entdecken.«

»Da ist Erfahrung gefragt«, antwortete Sprudel, »und eine Riesenportion Glück. Manche sagen ›Intuition‹ dazu.«

»Zyniker«, brummte Fanni. »Ob es wohl oft passiert, dass wichtige Spuren unbeachtet zurückbleiben?«, überlegte sie dann laut.

Sprudel zuckte die Schultern. »Wer weiß?«

Fanni querte bereits den Steg, der vom Wanderpfad zu dem kleinen Parkplatz neben der Landstraße führte.

»In Klattau«, versprach Sprudel, »werde ich Hinz und Kunz befragen, um etwas über Mirza herauszubekommen, das uns hilft, ihren Mörder zu finden.«

»Gut«, nickte Fanni. *Ich wäre gern dabei*, hätte sie beinahe gesagt, aber sie schluckte es schnell hinunter, nahm den Rucksack ab und kramte den Autoschlüssel aus der Deckeltasche.

»Wollen wir uns am Montag treffen?«, fragte Sprudel. »Ich muss dir doch von meiner Ermittlungsreise berichten.«

»Natürlich«, antwortete Fanni.

»Würde dir eine kleine Wandertour von Kalteck aus zum Klosterstein gefallen?«

Fanni nickte und stieg in ihren Wagen.

7.

»Beim besten Willen, es geht nicht«, antwortete Fannis Mann auf ihre Frage. »Ich kann am Wochenende nicht mit dir zu Vera fahren. Am Samstag treffen sich die Kegelbrüder zur Sonnwendfeier auf der Burgwiese, und am Sonntag trägt der Schützenverein einen wichtigen Wettkampf aus. Das sind Termine, die man keinesfalls verpasst! Fahr mit Leni.«

Die Haustür fiel ins Schloss. Hans Rot hatte es eilig. Es mussten noch Reisig, Zweige und dicke Äste für das Johannisfeuer aufgeschichtet werden.

Fanni wählte Lenis Nummer.

»Hallo, Mama«, lachte Leni, »was machst du denn am Wochenende? Kochst du Johannisbeeren ein oder gehst du auf Mörderjagd?«

»Keines von beidem«, sagte Fanni. »Die Johannisbeeren sind noch zu blass, und Mirzas Tod wirft mehr Fragen auf, als wir je an Antworten finden werden.«

»Du solltest mit mir nach Berlin kommen, Mama, zum Kongress der Mikrobiologen. Da gibt's eine Menge Schlaues über die DNS zu hören. Würde dich doch interessieren, oder?«

Wie viel von den Vorträgen der Fachleute könnte ich wohl verstehen, dachte Fanni, die Hälfte, ein Drittel, gar nichts?

Dann fiel ihr wieder ein, weshalb sie bei Leni angerufen hatte. »Du bist am Wochenende in Berlin?«, fragte sie aufgeschreckt.

»Freitag früh bis Sonntagabend«, bestätigte Leni und fügte hinzu: »Mit drei Kollegen aus dem Labor.«

»Oh«, machte Fanni.

Leni wartete, bis ihre Mutter fortfuhr. »Max und Minna haben Darmgrippe, in Veras Gartenhäuschen nisten Mäuse, und am Samstag steigt in Klein Rohrheim die Party des Jahres …«

»Und Vera schreit nach Mama, Papa und großer Schwester«, half ihr Leni weiter.

»Papa kann nicht weg«, murmelte Fanni.

»Alle Neune, ich weiß«, sagte Leni trocken. »Aber ich bin als

Teilnehmer bei dem Kongress fest angemeldet. Gestern hab ich die Fahrkarte gekauft und das Hotelzimmer gebucht. Vera wird diesmal ohne uns zurechtkommen müssen.«

»Natürlich«, antwortete Fanni, »das wird sie auch einsehen.«

Leni lachte mokant. Vera hatte noch nie irgendetwas eingesehen. »Sie wird Zeter und Mordio schreien.«

»Macht nichts«, sagte Fanni. »Sie wird sich auch wieder beruhigen. Ich wünsch dir schöne Tage in Berlin.«

Leni dankte ihr und erkundigte sich dann: »Steht Benes Vater immer noch unter Mordverdacht?«

Fanni berichtete, was sich zugetragen hatte.

»Willst du nicht Sprudel nach Klattau begleiten?«, fragte Leni, nachdem sie schweigend zugehört hatte. »Vier Ohren hören mehr als zwei.«

»Und was glaubst du, würde dein Vater dazu sagen?«, fragte Fanni.

»Musst du ihm ja nicht auf die Nase binden«, antwortete Leni. »Kannst ja sagen, du kommst mit mir.«

Fanni schnaubte. »Hab ich dir nicht von klein auf beigebracht, dass man nicht lügen darf?«

»Notlügen sind erlaubt«, gab Leni zurück, »besonders in diesem Fall. Für Bene und seinen Vater geht es schließlich um ihre Existenz, was wiegt eine kleine Lüge dagegen?«

»Sprudel ist längst fort«, sagte Fanni, und damit beendete sie die Diskussion. Sie war froh, dass sie auflegen konnte, bevor Leni auf die Idee kam, zu fragen, was ihre Mutter an Montag- und Mittwochnachmittagen vorschob, wenn sie sich mit Sprudel traf.

Fanni stand einen Moment regungslos vor dem Telefonapparat und überlegte, ob ihr Leni in letzter Zeit Lügen aufgetischt hatte. »Aber warum bloß«, seufzte sie. Dann wählte sie Veras Nummer.

»Ihr seid so gemein!«, heulte Vera gellend, als sie erfuhr, dass weder ihr Vater noch Leni mit Fanni nach Klein Rohrheim fahren würden. »Fahr mit dem Zug«, verlangte sie.

»Vera, sei doch vernünftig«, sagte Fanni. »Du weißt ganz genau, dass ich mit der Bahn den ganzen Tag unterwegs wäre. Ich müsste mindestes fünfmal umsteigen und hätte stundenlange Wartezeiten.

Bleibt zu Hause am Samstag und passt auf, dass die Kinder fettfrei essen. Es gibt noch genügend Grillpartys in diesem Sommer.«
»Aber das ist die tollste, die größte, die beste!«, schrie Vera.
So viel ihr Fanni auch zuredete, Vera schniefte: »Ihr seid so gemein.« Dann legte sie auf.
Fanni kauerte sich mit Sprudels Aktenhefter auf das Sofa im Wohnzimmer. Sie begann ein Kapitel mit der Überschrift »Polymerase-Kettenreaktion« zu lesen. Der Text erläuterte, wie sich winzige DNS-Fragmente vervielfältigen lassen, sodass ausreichend Material für ein Bandenmuster gewonnen werden kann. Aber mit Fannis Konzentration war es nicht weit her.
Rabenmutter!
Sie klappte die Akte zu und überlegte, ob sie nicht doch allein mit ihrem Auto nach Klein-Rohrheim fahren sollte. Vera hatte ihre Mutter dringend gebeten zu kommen, aber was tat die stattdessen? Sich auf dem Sofa räkeln.
Steig morgen früh in den Wagen und fahr los!
Es klang so einfach. Aber Fanni graute davor. Im Freitagsverkehr auf der Autobahn, eingekeilt zwischen Lastwagen, Bussen und Dränglern. Großer Gott!
Hans Rot würde es sowieso nicht zulassen.
Feigling!
»Ich weiß«, sagte Fanni laut und ging zu Bett.

Freitags kam Fannis Mann manchmal schon am frühen Nachmittag vom Büro nach Hause, so auch an diesem. Fanni hatte die Gartenstühle, den Tisch und die Bank abgewaschen und sich danach mit einer Tasse Kaffee in den Liegestuhl gesetzt.
»Willst du hier durchschmoren in der Sonne?«, fragte die Stimme von Hans Rot ihren Hinterkopf. Fanni drehte sich um und entdeckte Herrn Meiser neben ihrem Mann. Meiser grinste und starrte auf Fannis braun gebrannte Schenkel.
Wozu hat er denn den Meiser aufgegabelt?, knirschte sie insgeheim, stand auf und ging ins Haus.
Hans Rot holte Bier aus dem Keller und setzte sich mit Meiser an den Gartentisch.
Fanni zog eine lange Hose an. Dann nahm sie den Marmorku-

chen, den sie fürs Wochenende gebacken hatte, aus der Speisekammer und schnitt ein dickes Stück davon ab. Sie legte es auf einen Teller, breitete Folie darüber und hängte sich die Milchkanne ans Handgelenk. Wenn sie schon Vera im Stich ließ, wollte sie wenigstens mal nach Bene sehen. Sie hatte diesen Besuch ohnehin viel zu lange hinausgeschoben.

»Ich geh zum Hof hinauf«, sagte sie brüsk, als sie an ihrem Mann und Meiser vorbeikam. Im nächsten Augenblick lief sie schon über die Wiese.

Bene schmierte gerade eine Radachse ab. Das beruhigte Fanni. Solange er an seinen Motoren und Maschinen herumbastelt, scheint er nicht völlig aus der Bahn geworfen zu sein, dachte sie.

»Neues Schmierfett?«, fragte sie, weil neben Bene ein gelb glänzender Dreilitereimer stand, der höchstens vier schwarze Fingerabdrücke aufwies.

Bene strahlte Fanni an. »Schell Retinax EP zwo«, kam es wie aus der Pistole geschossen, »hat mir der Praml besorgt.« Bene deutete mit einem Knäuel öliger Putzwolle schräg über die Wiese.

»Glänzt schön, das EP zwo«, sagte Fanni.

Bene lachte. »Die Achs läuft rund, sakrisch rund!«

»Magst eine Pause machen, Bene, und ein Stück Kuchen essen?«, fragte Fanni.

Bene schwirrte auf die Hausbank.

»Sind deine Viecher alle gesund im Stall?«, erkundigte sich Fanni.

Bene nickte mit vollen Backen. »Stehen alle sauber da. Der Doktor schaut immer nach.«

Feiner Zug vom Tierarzt, dachte Fanni.

Bene kaute hingebungsvoll. Fanni hätte ihm gerne gesagt, wie leid es ihr um Mirza tat und wie sehr sie hoffte, der Alte würde wieder gesund werden und bald zurückkommen. Aber Leid und Hoffnung kann man nicht sehen und auch nicht anfassen, und deshalb konnte man Bene mit so etwas nicht kommen.

»Bringst du das Heu ein, so ganz alleine?«, fragte sie deshalb.

Bene nickte zuerst, und dann schüttelte er den Kopf. Die Antwort war klar: Er brachte das Heu ein, aber nicht alleine. Bene schluckte einen Brocken vom Kuchen und sagte:

»Der Praml, der fährt mit dem Heuwender wie ein richtiger Bauer. Und mit der Heupresse, mit der versteht er es auch, das ist mir einer, der Praml.«

Fanni schreckte hoch, als ihr eine grobe Stimme ins Ohr hagelte. »Sitzt der Kretin faul auf der Hausbank und mampft ein Trumm Kuchenstück. Auf der Stelle schließt du die Melkmaschine an, an deine Rindviecher! Sitzt der faul herum, der Holzkopf, und lässt die Stallarbeit warten. Um sechs ist Feierabend für mich, Bürscherl, dann kannst du deine Milchkannen selber waschen.«

Bene stopfte sich den letzten Kuchenbrocken in den Mund und schlich sich in den Stall.

Das muss die Hilfskraft sein, die Meiser für den Bene organisiert hat, schoss es Fanni in den Kopf. Meine Güte, wo hat er denn die aufgetrieben, auf dem Hexentanzplatz?

Die Hexe grollte und brummte vor sich hin, während sie die Milchkammer aufschloss und die Bottiche, in die gleich die frisch gemolkene Milch fließen würde, an das Kühlaggregat klemmte. Fanni konnte nicht anders, sie musste die Frau anstarren.

Das Weib ist viel zu fett, dachte sie, um auf einem Hof von Nutzen zu sein. Die geblümte Kittelschürze spannte sich um einen Hintern, der wie der Natternberg aus der Donauebene aufragte, als sich die Dorfhelferin bückte. Aber Muskeln hat sie, musste Fanni zugeben. Waden wie ein Radprofi und einen Bizeps wie Max Schmeling.

Eine Walküre? Kaum. Die Dorfhelferin war nur wenig größer als Fanni, und ihr Gesicht wirkte geradezu ausgezehrt. Die Nase sprang hervor wie – bei einer Hexe.

»Da musst du nicht die ganze Zeit hingaffen, wenn die Maschine melkt!«, schrie die Hexe in den Stall hinein, wo Bene zwischen den Kühen nicht zu sehen war. »Da kannst du nebenbei schon Futter vorwerfen.«

Fanni ließ sich vom ersten Schwall frischer Milch einen Liter in ihre Milchkanne abmessen und verdrückte sich schleunigst.

Mirza tot, der Alte weg, Bene auf sich allein gestellt und sowieso nicht der Hellste, und dann noch dieses Monstrum auf dem Hof. Wenn der Teufel Junge kriegt, dachte Fanni, dann gleich einen ganzen Haufen.

Meiser war aus dem Garten der Rots verschwunden, als Fanni zurückkam. Hans Rot hielt schon Ausschau nach ihr.

»Man könnte glatt meinen, du hättest die Kuh eigenhändig gemolken, so lange hat das gedauert. Kann aber nicht sein, weil du keine Ahnung davon hast.«

Er folgte Fanni ins Haus. »Meiser und ich, wir haben gerade davon geredet, was für eine Schweinerei da bezüglich Mirzas Beerdigung im Gange ist. Der Fall ist klar, der Täter längst verhaftet, bloß die Mirza liegt immer noch nicht unter der Erde. Dem Meiser ist da eine ganz gute Idee gekommen. Ein paar der Nachbarn sollten gemeinsam einen Appell an den Staatsanwalt richten und von ihm verlangen, dass die Leiche freigegeben wird. Es gibt nämlich überhaupt keine triftigen Gründe, Mirzas Leiche weiterhin zurückzuhalten. Aber der Bene, der ist ja viel zu dämlich, als dass er sich selber um so was kümmern würde.«

Fanni schwieg. Sie konnte ihrem Mann nicht darlegen, wie sich Sprudel nach der Verhaftung des Alten dafür eingesetzt hatte, mit der Freigabe der Leiche noch abzuwarten. Und erst recht konnte sie Hans Rot nicht wissen lassen, auf wessen Einflüsterungen das zurückging.

Der Staatsanwalt hatte auf Sprudels Initiative hin beschlossen, die Sache einfach auf die lange Bank zu schieben, solange niemand wegen Mirzas Beerdigung anfragte. Dank Meiser und dank Hans Rot würde genau das nun passieren.

Klugscheißer, Wichtigtuer – alle beide, giftete Fanni innerlich. Sie biss die Zähne zusammen, denn sie konnte ihren Mann keinesfalls sagen, wie sehr sie fürchtete, dass mit Mirzas Körper auch bisher übersehene Spuren von Fremd-DNS in der Erde versinken könnten.

Hans Rot fuhr indessen fort: »Meiser trommelt gerade Nachbarn zusammen, die das Schreiben an den Staatsanwalt unterzeichnen sollen. Wir treffen uns alle um sechs bei uns im Garten. Du musst belegte Brote herrichten.«

Fanni stellte ihre Milchkanne beiseite und sah ihn an. »Denkst du, ich hab einfach so Wurst und Käse für zehn bis fünfzehn Personen im Kühlschrank?«

»Dann lass dir was einfallen«, sagte Fannis Mann und begann damit, Stühle aus dem Esszimmer nach draußen zu bringen.

Fanni starrte eine Weile die volle Milchkanne an, dann schüttete sie ein Schlückchen von der Milch in eine Schüssel und setzte Hefeteig an. Während die Hefe aufging, schnitt Fanni die Zwiebeln für den Zwiebelkuchen.

Zwei Stunden später legte Meiser das vorbereitete Schreiben auf den Gartentisch, und alle waren sich einig, dass Mirza unter die Erde musste.

»Der Bene hat keine Mirza mehr, so oder so«, versuchte Fanni einen Vorstoß, »da ist es ihm egal, ob sie im Sarg liegt oder im Kühlfach.«

»Genau«, sagte Meiser, »der Bene ist nämlich ein Volltrottel, und deshalb müssen wir Nachbarn dafür sorgen, dass Mirza ein würdiges Begräbnis bekommt, und zwar bald. Als Bürger dieses Staates«, fuhr er pathetisch fort, »haben wir die Pflicht, uns zu engagieren. So einem wie dem Bene wird ja die Milch in der Melkmaschine sauer, wenn ihm keiner zeigt, wo es langgeht.«

Zustimmendes Gemurmel kroch um das Tischoval. Fannis Mann zückte seinen Stift.

Und so einem wie dir, Meiser, dachte Fanni, sollte man den Mund stopfen – mit saurer Milch.

Sie verzog sich in die Küche und machte sich dort zu schaffen, bis Meiser sein – von allen anderen unterschriebenes – Pamphlet in der Brusttasche verstaut hatte.

Sie kam mit dem heißen Zwiebelkuchen zurück, und dessen Duft brachte Frau Meiser auf das Problem, das Meisers als hilfsbereite Nachbarn für Bene bereits gelöst hatten. »Untergegangen wäre der Bene, komplett untergegangen mitsamt seinen Rindviechern wäre der Bene – wenn wir uns nicht darum gekümmert hätten, dass eine erfahrene Hilfe zu ihm kommt.« Bevor sie zum dritten Mal »komplett untergegangen« sagen konnte, fiel ihr Meiser ins Wort.

»Geweint hat er wie ein kleines Kind, so verzweifelt war er, der Bene. Ich bin ganz zufällig dazugekommen. Die Kühe haben gebrüllt vor Hunger, und er hat nicht gewusst, wie viel Kraftfutter er untermischen muss.«

Und die Hexe weiß das?, fragte sich Fanni. Die weiß das besser als der Bene, der jeden Tag im Stall war mit seinem Vater?

»Dank unserer tüchtigen Christiane«, redete Meiser inzwischen weiter, »bekommt Bene jetzt regelmäßige Mahlzeiten, seine Wäsche wird gewaschen, das Haus wird geputzt und nicht bloß das: Christiane sorgt dafür, dass der Betrieb wie am Schnürchen läuft auf dem Klein-Hof.«

Christiane, wunderte sich Fanni, Meiser nennt die Hexe bei ihrem Vornamen, und dann machte sie unbesonnen den Mund auf. Kein Kitzeln am linken kleinen Zeh und kein Zucken am rechten Augenlid warnte sie.

»Mal grob ausgedrückt: In der geschlossenen Psychiatrischen wäre Bene besser dran als auf dem Hof mit dieser Hexe, die ihn herumscheucht wie ein Sklaventreiber.«

Es war für einen Moment sehr still um den Tisch. Frau Meiser krümelte an dem krossen Rand des Zwiebelkuchenstücks herum.

»Christiane«, sagte Herr Meiser plötzlich betont, »ist die Nichte meiner Frau.«

Fannis Mann sprang auf. »Werde mal Nachschub holen, Weißbier, Pils.« Meiser nickte ihm zu.

Fanni trank ihren Rotwein aus.

»Der Bene«, verkündete Meiser gewichtig, »der ist zurückgeblieben, geistig, und deshalb braucht er eine strenge Hand. Wir wissen doch alle, dass er den ganzen Tag an irgendeinem Stück Schrott herumschraubt, wenn ihn keiner wegjagt von seinem Spielzeug. Neulich bin ich dazugekommen, wie er das Thermometer aus dem Kühlbottich ausgebaut hat. Sauber machen wollte er es. Hat dran herumgekratzt, hat es mit seiner Putzwolle gewienert, und dabei hat er völlig vergessen, dass die Melkmaschine noch an der letzten Kuh in der Reihe angeschlossen war.«

Die stellt sich ab, wenn nichts mehr kommt, hat mir Mirza erklärt, dachte Fanni, hielt aber den Mund und ließ Meiser das Wort.

»Die Christiane meint es nur gut mit dem Bene.«

Oh Herr, schütze uns vor unseren Feinden und vor denen, die es gut mit uns meinen, betete Fanni still.

»Komplett untergegangen«, sagte Frau Meiser.

Teil III

1.

Fanni und Sprudel saßen auf der Bank aus Baumstämmen, die ein Stückchen unterhalb des felsigen Gipfelaufbaus vom Klosterstein stand. Das Gipfelkreuz warf einen schmalen Schatten.
Es war Montag, der 27. Juni, drei Uhr nachmittags. Fanni und Sprudel aßen Quarkschnitten zum Kaffee aus der Thermoskanne.
Die Sonne, die sich seit dem Morgen hartnäckig versteckt hatte, kam plötzlich hinter den Wolken hervor. Fanni krempelte die Ärmel ihrer Trekkingbluse auf.
»Hast du dich heute schon mit jemandem geprügelt?«, fragte Sprudel und deutete auf eine Abschürfung, die sich tiefrot und entzündet über ihren gesamten recht Unterarm erstreckte.
»Kleine Unachtsamkeit«, versuchte Fanni darüber hinwegzugehen, aber Sprudel bohrte nach, bis sie erzählte, was sich mittags in ihrer Garage zugetragen hatte.

Wie jeden Montagvormittag hatte Fanni im Haus abgestaubt, gesaugt und den Papiermüll zusammengetragen.
Sie stellte einen großen Plastikkorb, in dem sie Einwickelpapier, Tüten sowie kleine Kartons sammelte, in den Flur und warf alte Zeitungen, Webeprospekte und Versandhauskataloge hinein, bis er voll war. Gegen Mittag – das Essen stand bereits fertig auf dem Herd – schleppte sie den Korb in die Garage. Stirnseitig standen dort die Tonnen aufgereiht: Restmüll, Papier, Kunststoff. Über den Tonnen hatte Hans Rot an der rückwärtigen Garagenwand ein Gitter befestigt, an dem allerlei Werkzeug hing.
Fanni öffnete die Papiertonne, ließ den Deckel krachend gegen die Wand fallen und hob den Korb hoch, um dessen Inhalt in die Tonne zu leeren. Im selben Augenblick brach die Garagenwand ein. Jedenfalls hörte sich das, was passierte, für Fanni so an.
De facto hatte sich bloß das Gitter von der Wand gelöst und ließ Sicheln, Gartenscheren, zwei Schraubenzieher und einen Hammer auf Fanni herabregnen. Der Hammer streifte sie an der Schulter. Fanni ging in die Knie – und krabbelte aus einem Impuls heraus

hinter die Papiertonne. Diese instinktive Aktion rettete sie vor der Axt, die nun ebenfalls herunterpolterte und auf den offen stehenden Deckel traf, der Fanni wie eine Dachschräge schützte. Der Axt folgte eine Handsäge, eine Maurerkelle und ein Fäustel. Dann polterte das gesamte Gitter herunter. Danach Stille.

Endlich registrierte Fannis Hirn, was geschehen war, und folgerte sogleich logisch, dass nach dem Gitter nichts mehr herunterkommen könne.

Sie kroch aus ihrem Versteck, richtete sich auf und sah sich Herrn Praml gegenüber.

»Meine Güte, Frau Rot«, schnaufte der, »ich hab gedacht, Ihre Garage stürzt ein.«

»Bloß das Gitter«, murmelte Fanni benommen.

Praml ließ den Blick über die umherliegenden Werkzeuge schweifen. Er starrte eine Zeit lang auf das Gitter, an dem noch ein Knäuel Bindfaden hing, dann musterte er die Garagenwand.

»Hing wohl zu viel Gewicht an den Schrauben. Die haben sich gelockert, sehen Sie, Frau Rot?«

Fanni nickte bloß. Sie klopfte sich eine Spinnwebe von der Hose und begann, die Werkzeuge in einer Ecke zusammenzutragen. Herr Praml bückte sich, nahm die Axt auf, sah sie grübelnd an und legte sie dann auf den Werkzeughaufen.

»Da haben Sie aber Glück gehabt, Frau Rot.«

»Du lieber Himmel, Fanni!« Sprudel starrte sie an.

»Es ist ja nichts passiert«, winkte Fanni ab. »Und als Hans ein paar Minuten später zum Essen heimgekommen ist, hat er gesagt, dass ich wieder einmal selber schuld bin. Die Schrauben mussten sich ja irgendwann lockern, weil ich immer die Deckel der Tonnen so an die Wand knallen lasse. Es sollte mir eine Lehre sein.«

Sprudel schluckte, als wäre ihm der Kaffee sauer aufgestoßen, schwieg aber. Erst nach einer Weile meinte er bedächtig:

»Ein mysteriöser Reifenplatten, ein Werkzeugregen mit ominöser Ursache ... und immer mischt Praml in der Szene mit. Man könnte auf den Gedanken kommen, einen Zusammenhang herzustellen.«

Fanni lachte leise. »Ach, Sprudel, ist es nicht schon schwierig genug, Fakten aufzuspüren? Für Hirngespinste haben wir echt keine Zeit.«

Sie nahm ihm den leeren Teller weg und gleich darauf die Kuchengabel. Dann schenkte sie Kaffee nach und verlangte energisch: »Schieß jetzt endlich los, hast du was herausbekommen in Tschechien? Wie lange warst du dort? Hast du jemanden gefunden, der Mirza gekannt hat?«

Sprudel lächelte. »Wie wäre es, wenn ich alles der Reihe nach erzähle?«

»Dann fang endlich mal an«, fauchte Fanni.

»Ich habe mich, gleich als ich angekommen bin, bei den Kollegen in Klattau vorgestellt«, berichtete Sprudel. »Nachdem ich ihnen den ganzen Sachverhalt erklärt hatte, verhielten sie sich ausgesprochen kooperativ. Sie haben mir bestätigt, dass Mirza in Klattau registriert ist. Nein«, meinte er, als Fanni zusammenfuhr, »nicht als Prostituierte. Mirza ist dort im Geburtenregister und im Melderegister eingetragen. Polizeilich bekannt ist Mirza in Klattau nicht. Ihr Bruder Karel allerdings schon. Er bekommt wegen seiner Raufereien im Suff laufend Anzeigen an den Hals. Die Ausnüchterungszelle ist sein zweiter Wohnsitz, sagen die tschechischen Kollegen. Aber ich habe mich anfangs für diesen Karel überhaupt nicht interessiert. Wir haben uns ein wenig unterhalten, die Kollegen und ich, über dies und über das. Der Zigarettenschmuggel und die Vietnamesenmärkte sind zur Sprache gekommen und auch das neueste Problem der Tschechen im Grenzgebiet: der Mülltourismus.«

»Mülltourismus«, wiederholte Fanni, und Sprudel sah wohl, dass sie mit dem Wort nichts Rechtes anfangen konnte.

»Die Tschechen«, erklärte er, »haben entdeckt, dass Deutsche ihren Müll neuerdings illegal in Tschechien entsorgen. Ganze Lastwagen voll Sperrmüll, Plastikabfall und Elektroschrott schaffen unsere braven Bürger über die Grenze und laden das Zeug in leer stehenden Häusern oder einfach auf einem Feldweg ab.«

Fanni schüttelte den Kopf.

»Über den Mülltourismus sind wir auf den Straßenstrich gekommen«, erzählte Sprudel weiter, »und da hat einer der tschechischen Kollegen etwas erwähnt, das mich veranlasst hat, mir sofort die Adresse von diesem Karel aufzuschreiben. ›Die Mädel werden alle von ihren Zuhältern ausgenutzt und drangsaliert‹, hat der Kollege gesagt, und einen Augenblick später hat er noch drangehängt: ›Der Karel ist auch so einer. Der sekkiert seine Schwestern und schickt sie auf den Strich, da bin ich mir sicher.‹ Es war nicht schwer herauszufinden, dass Karel außer Mirza noch drei Schwestern hat, die alle mit ihm unter einem Dach wohnen. Dieses Dach ist einen Besuch wert, habe ich mir gedacht.«

Sprudel merkte, wie gespannt Fanni war, und ließ sie ein bisschen zappeln. »Aber es war schon nach fünf Uhr, und deshalb habe ich beschlossen, die Stippvisite bei Karel zu vertagen. Ich habe mir ein Hotelzimmer gesucht, und dann habe ich mir Klattau angesehen. Ein wunderschönes Städtchen ist das, mittelalterlich: quadratischer Stadtplatz mit imposantem Rathaus und Jesuitenkirche. Die Dekanatskirche im Gässchen dahinter stammt aus dem 13. Jahrhundert. Im ›Schwan‹ habe ich zu Abend gegessen: Tafelspitz und böhmische Knödel. Zum Nachtisch Liwanzen mit Preiselbeeren.«

»Wenn du so weitermachst, setzt du Bauchspeck an«, knurrte Fanni, »erspar mir das Frühstück und schwing dich zu Karel.«

Sprudel grinste. »Am nächsten Morgen bin ich nach Brezi gefahren, das hieß früher Birkau. Kaum mehr als zehn Häuser, aber eine wildromantische Burgruine auf einem Hügel ...«

Fanni zischte angriffslustig.

»Mirzas Elternhaus habe ich an einem Nebensträßchen zwischen Brezi und Cachrov gefunden. Ziemlich heruntergekommen, das ganze Anwesen. Der ehemalige Gartenzaun liegt verrottet unter Wildwuchs. Die Dachrinne hängt nur noch an einem Ende fest, das andere hat sich neben der Haustür in den Dreck gebohrt, und dadurch ist ein kleiner Teich entstanden. Nein«, beeilte sich Sprudel, wieder zur Sache zu kommen, »Karel habe ich nicht angetroffen. Der ist erst später aufgekreuzt. Ich bin einfach ins Haus gegangen. Eine Klingel gab es nicht, und die Tür war offen. In der Stube habe ich erst einmal gar nichts gesehen, die Fenster sind alle blind. Gardinen braucht man da nicht.«

Fanni knuffte ihn in die Rippen.

»Nach einer Weile habe ich eine alte Frau auf einem Kanapee

entdeckt. Ich habe ihr geholfen, sich ein wenig aufzusetzen, und habe sie gefragt, ob sie Mirzas Mutter sei. Sie war es. Aber sie konnte nur wenig Deutsch. ›Mirza rieber ins Deitsche heiraten‹, hat sie gesagt, ›sähr glicklich. Beckl gutes Mann. Betä immer für Beckl.‹ Mehr war nicht herauszuholen aus ihr.«

»Woher kennt die den Böckl?«, warf Fanni ein. »Die wird doch kaum herauskommen aus ihrer Kate. Und glaubt die womöglich, Mirza hätte den Böckl geheiratet?«

»Mich hat das auch stutzig gemacht«, sagte Sprudel. »Und noch etwas hat mir zu denken gegeben. Offensichtlich wusste Mirzas Mutter nicht, dass Mirza tot war. Auf der Kommode habe ich dann einen Stapel Briefe entdeckt, alle ungeöffnet, die meisten mit dem Absender einer Behörde. Bevor ich aber dazu kam, mir die Post genauer anzusehen, ist der Karel nach Hause gekommen. Das ist mir ein Früchtchen, noch keine zwanzig, lästig und schäbig wie eine Bettwanze. Er hat schon am Vormittag nach Schnaps gestunken. Als ich den Böckl erwähnt habe, ist Karel schier ausgerastet. ›Die Sau hat Mirza über die Grenze geschafft!‹, hat er gejault. Ich habe fast zwei Stunden gebraucht, bis ich genug Sachdienliches von ihm erfahren hatte, um mir ein Bild machen zu können.«

Sprudel holte tief Atem, sprach aber gleich weiter. »Böckl kommt oft in die Gegend von Klattau zum Jagen. Für ein paar Euroscheine kann er im Tschechischen einen Was-weiß-ich-wie-viel-Ender abschießen. Einer seiner Gastgeber hat Böckl mit Karel zusammengebracht, weil Karel mit den Jägern einen ganz speziellen Handel betreibt. Auch Böckl hat dann mit ihm Geschäfte gemacht. Gebrauchte Jagdmesser gegen Zigaretten, Jägerstiefel gegen Krimsekt, nichts Illegales. Durch Karel hat der Böckl unsere Mirza kennengelernt.«

»Dann hat er sie damals gar nicht zufällig von der Straße aufgelesen«, schnaubte Fanni. »Böckl hatte die Mirza längst für den Bene ausgesucht und schon alles mit ihr abgesprochen.«

»Glaube ich auch«, sagte Sprudel.

»Warum hat er dann dieses Theaterstück mit dem Straßenstrich aufgeführt?«, fragte Fanni. »Er hätte doch ganz einfach sagen können: Du, Bene, ich kenn eine, drüben im Tschechischen, die wär was für dich. Wir zwei, du und ich, wir fahren am Sonntag nach

Brezi, dann mache ich dich mit dem Mädel bekannt, vielleicht wird was draus.«

»Darüber habe ich auch schon nachgedacht«, sagte Sprudel. »Ich könnte mir allerdings vorstellen, dass Böckl ein Zusammentreffen von Karel und Bene vermeiden wollte. Schau, Fanni, der Karel gibt ganz offen zu, dass er seine Schwestern auf den Strich prügelt, wenn er pleite ist, und ich fürchte, das kommt ziemlich oft vor. Nimm einmal an, Fanni, Mirza bringt eines schönen Tages einen jungen Mann ins Haus, der zwar nicht recht hell ist im Kopf, aber dafür einen Hof hat in Deutschland. Mirza verkündet, dass sie ihn heiraten und weggehen wird aus Tschechien. Was macht Karel?«

»Er schlägt Bene zu Brei«, bot Fanni an.

»Könnte sein«, sagte Sprudel, »wenn er spontan handelt. Wenn er aber nachdenkt, der Karel, dann ist er freundlich zum Bene. Sobald die Mirza mit dem Bene verheiratet ist, besucht der Karel dann das Paar – wöchentlich. *Deshalb* hat es Böckl vorgezogen, eine Art Entführung zu inszenieren. Das war gar nicht schlecht, denn dadurch konnte er nicht nur Karel über Mirzas neues Heim im Unklaren lassen, sondern auch die vom Erlenweiler über ihr bisheriges. Böckl wollte nicht Gefahr laufen, dass jemand bewusst oder zufällig eine Verbindung zu Karel herstellt.«

»Wirklich geschickt«, meinte Fanni, »und es hat geklappt. Als die Leute gehört haben, dass die Mirza vom Straßenstrich kommt, hat sich keiner mehr für ihre Familie und für ihr Zuhause interessiert.«

Sie schwieg eine Weile und sortierte die Neuigkeiten. Auch Sprudel war still.

»Karel«, sagte Fanni dann, »ist also schlecht auf Böckl zu sprechen, weil der ihm Mirza und damit eine gute Einkommensquelle weggenommen hat. Glaubt Karel, dass Böckl seine Schwester geheiratet hat?«

»Nein«, antwortete Sprudel, »Karel argwöhnt, Böckl hätte Mirza *verkauft* – das entspricht eher seiner Denkweise.«

»Kommt Karel auf unsere Verdächtigenliste?«, fragte Fanni.

»Nein«, sagte Sprudel.

Fanni wartete gespannt, und Sprudel ließ sie wieder zappeln.

»Es ging schon auf zwei Uhr nachmittags zu, als ich aus der Kate herausgekommen bin. Weil so ein sonniger Tag war, habe ich noch einen kleinen Spaziergang zur Burgruine gemacht. Die ist ganz mit Heckenrosen zugewachsen, wie das Dornröschenschloss. Da kommt nie einer hin. Dann bin ich weiter nach Cachrov gefahren und habe zu Mittag gegessen.«

»Böhmische Maultaschen und böhmisches Kraut, als Nachtisch böhmische Nockerl mit böhmischen Heidelbeeren«, warf Fanni schnippisch ein.

Sprudel grinste. »Ich wollte mich noch ein wenig umhören. In einem Dorfwirtshaus, da sitzt gern mal einer herum und plaudert vor Langweile dieses und jenes aus.«

»Sind dir dann auch aufschlussreiche Geschichten serviert worden zu deiner böhmischen Mehlspeis?«, fragte Fanni.

»Eine ganze Menge«, sagte Sprudel. »Nach der ersten Runde Schnaps haben alle, die da waren, gleichzeitig losgelegt. Ich konnte nur das Wenigste verstehen. Aber dreierlei habe ich aus dem Kauderwelsch herausgefiltert: Erstens, der Karel ist ein Saufbold und ein Schläger. Gut, das wusste ich schon. Zweitens, er ist stinksauer auf den Böckl, weil der die Mirza entführt hat. Drittens, der Karel hat keine Ahnung, wohin Mirza verschwunden ist. Er weiß wohl nicht einmal, dass sie inzwischen tot ist, weil er seine Post nicht aufmacht. Aus drittens folgt, dass Karel als Täter nicht in Frage kommt.«

Fanni nickte. »Dieser Karel scheint ziemlich in den Tag hineinzuleben. Er verteufelt zwar Böckl in Grund und Boden, hat sich aber offensichtlich nie die Mühe gemacht, mit ihm noch mal Kontakt aufzunehmen und herauszubekommen, was aus Mirza geworden ist.«

»Nun ja«, meinte Sprudel trocken, »die Einkommensquelle Mirza versiegte plötzlich. Da tat Karel das Naheliegende. Er kümmerte sich um andere. Am nächsten Morgen in Klattau«, fuhr er fort, »habe ich sogar noch herausgefunden, wo Karel zur Tatzeit war. Schon als ich von Cachrov nach Klattau zurückgefahren bin, ist mir wieder eingefallen, wie der Kollege tags zuvor auf der Polizeistation darüber gewitzelt hat, dass Karel gut zweimal die Woche seinen Rausch in der Ausnüchterungszelle ausschlafen muss. Und die Schnapsbrüder im Dorfwirtshaus hatten erzählt, dass Karel schier täglich in seiner Stammkneipe randaliert, und zwar so lange, bis es dem Wirt und den Gästen zu bunt wird. Manchmal schafft es der Besitzer der Kneipe, Karel selbst aus dem Lokal zu bugsieren, wenn nicht, dann ruft er die Polizei, und dann nächtigt Karel in der Zelle. Die Polizeistation in Klattau führt, wie es sich gehört, genau Buch über ihre Pensionsgäste. An dem Tag, an dem Mirza erschlagen worden ist, war Karel bis drei Uhr nachmittags hinter Schloss und Riegel.«

»Also kein Fall für Interpol«, stellte Fanni fest. »Was sagt dein Staatsanwalt dazu?«

»Irgendjemand in Brezi muss mit Mirza Kontakt gehabt haben, sagt der Staatsanwalt, denn woher sonst hätte die Mutter wissen können, dass Mirza glücklich verheiratet war? Und er hat recht. Mir ist das auch klar geworden, in Klattau noch. Deshalb habe ich auf der Rückfahrt ein paarmal am Straßenrand angehalten und mich mit den Mädchen dort unterhalten. Ich habe sogar eine von Mirzas Schwestern gefunden, an einer Tankstelle kurz vor der Grenze. Alle, ausnahmslos alle Mädchen haben mir fröhlich erzählt, dass Mirza seit gut einem Jahr verheiratet sei, und zwar recht glücklich.«

»Stille Post«, sagte Fanni.

Sprudel lachte. »Zweifellos! Aber erstaunlicherweise«, fügte er hinzu, »wusste keines der Mädchen, wo Mirza mit ihrem Mann gewohnt hat.«

»Womit dann auch die Hypothese ›Ehemalige Kolleginnen rotten sich zusammen und erschlagen Mirza aus Neid‹ an Magersucht eingeht«, entschied Fanni.

Sprudel stimmte ihr zu.

»Wie kommt eigentlich Böckl im Licht der neuesten Erkenntnisse weg?«, fragte Fanni und gab sich selbst die Antwort: »Er kommt gar nicht schlecht weg, weil klar wird, dass ihm einiges daran lag, Bene und die Frau, die er ihm verschafft hatte, vor Karel zu schützen. Er hat einen Mordsaufwand betrieben, Mirzas neuen Wohnort geheim zu halten.«

»Er kommt doch schlecht weg«, konterte Sprudel, »weil er Hunderte von Vorwänden hätte finden können, um Mirza in sein Haus zu locken.«

»Gut«, lenkte Fanni ein, »Böckl bleibt vorerst in Reserve, und ich muss jetzt schnellstens nach Hause.«

»Wir haben noch zwei auf unserer Liste«, meinte Sprudel auf dem Rückweg, »die wir überprüfen müssen: Kundler und Meiser.«

»Es wird nicht viel dabei herauskommen«, sagte Fanni bedrückt.

»Durchhalten, Miss Marple«, befahl Sprudel, »den Schlussstrich ziehen wir erst, wenn wir genau wissen, was jeder Einzelne der Nachbarn an Mirzas Todestag um zehn Uhr früh gemacht hat.«

»Ich habe keine Ahnung«, mäkelte Fanni, »wie wir bei Kundler ansetzen sollen. Er ist pensionierter Justizbeamter.«

Sprudel sah Fanni verdutzt an.

»Nein, Sprudel«, sagte Fanni, »du musst ihn nicht kennen, nicht jeder bei Gericht hat mit Verbrechern zu tun. Kundler war Rechtspfleger beim Grundbuchamt – Hypotheken, Dienstbarkeiten, Wohnungseigentum, ein Schreibtischjob. Seine Frau ist früher Lehrerin an unserer Grundschule gewesen. Die beiden leben recht zurückgezogen und unterhalten sich nur selten mit den Nachbarn. Kundlers Haus steht meinem schräg gegenüber, aber wegen der Fichtenhecke, die an der Zufahrt entlangwächst, kann ich davon nur den Dachfirst sehen.«

Fanni beschleunigte ihre Schritte, denn es ging jetzt viel sanfter abwärts als zuvor, und der Pfad verbreiterte sich zu einem Fahrweg.

»Die beste Sicht auf Kundlers Haus haben Pramls«, fuhr sie fort. »Die wohnen genau vis-à-vis. Frau Praml schaut von ihrem Küchenfenster aus geradewegs auf Kundlers Haustür, aber auch Frau Praml hat wenig Kontakt mit den beiden. Meiser, der direkt an Kundler grenzt, ist zerstritten mit ihm. Seit vielen Jahren schon. Es ging wohl um irgendeine Grenzbepflanzung damals. Kundlers und Meisers grüßen sich nicht einmal.«

»Und ich dachte«, warf Sprudel ein, »Meiser sei jedermanns bester Freund.«

Fanni schüttelte den Kopf. »Seit einigen Wochen ist Meiser auch mit Böckl über Kreuz. Zuvor haben sie oft in Meisers oder Böckls Garten zusammengesessen. Aber eines Tages habe ich gemerkt, dass sie sich auswichen. Das war kurz nachdem Meiser bei Böckl den Rasen gelüftet hatte.«

»Was könnte denn da vorgefallen sein?«, fragte Sprudel.
Fanni zuckte die Schultern. »Möglicherweise gar nichts. Zu mir ist jedenfalls kein Wort über einen Streit durchgesickert. Vielleicht hatte sich einer der beiden einfach in den Kopf gesetzt, seinen Nachbarn stärker auf Abstand zu halten. Das ist der einfachste Weg, um Gezänk gar nicht erst aufkommen zu lassen. Allerdings muss ich zugeben, dass Meiser in letzter Zeit keine Gelegenheit ausließ, um über Böckl herzuziehen.«

Sprudel seufzte. »Man müsste den gesamten Erlenweiler Ring verwanzen, um endlich herauszubekommen, was da alles läuft.«

»Na schön«, überwand sich Fanni, »dann versuche ich halt, in den nächsten Tagen ein Gespräch mit Frau Kundler in Gang zu bringen. Stellt sich die Frage, wie ich sie zu fassen kriegen soll. Ich kann ja nicht einfach bei ihr klingeln. Vielleicht sollte ich das Stück Gartenzaun an der Straßenseite neu streichen, dann stehe ich schon parat, falls Frau Kundler draußen auftaucht.«

»Tu das, Fanni«, sagte Sprudel, »aber gemächlich. Zaunstreichen geht verflucht ins Kreuz.«

Er öffnete für Fanni die Autotür. »Treffen wir uns am Mittwoch? Ich sehe mir inzwischen Kundlers Vernehmungsprotokoll noch mal an.«

Sie bestimmten für das nächste Treffen den Parkplatz »Wegmacherkurve«, der an der Ruselbergstrecke lag. Von hier aus führte ein schattiger Wanderweg via Bergwachthütte zum Dreitannenriegel.

Der Wagen von Hans Rot stand schon in der Zufahrt, als Fanni dort einbog.

»Na«, rief Fannis Mann aufgeräumt aus der offenen Haustür, »wo ist denn das gute Stück, an dem du schon seit zwei Wochen bastelst?«

Fanni öffnete den Kofferraumdeckel. Was hat er mir denn einzugestehen, dachte sie dabei, weil er sich gar so jovial gibt heute? Ausflugsfahrt der Kegelbrüder? Schützentreffen in Oberbayern? Zechtour von Samstagfrüh bis Sonntagabend?

Fanni riss das Preisschild von dem Trockengesteck, das sie vor zwei Minuten im Gartencenter an der Hauptstraße gekauft hatte, knickte schnell einige der Kornähren um, die aus einem Moosnest ragten, und zerfledderte die rosa Bastkringel, die an einem Efeuzweig entlangkrochen.

Als Fanni das Gesteck aus dem Wagen hob, stand ihr Mann schon bereit, um es ihr abzunehmen. Er hielt es auf Armlänge von sich weg, betrachtete es einen Moment, und die Kinnlade sackte ihm herunter.

»Meine Güte, Fanni, so was gibt's doch in jedem Blumenladen, schöner und ganz gewiss auch billiger.«

»Aber das hier ist selbst gemacht«, log Fanni dreist, »und hat deshalb eine ganz eigene Ausstrahlung.«

Hans Rot brachte das Machwerk in den Wintergarten.

»Ich habe mich«, sagte Fanni zum Hinterteil ihres Mannes, als er sich bückte, um den Tontopf (der dem Gesteck die nötige Standfestigkeit verlieh) am Boden abzustellen, »gleich noch für den zweiten Teil des Kurses angemeldet. In den nächsten zwei Wochen basteln wir Türkränze.«

Fannis Mann drehte sich nicht um. Er ärgert sich, dachte Fanni, aber er wird kein Wort dagegen sagen, weil er selber was in petto hat.

Ganz konnte er es sich allerdings nicht verkneifen. »Ich sehe es schon kommen, Fanni, es wird nicht lange dauern, dann liegt der ganze Plunder auf dem Komposthaufen.«

»Kann gut sein«, murmelte Fanni.

»Am Wochenende ist Schützentreffen am Wendelstein«, sagte Fannis Mann beim Abendessen.

Volltreffer, dachte Fanni.

»Ich hab wirklich nicht vorgehabt, hinzufahren«, beteuerte ihr Mann. Er dachte wohl daran, wie er tags zuvor noch lauthals getönt hatte, er würde am kommenden Samstag endlich die Steinplatten um den Gartenteich verlegen, die schon seit zwei Sommern in einer Ecke der Garage gestapelt lagen.

»Aber«, erklärte er eifrig, »der Vereinsvorstand persönlich hat mich heute früh im Büro angerufen. Die Schützen brauchen mich ganz dringend am Wendelstein.«

»Aber natürlich«, sagte Fanni und verbiss sich das Lachen. »Wie lange wirst du denn weg sein?«

»Von Samstagmorgen bis Sonntagabend.«

Als Fanni den Tisch abräumte, ging ihr Mann über die Straße und in Meisers Garten.

»Auf ein Schwätzchen mit den Nachbarn«, hatte er Fanni nach dem Essen mitgeteilt.

Sie machte die Küche fertig, schenkte sich Rotwein nach und schaltete den Fernsehapparat ein. »Das Philadelphia-Experiment« war im Programm angekündigt. Fanni kannte den Film schon, wollte ihn aber noch mal anschauen, denn er hatte ihr vor Jahren recht gut gefallen. Sie kam nicht dazu, weil Leni anrief und ihr begeistert von den Kongresstagen in Berlin erzählte. Leni ließ Berlins Sehenswürdigkeiten an Fanni vorbeiziehen und beschrieb ihr jede Mahlzeit, die sie während ihres Aufenthalts verspeist hatte. »… und die Vanillecreme war mit Sauerkirschen und Schokostückchen angerichtet, wirklich lecker.«

Damit war auch das Dessert verzehrt, und Leni fragte: »Wie steht es mit der Verbrechensaufklärung anhand von DNA-Spuren?«

»Schlecht«, antwortete Fanni, »ganz schlecht. Ich habe das doch richtig verstanden: Man braucht einen Verdächtigen, und man braucht Spuren, die man mit seinem Speichel vergleichen kann? Wir haben keines von beiden.«

Leni lachte. »Auch keinen Strolch aus Klattau?«

Fanni berichtete, was Sprudel ermittelt hatte.

»Denkst du immer noch, dass der alte Klein unschuldig ist und jemand aus Erlenweiler Mirza erschlagen hat?«, fragte Leni.

»Ja«, sagte Fanni, »ich bin überzeugt davon und Sprudel inzwischen auch. Aber wir werden es niemals beweisen können.«

»Wer weiß?«, meinte Leni. »Ihr dürft nur nicht aufgeben. Der unverzagte Schnüffler findet eine Spur. Und, sei ehrlich, es macht dir doch Spaß, mit deinem Herrn Sprudel Dr. Watson und Sherlock Holmes zu spielen.«

»Schon«, gestand Fanni ein und fügte ernst hinzu: »Aber es liegt mir auch sehr viel daran, dass der richtige Täter gefunden wird.«

»Ich weiß, Mama«, sagte Leni, »und ich finde es toll, dass du dich da so reinkniest. Ein echt feiner Zug von dir, den armen Bene nicht im Stich zu lassen. Der Bene ist ein anständiger Kerl. Er soll seinen

Vater wiederhaben, und er hat es verdient, dass der Mörder seiner Frau eingesperrt wird.«

Fanni erzählte ihrer Tochter von Christiane.

»Der Meiser ist ein Arschloch«, knurrte Leni daraufhin, und Fanni sagte: »Lass das bloß deinen Vater nicht hören.«

Sie merkte, wie Leni eine Bemerkung dazu herunterschluckte, wechselte das Thema und erkundigte sich nach Neuigkeiten Leni betreffend.

»Gibt es«, sagte Leni, »gibt es, deshalb habe ich eigentlich angerufen. Du erinnerst dich doch, dass ich mich im letzten Jahr für ein italienisches Austauschprogramm angemeldet habe. Heute ist die Zusage gekommen. Ab 1. Oktober werde ich – erst mal für ein Jährchen – in einem Forschungslabor in Genua arbeiten.«

»Ganz schön weit weg von hier«, maulte Fanni.

»Eine Flugstunde höchstens«, lachte Leni, »das ist doch gar nichts. Und im Winter, wenn es in Erlenweiler kalt ist und schneit, dann besuchst du mich und legst dich am Strand von Lerici in die Sonne, versprochen?«

Fanni versprach es und wünschte ihrer Tochter eine gute Nacht.

»Warte«, rief Leni, »Vera hat sich vorhin bei mir gemeldet. Sie möchte am kommenden Wochenende eine alte Schulfreundin besuchen, die vor Kurzem nach Freiburg gezogen ist. Sie hat mich gefragt, ob ich komme und Minna und Max hüte. Sie will die Kinder nicht mitnehmen. Aber Thomas hat uns gestern Karten für ›Aida‹ besorgt. Ich sitze also Samstagabend im Opernhaus und kann deshalb nicht Babysitten. Könntest du nicht mit Papa …?«

»Papa ist am Wochenende bereits verplant«, antwortete Fanni, und Leni stöhnte auf: »Oh Gott, Vera wird bei Amnesty International Anzeige gegen uns erstatten, wenn wir sie schon wieder im Stich lassen. Sie war sowieso noch stinksauer, weil sie letzten Samstag mit zwei quengelnden Kindern zu Hause sitzen musste, während drei Straßen weiter die tollste Party der Saison stieg.«

2.

Fanni und Sprudel hatten sich für Mittwochnachmittag, den 29. Juni, am Parkplatz »Wegmacherkurve« verabredet. Seit Mirzas Tod waren fast drei Wochen vergangen.

Kurz hinter Mietraching, wo der steilste Abschnitt der Ruselbergstrecke beginnt, schaltete Fanni in den zweiten Gang. Ein schneller Blick in den Rückspiegel überzeugte sie davon, dass der Wagen, der schon seit einiger Zeit hinter ihr herfuhr, schier an ihrer Stoßstange klebte.

»Es hat keinen Sinn, aufs Gas zu steigen, Junge«, murmelte sie ärgerlich. »Die Kurven hier sind nicht zu unterschätzen: eng, schmal und steil.«

Ein Radlader kam von oben entgegen. Fanni kroch dicht an der Leitplanke entlang.

Nicht weit hinter der »Hackermühle« verbreitete sich die Straße wieder. Fanni ließ die Abzweigung nach Greising links liegen und beschleunigte. Das Auto hinter ihr setzte zum Überholen an. Fanni nahm Gas weg und atmete auf. »Hau endlich ab, Nervensäge!«

Aber wieso zog der Wagen nicht an ihr vorbei? Sie schaute in den Rückspiegel, warf einen Blick in den Seitenspiegel, und es kam ihr so vor, als klebe das andere Auto jetzt an ihrem linken hinteren Kotflügel.

»Was denn, verdammt!«

Fanni nahm noch mehr Gas weg und lenkte ganz nah ans Bankett. Von weiter oben her sah sie einen Kieslaster herunterkommen. Der andere Wagen hockte ihr noch immer am Kotflügel.

Fanni schluckte und steuerte weiter auf den Randstreifen hinaus. Plötzlich gab der Boden nach. Sie trat hart auf die Bremse. Der Mitsubishi kam abrupt zum Stehen, und Fanni schlug sich den Kopf am Lenkrad – aber nicht sehr, sie spürte es kaum.

Als sie sich umschaute, war die Straße leer. Die Kühlerhaube des Mitsubishi zeigte sich mit Zweiglein dekoriert und – sie hing schräg nach untern.

Rückwärtsgang!

Fanni legte den Rückwärtsgang ein und gab zuerst vorsichtig Gas, dann resoluter. Sie musste das Pedal fast durchtreten, bis sich der Wagen bewegte. Erdklumpen spritzten nach allen Seiten. Fanni verringerte den Druck aufs Gaspedal, lenkte gegen, überwand den lockeren Erdhaufen. Und dann befand sich ihr Wagen wieder auf der Straße. Sie legte den ersten Gang ein, nach einer Weile auch den zweiten. So kroch sie bis zum Parkplatz. Dort stellte sie den Motor ab und blieb sitzen.

»Fanni!« Sprudel riss die Wagentür auf. Fanni rührte sich nicht. Er rannte auf die andere Seite, öffnete die Beifahrertür, glitt neben sie und nahm sie in Arme. Es dauerte eine Zeit lang, bis sich Fanni so weit erholt hatte, dass sie erzählen konnte, was ihr widerfahren war.

»Das alles ist kein Zufall mehr«, grollte Sprudel.

»Was«?, fragte Fanni dumpf.

»Ein mysteriöser Reifenplatten, eine lockere Werkzeughalterung, ein Rowdy, der dich von der Straße drängt. Irgendjemand versucht, dich zu … Jedenfalls versucht er, dir einen Schrecken einzujagen.«

»Warum?«, sagte Fanni matt.

»Vielleicht weil er möchte, dass du mit dem Herumschnüffeln im Fall Mirza aufhörst.«

Fanni nickte ein paarmal hintereinander. »Dann gibt es also was zu entdecken.«

»Sicher«, antwortete Sprudel. »Aber ich frage mich, woher unser Täter weiß, dass wir es auf ihn abgesehen haben.«

Fanni nickte wieder, und dann sagte sie: »Er wird es vermuten. Sobald ich – Dienstag ausgenommen – über den Erlenweiler Ring fahre, falle ich auf wie ein Schneemann im Sommer. Jeder im Ort fragt sich, was ich vorhabe. Außerdem hab ich nie verheimlicht, dass ich Klein nicht für Mirzas Mörder halte.«

»Zudem hat keiner vergessen, dass tagelang ein Kommissar bei dir aus- und eingegangen ist«, fügte Sprudel hinzu. »Wir hören auf damit, Fanni, Schluss, aus.«

Fanni richtete sich senkrecht in ihrem Sitz auf, in ihre Wangen kam die Farbe zurück. Sie starrte Sprudel an, plötzlich grinste sie.

»Und wie könnte unser Täter erfahren, dass er sich um mich nicht mehr zu bemühen braucht? Soll ich auf dem Straßenschild ›Erlenweiler Ring‹ einen Anschlag anbringen? ›Fanni Rot hat damit aufgehört, ihre Nachbarn zu verdächtigen. Sollte sie außertourlich den Erlenweiler Ring befahren, dann befindet sie sich nur auf dem Weg zu ihrem Bastelkurs. Hans Rot kann das bestätigen‹.«

»Bas ... Bastelkurs?«, stotterte Sprudel.

»Mein Alibi für unsere Verabredungen«, erklärte Fanni und fuhr fort. »Begreif doch, Sprudel, selbst wenn es sich bei diesen ... Missgeschicken um ... Sabotage gehandelt hat, würde es nichts nützen, deshalb die Flinte ins Korn zu werfen.«

Sprudel stöhnte.

Fanni schwieg.

Nach einer Weile gab Sprudel zu: »Du hast recht, Fanni. Das Einzige, was hilft, ist, schnellstens den Täter dingfest zu machen.«

»Genau.«

Sie hingen eine Zeit lang ihren Gedanken nach, dann sagte Sprudel: »Was war es denn für ein Auto, das dich verfolgt hat?«

»Grün«, antwortete Fanni.

»Die Marke, Fanni.«

»Ich hab keinen Schimmer, Sprudel. Aber eines weiß ich, in Erlenweiler fährt niemand so ein grünes Auto.«

»Und wie sah der Mann hinter dem Steuer aus?«, hakte Sprudel nach.

»Den hab ich nicht gesehen. Ich hatte doch viel zu viel zu tun. Woher sollte ich noch die Zeit nehmen, durch die Windschutzscheibe von dem Wagen hinter mir zu gaffen?«

Sprudel nahm ihre Hand und hielt sie einen Augenblick fest. »Hast du Lust, ein Stück zu laufen?«

»Klar doch.«

Sie wanderten eine weite Strecke schweigend dahin. Plötzlich fragte Fanni: »Was hast du über Kundler herausgefunden?«

»Laut Protokoll«, antwortete ihr Sprudel, »war Kundler zur Tatzeit in Regensburg auf einer Tagung für bairische Mundart. Er ist um acht Uhr morgens von zu Hause weggefahren und um fünf Uhr nachmittags zurückgekommen.«

»Das hat mir seine Frau gestern auch erzählt«, sagte Fanni.

»Wie bist du denn an sie herangekommen?«, wollte Sprudel wissen.

»Ich hab in den letzten zwei Tagen dreimal den Bürgersteig sauber gekehrt und exakt fünfunddreißig Zaunlatten gestrichen«, erklärte Fanni. »Ich war gerade bei der zweiunddreißigsten Latte, da hat Frau Kundler ihre Mülltonne aus der Garage gerollt. Sie wollte die Tonne am Straßenrand bereitstellen, und dazu musste sie auf zwei Meter an mich heran. Ich bin ein Stückchen zur Seite gehüpft, schon war die Distanz überbrückt, und wir haben ein bisschen geplauscht.«

Sprudel zwinkerte beifällig, und Fanni fuhr fort. »Kundler fährt regelmäßig zu solchen Tagungen, das habe ich im Lauf der Unterhaltung erfahren. Er setzt sich dafür ein, dass Bairisch als spezielles Fach an den Schulen unterrichtet werden soll. Das hält sogar seine Frau für ziemlich verstiegen. Aber seit er in Pension ist, braucht er halt eine Aufgabe, die ihn beschäftigt, meint sie. Übrigens hat es gut eine halbe Stunde gedauert, bis ich Frau Kundler beim Thema hatte, und dann noch mal eine halbe, bis ich sie wieder losgeworden bin. Dafür wissen wir jetzt, dass Kundler nicht in Frage kommt, weil er ein Alibi hat.«

Sprudel antwortete nicht. Sie sah ihn an und sagte trübsinnig: »Von dieser Seite aus betrachtet, wäre es vernünftig, mit der Suche nach einem Täter aufzuhören, weil sowieso jede unserer Spuren in einer Sackgasse endet.«

»Fanni«, sagte Sprudel ernst, »wir können nicht mehr zurück. Das hast du mir vorhin selber klargemacht.« Er überlegte einen Moment und fügte dann hinzu: »Lass uns mal rekapitulieren, was bisher geschehen ist.«

Sie waren bei der Bergwachthütte angekommen, die – wie immer unter der Woche – verschlossen und zugeknöpft dastand. Fanni setzte sich auf die abgewetzte Holzbank vor dem Eingang. Sprudel blieb vor ihr stehen.

Er hob die Hände, als wollte er den Tannenzapfen und den Bucheckern um ihn herum seinen Segen erteilen. »Vor knapp drei Wochen«, sagte er, »als wir die Ergebnisse der DNA-Untersuchungen in der Hand hatten und die Aussagen der Nachbarn alle auf *Der Alte war es* hinausliefen, da schien der Fall klar. Wir haben in voller

Überzeugung den Bauern Klein verhaftet. Noch am selben Tag hast du mir eine Theorie entwickelt, die mir überhaupt nicht in den Kram gepasst hat. Ich war wirklich skeptisch. Und ich war nicht im Mindesten daran interessiert, nach einem Täter zu suchen, den ich schon hatte, in einem Fall, der schon auf dem Tisch meines Nachfolgers lag. Anfangs hat es mir, ehrlich gesagt, bloß gefallen, dir zuzuhören. Mit der Zeit hat mir das, was du gesagt hast, zu denken gegeben, und irgendwann hat es mich gepackt. Ich muss weitermachen, Fanni, bis ich den richtigen Täter gefunden habe oder bis sämtliche Spuren endgültig im Sande verlaufen. Und heute«, fügte er nach einer kleinen Pause hinzu, »hat sich eine Verwicklung gezeigt, die mich zwingt, meine Anstrengungen zu verdoppeln.«

Sprudel neigte sich zu Fanni und legte seine Hände auf ihre Schultern. »Bitte, Fanni, hilf mir ein bisschen!«

Dann setzte er sich neben sie hin, und Fanni holte die Thermoskanne und die Becher aus ihrer Tasche.

»Es gefällt mir wirklich, dieses Suchen und Ausleuchten und Herumfragen«, sagte sie, »aber unsere Chancen stehen mehr als schlecht. Es ist mir peinlich, dass ich etwas angezettelt habe, das sich am Ende als große Pleite herausstellen wird. Vielleicht zweifelt ja der Staatsanwalt inzwischen selbst an der Schuld des Alten, aber noch mehr zweifelt er daran, dass sich neue Spuren auftun, sonst hätte er Mirza gestern nicht zur Beerdigung freigegeben.«

Sie blieb eine Weile still. In ihrem Kopf hämmerte es. Kommst du jetzt endlich zur Vernunft, Fanni, höchste Zeit aber auch. Geh nach Hause, pack ein paar Sachen ein, steig in den Zug und fahr für eine Woche zu Vera. Kümmer dich um deine Enkelkinder, anstatt hier eine Karikatur von Miss Marple abzugeben.

Und außerdem bist du in Klein Rohrheim in Sicherheit, falls dir wirklich hier jemand nachstellen sollte.

Sprudel setzte zum Sprechen an, doch Fanni unterbrach ihn.

»Was bleibt uns denn, wenn wir jetzt Bilanz ziehen?«, fragte sie und gab gleich selbst die Antwort. »Eine Liste von Verdächtigen, auf der außer ›Meiser‹ schon alle Namen gestrichen sind. Und Meiser ist zwar ein falscher Fünfziger, aber vernünftig betrachtet ist er genauso verdächtig wie der Kirschkuchen da auf deinem Teller.«

Sprudel machte den Mund auf, aber sie unterbrach ihn wieder.

»Ja, ja, wir haben Böckl und Praml in Reserve. Doch du weißt so gut wie ich, dass sie nicht wirklich verdächtig sind. Beiden fehlt zwar das sogenannte *hieb- und stichfeste* Alibi, aber das beweist noch gar nichts.«

»Kundler«, warf Sprudel ein und schluckte eine Kirsche.

»Kundler hat ein einwandfreies Alibi«, murmelte Fanni matt.

»Falsch«, sagte Sprudel, und Fanni sah ihn verständnislos an.

»Ich habe es durch Zufall herausbekommen«, gab Sprudel ganz ehrlich zu. »Einer von unseren Streifenpolizisten ist ein energischer Verfechter der bairischen Mundart. Jedes ›Hallo‹ würde er am liebsten mit drei Monaten Arrest bestrafen, und auf ›Tschüss‹ sollte seiner Meinung nach lebenslänglich stehen. Ich bin ihm gestern Mittag über den Weg gelaufen, kurz nachdem ich das Protokoll von Kundler gelesen hatte. Ich habe *Grüß Gott* zu dem Kollegen gesagt, wie er es gerne hört, und dann habe ich – noch ohne den geringsten Zweifel an Kundlers Aussage – ein Gespräch über die Erhaltung der bairischen Mundart angefangen. Der engagierte Kollege besucht nämlich sämtliche Zusammenkünfte, die sich damit befassen, und er kennt alle seine Mitstreiter. Kundler war ihm nicht bekannt. Das ist mir komisch vorgekommen, und deshalb habe ich die Versammlung vom 9. Juni in Regensburg erwähnt. Was glaubst du, Fanni, was ich zu hören bekam?«

»Keine Tagung?«, fragte Fanni atemlos. »Kundler hat die Polizei angelogen, und nicht nur die Polizei, sondern auch seine Frau?«

Sprudel grinste.

»Auch wenn er gelogen hat, der Kundler«, sagte Fanni schon wieder ernüchtert, »zu Hause war er jedenfalls nicht, und das ist Alibi genug.«

»Er könnte zurückgekommen sein«, widersprach Sprudel, »falls seine Frau selbst ausgeflogen war, hätte sie es nicht gemerkt.«

»War sie tatsächlich«, keuchte Fanni. »Frau Kundler hat mir erzählt, dass sie von der Polizeiaktion an Mirzas Todestag überhaupt nichts mitbekommen hat, weil sie schon um neun Uhr morgens einen Termin beim Augenarzt hatte, anschließend eine geschlagene Stunde beim Optiker zugebracht hat und mittags mit einer Freundin verabredet war.«

»Sieht nicht gut aus für Kundler«, sagte Sprudel, »aber eine

Kleinigkeit stört mich noch an der Sache. Hat dir Frau Kundler nicht erzählt, dass ihr Mann regelmäßig zu diesen Tagungen fährt?«

Fanni nickte und sagte: »Fragt sich, was Kundler immer gemacht hat, wenn er seiner Frau die Lügengeschichten über Mundarttagungen aufgetischt hat? Und was hat er am 9. Juni gemacht – das übliche Geheime oder hat er Mirza erschlagen?«

»Ich könnte ihn vorladen und verhören …«, begann Sprudel.

»Aber lieber würdest du ihm nachspionieren«, unterbrach ihn Fanni.

Sprudel tat schockiert. »Verdeckt ermitteln heißt das«, sagte er vorwurfsvoll.

»Um ›verdeckt zu ermitteln‹ müsstest du wissen, wann Kundler wieder zu einer seiner Tagungen fährt«, sagte Fanni. »Drei Wochen sind schon vergangen seit seinem letzten Ausflug, könnte bald wieder so weit sein.«

Sprudel horchte auf. »Du weißt es, Fanni«, lachte er, »Frau Kundler hat es dir gesagt, gestern!«

»Genau das hat sie, Sprudel«, grinste Fanni und fuhr fort. »Kundler fährt am kommenden Samstag früh nach Passau, hat er jedenfalls seiner Frau weisgemacht. Wenn du ihn verfolgst, Sprudel, dann komme ich mit.«

»Am Samstag ist Wochenende«, sagte Sprudel trocken.

»Es gibt nicht nur Mundarttagungen«, sagte Fanni, »mein Mann zum Beispiel fährt übers Wochenende zu einem Schützentreffen.«

Sprudel strahlte. Seine großen Ohren leuchteten hellrot in der Sonne.

3.

Fanni machte sich Sorgen. Was, wenn Kundler diesmal schon um halb acht Uhr morgens losfuhr? Dann würde sie den in einer Parkbucht an der Hauptstraße wartenden Sprudel verpassen, weil Hans Rot noch am Frühstückstisch saß.

»Der Kaffee wird kalt!«, rief Fanni deshalb am Samstag schon um sieben ins Badezimmer, wo sich ihr Mann das Kinn einschäumte.

»Du bist spät dran«, meldete sie kurz vor halb acht und brachte seine Reisetasche in die Garage. Konditioniert wie Böckls Wolfi trabte Hans Rot seiner Tasche nach, setzte sich ins Auto und ließ den Motor an. Fanni folgte dem Wagen winkend, bis sie freien Blick auf Kundlers Zufahrt hatte. Dort rührte sich nichts. Sie raste zurück ins Haus.

Fünf Minuten später schloss sie die Haustür hinter sich zu und rannte den Erlenweiler Ring hinunter. Sollte ihr doch hinterherglotzen, wer wollte. Sollte doch Attentatspläne schmieden, wer wollte. Eine Minute noch, dann würde sie sich bei Sprudel in Sicherheit befinden.

Kundlers Garagentor stand bereits offen. Fanni legte an Tempo zu, bog in die Hauptstraße ein und sah Sprudels Wagen mit angelehnter Beifahrertür keine zehn Meter hinter der Abzweigung stehen.

Sie warf sich neben Sprudel, gerade als im Rückspiegel Kundlers weißer Mercedes auftauchte.

»Nach Passau fährt Kundler jedenfalls nicht«, sagte Fanni, als der Mercedes die entsprechende Abbiegespur ignorierte und geradeaus auf der Hauptraße weiterfuhr. »München vielleicht«, riet sie.

»Wenn er dieses Tempo beibehält, dann muss er in Landshut übernachten«, sagte Sprudel.

Fanni fand es recht gemütlich so. Sie lehnte sich in das Polster zurück, ließ Felder und Gehöfte an sich vorbeiziehen und schwieg.

Sprudel achtete darauf, immer ein oder zwei Autos zwischen sich und Kundler zu haben. So gondelten sie mit sechzig Stundenkilometern dahin.

Fanni fielen die Augen zu. Vom Klacken des Blinkers schreckte sie auf.

»Kundler biegt nach Eggenfelden ab«, sagte Sprudel.

Der Stadtverkehr floss dicht am Samstagvormittag. Trotzdem gelang es ihnen, Kundler im Auge zu behalten. Der fuhr zu einem Wohngebiet im Stadtteil Gern und stellte den Wagen im Schatten einer Kastanie ab.

Sprudel hielt gut fünfzehn Meter hinter Kundlers Kastanie neben einem Altglascontainer an.

Fanni und Sprudel beobachteten, wie Kundler seinen Wagen abschloss und über die Straße ging. Er hatte die andere Seite noch nicht ganz erreicht, als dort eine Haustür aufgerissen wurde. Ein kleines Mädchen – vier oder fünf Jahre alt, schätzte Fanni – hopste auf dem Bürgersteig auf und ab, bis Kundler endlich heran war und sie hochhob. Gleich darauf verschwanden die beiden im Haus.

Sprudel und Fanni sahen sich an.

»Heimliche Freundin, uneheliches Kind«, sagte Sprudel.

»Kundler ist doch schon bald siebzig!«, regte sich Fanni auf.

Sprudel prustete. »Nach deiner Theorie wäre er wie Jack the Ripper hinter Mirza her gewesen.«

Fanni sah beleidigt auf die Tür am gegenüberliegenden Bürgersteig, hinter der Kundler verschwunden war.

Sprudel legte ihr versöhnlich die Hand auf den Arm. »Wachehalten an Ort und Stelle oder Kaffeetrinken am Stadtplatz unter den Arkaden?«, fragte er.

Fanni zögerte. Da tauchte Kundler wieder auf. Er schob ein Dreirad aus der Tür. Eine Minute später hüpfte das Kind heraus, stieg aufs Dreirad, und Kundler lenkte das Gefährt mit einer Führungsstange stadtauswärts. Hinter einer ganzen Reihe von Kastanien konnte Fanni den oberen Teil einer Rutschbahn erkennen.

»Er will mit dem Kind zum Spielplatz«, sagte Sprudel.

»Sie werden eine Weile weg sein«, sagte Fanni.

Stille.

Sprudel klemmte seine Wangenfalte zwischen Daumen und Zeigefinger und zog, bis sie die Nase berührte.

Fanni zwirbelte ihr Halstuch um den linken Zeigefinger.

»Wir tun so, als würden wir nach Bekannten suchen, die hier in der Nähe wohnen«, sagte Fanni.

»Zeugenbefragung wegen eines Verkehrsunfalls«, sagte Sprudel gleichzeitig.

»Gut«, ließ ihm Fanni den Vortritt, »du bist der Profi.«

Sprudel stieg aus und querte die Straße. Fanni ließ das Wagenfenster herunter und hielt ihr Ohr bereit.

Sprudel klingelte, die Tür ging auf. Sprudel zückte die Dienstmarke und verschwand.

Fanni schloss das Fenster, versperrte den Wagen und schlenderte zum Spielplatz. Sie verbarg sich hinter den Büschen, die einen weitläufigen Sandkasten von Klettergerüsten, Schwingseilen und verschiedensten Hüpf-, Rutsch- und Schaukelgeräten abgrenzten, und äugte durch das Blattwerk. Kundler saß auf einer Bank, neben ihm stand das verlassene Dreirad. Das Kind kletterte die Sprossenleiter zur Rutsche hoch.

»Opa!«, rief es, als es oben ankam. »Du musst zuschauen, wenn ich runterrutsche, schaust du her?«

Fanni war irritiert. Opa, wieso Opa?

Soweit Fanni wusste, hatten Kundlers einen Sohn, der in Südafrika lebte. Gut, der Sohn konnte in Eggenfelden Frau und Tochter haben, aber warum sollte er das vor Frau Kundler verheimlichen?

Fanni ging zum Wagen zurück. Sprudel stand an der Beifahrertür. Als er Fanni sah, kam er ihr entgegen.

»Kundler ist der Großvater von dem Kind«, sagte Fanni.

»Tüchtig, Miss Marple«, lobte Sprudel.

»Aus welchem Grund verheimlicht wohl Kundler seiner Frau, dass ihr Sohn hier eine Familie hat?«, überlegte Fanni laut.

»Der Sohn hat keine Familie«, sagte Sprudel.

Fanni fuchtelte verwirrt mit dem Autoschlüssel um den Türgriff. Sprudel nahm ihn ihr aus der Hand.

»Alles der Reihe nach beim Kaffee unter den Arkaden«, schlug er vor.

Fanni nickte.

»Ich habe«, berichtete Sprudel, bequem im Korbstuhl des Straßencafés zurückgelehnt, »der jungen Frau vorgeflunkert, in einem Fall von Fahrerflucht zu ermitteln. Ich habe einfach behauptet, dass am 9. Juni vormittags gegen zehn Uhr eine Fahrradfahrerin auf der Straße nach Pfarrkirchen von einem weißen Mercedes gestreift und leicht verletzt wurde und dass ein Unfallzeuge den Wagen beschrieben und einen Teil der Autonummer angegeben hat. Exakt dieses Auto steht jetzt gerade hier drüben, habe ich gesagt, und dann habe ich sie gefragt, ob sie wohl wüsste, wem es gehört. Sie hat ein wenig hin und her überlegt, hat sich dann offensichtlich für die Wahrheit entschieden und ist damit herausgerückt, dass es sich um das Auto ihres Vaters handelt.«

»Vater!«, japste Fanni und bemühte sich vergeblich, den Begriff logisch passend in dieses Spiel zu bringen.

Sprudel amüsierte sich drei Schluck Kaffee lang, bis Fannis verwirrter Blick angriffslustig wurde. Da beeilte er sich zu erklären: »Die Sache verhält sich so: Frau Rimmer, so heißt die Dame in dem Haus in Gern, ist eine uneheliche Tochter von Kundler. Sie hat lange Zeit keinen Kontakt zu ihm gehabt. Kundler hat allerdings regelmäßig Geld an ihre Mutter überwiesen.

Frau Rimmer hat ihren Vater erst vor ein paar Jahren kennengelernt, als ihre Mutter starb. Er ist zur Beerdigung gekommen. Seitdem besucht er seine Tochter und sein Enkelkind regelmäßig.

Er war am 9. Juni zwischen halb zehn Uhr und sechzehn Uhr hier in Gern, sagt Frau Rimmer. Das Auto stand wie immer unter der Kastanie und kann deshalb nicht in diesen Unfall verwickelt gewesen sein. Eine klare Aussage. Ich habe mich höflich bedankt und den Rückzug angetreten.«

»Und dann, du warst schon fast aus der Tür«, sagte Fanni, »hat sie dich gebeten, das Gespräch möglichst vertraulich zu behandeln, weil Frau Kundler nämlich nichts von einer unehelichen Tochter weiß und folglich auch nichts von den Besuchen.«

»Richtig, Miss Marple«, grinste Sprudel und biss in ein Nusshörnchen.

Er kaute ausgiebig, schluckte, spülte Kaffee nach und sagte dann: »Frau Rimmer hat allerdings noch hinzugefügt, dass ihr Vater seiner Frau die ganze Geschichte gerne beichten würde. Er traut sich aber nicht, weil Frau Kundler herzkrank ist und keiner wissen kann, wie sie auf eine solche Eröffnung reagieren würde.«

»Ja«, sagte Fanni, »Frau Kundler wurde vorzeitig pensioniert wegen ihrer Krankheit.«

Die Kaffeetassen waren leer. Es war noch nicht Mittag.

»Wer seine Aufgaben flott erledigt«, meinte Sprudel, »der gewinnt Zeit fürs Vergnügen. Was hältst du von einem Abstecher nach Burghausen zur Burg und dann weiter zum Abtsee?«

Fanni strahlte.

»Frau Rimmer hat mit ihrer Aussage Kundler glatt und sauber von unserer Verdächtigenliste gewischt«, begann Fanni, als sie auf einem schmalen Weg am See dahinwanderten.

»Fanni«, warnte Sprudel, »er ist nicht das einzige Eisen, das wir im Feuer haben! Kundler ist erledigt. Schön! Dann kommt eben Meiser dran.«

Er hob die Hand, als Fanni den Mund aufmachte, und kam ihr zuvor. »Ich weiß, Meiser ist so unverdächtig wie ein Kirschkern. Trotzdem – und sei es bloß der Ordnung halber –, wir überprüfen ihn. Wenn wir zu dem Ergebnis kommen, dass Meiser als Täter nicht in Frage kommt, dann fangen wir wieder bei Böckl an oder wir erweitern unsere Liste.«

Fanni nickte zwei-, dreimal, dann bückte sie sich, hob einen Stein auf und pfefferte ihn in den See. »Wir geben nicht auf, bis wir ihn haben, den Mörder von Mirza!«

»Den Kerl, der zu einer Gefahr für Fanni Rot wird«, murmelte Sprudel leise, und dann fragte er laut: »Was weißt du denn alles über Meiser? Erzähl mir von ihm, von seinen Vorlieben, seinen Eigenarten. Versuchen wir einfach mal, uns an ihn heranzutasten.«

»Meiser ist mit Vorliebe hilfsbereit«, sagte Fanni, »der hilft dir schon, da weißt du selber noch gar nicht, was du eigentlich tun willst. Meistens wuselt seine Frau hinter ihm her und assistiert ihm. Ab vier oder fünf Uhr nachmittags klappt es allerdings nicht mehr so recht mit der Zusammenarbeit. Um diese Zeit wird Frau Meiser meistens fahrig und unkonzentriert. Es ist schon am Vormittag nicht einfach, sich mit ihr zu unterhalten. Sie ist vollständig und ausschließlich eingefahren auf vier Dinge: Ehemann, Haus, Garten, Erlenweiler, genau in dieser Reihenfolge. Ein Gespräch über irgendetwas anderes ist mit ihr schlichtweg unmöglich. Gegen Abend kann man dann überhaupt nicht mehr vernünftig mit ihr reden. Sie gibt Antworten, die nicht zu den Fragen passen, und sie erzählt drei-, viermal hintereinander dieselbe Geschichte. Manchmal spricht sie derart verwaschen, als hätte sie gerade einen akuten Anfall von Zungenlähmung.«

»Sie säuft«, sagte Sprudel trocken.

»Das hat Mirza auch immer behauptet«, meinte Fanni darauf. »›Vater von mir Alkoholiker gewesen‹, hat Mirza oft gesagt, ›erkenne Schnapsdrossel von zehn Meter weit weg, auch wenn gerade nüchtern.‹ Mirza konnte recht drastisch werden.«

»Seiner Frau gegenüber scheint Meiser nicht sehr hilfsbereit zu sein«, gab Sprudel zu bedenken, »wenn er sie dem Suff überlässt.«

»Was könnte er denn schon tun?«, wandte Fanni ein. »Ohne ihren Willen kann er sie nicht zur Entziehung schicken, und die Schnapsflaschen wegzuschließen, das hilft bekanntlich wenig.«

»Wer säuft, hat Gründe«, sagte Sprudel bestimmt, »und die sind oft recht naheliegend.«

»Gut möglich«, stimmte Fanni zu, »dass Frau Meiser nur deshalb säuft, weil es nüchtern mit Meiser nicht auszuhalten ist. Niemand könnte sein Gehabe aushalten Tag für Tag.«

»Meiser ist ein Prinzipienreiter«, fuhr Fanni fort, nachdem sie einen Moment nachgedacht hatte, »er ist wie eine Datenbank, sämtliche Gemeindeverordnungen kennt er auswendig. Wenn du wissen willst, zu welchen Zeiten du Rasen mähen darfst oder Holz sägen, frag Meiser. Wenn du vergessen hast, wann die blaue Tonne gelehrt wird, geh zu Meiser, der sagt es dir, und er sagt dir auch, wann der Kaminkehrer kommt. Meiser speichert alle Daten, auf die er stößt. Ich glaube, er kann den Tagesablauf der Mäuse und Spatzen von Erlenweiler dokumentieren. Vielleicht hat Meiser statt DNS Mikrochips in seinen Zellen.«

»Der Mann ist mir nicht geheuer«, murmelte Sprudel.

»Meiser macht nie was schlampig«, redete Fanni weiter. »Sein Rasen ist schöner als der in Wembley. Mirza hat mal gesagt, Meiser zähle jeden Morgen die Grashalme, und wenn welche über Nacht eingegangen seien, dann lege er neue Samenkörnchen auf ihre Gräber. Aber Mirza war oft vorlaut. Die Rundlinge um sein Haus herum hat Meiser in einem bestimmten Muster angeordnet: immer fünf Stück von klein nach groß, dann wieder von vorne. Sieht schön aus.«

»Fanni«, stöhnte Sprudel, »das schaut mir wohl eher nach Neurose aus.«

Fanni schmunzelte. »Kinder haben Meisers nicht«, erzählte sie noch, »die hätten auch viel zu viel durcheinandergebracht. Kinder nehmen keine Rücksicht auf Grashalme oder auf Miniatur-Schubkarren und Leiterwägelchen, die mit Geranien bepflanzt vor dem Hauseingang stehen. Als Meiser noch nicht pensioniert war, ist er jeden Tag punkt sechzehn Uhr dreißig nach Hause gekommen, auf die Minute. Der Tisch war bereits gedeckt, das Essen fertig. Um sechzehn Uhr zweiunddreißig hat Meiser Gabel und Messer in die Hand genommen. Ich konnte das gut beobachten, weil Frau Meiser damals noch Scheibengardinen an ihrem Küchenfenster hatte, die in der Mitte einen Spalt freigelassen haben. Seit ein paar Jahren hat sie Stores, da sieht man nicht mehr durch.«

»War Meiser Beamter?«, fragte Sprudel.

»Ja«, sagte Fanni, »er war auch bei der Justiz. Anfangs im einfachen Dienst als Pförtner, zuständig für Telefonvermittlung und Postverteilung. Meiser hat bloß Volksschulabschluss. Aber mit Fleiß und Ausdauer ist es ihm gelungen sich in den mittleren Dienst hinaufzuhangeln. Er war eine Zeit lang Protokollführer am Amtsgericht und hat später noch den Sprung zum Grundbuchamt geschafft.«

»Saß da nicht Kundler«, warf Sprudel ein.

»Ja«, sagte Fanni, »Meiser musste Kundlers Verfügungen ausführen.«

Sprudel schwieg und sah verwirrt aus.

»Es funktioniert halt bürokratisch«, erklärte Fanni. »Frau Meiser hat mir den Vorgang einmal beschrieben. Obwohl es Jahre her ist, erinnere ich mich gut, dass sie mich dafür einen ganzen Nachmittag lang in Beschlag genommen hat. Also: Kundler, der Beamte im gehobenen Dienst, prüft eine notarielle Urkunde auf Formfehler. Wenn er nichts zu beanstanden hat, nimmt er ein Formular und schreibt den Text drauf, der ins Grundbuch eingetragen werden soll. Das nennt man Verfügung. Der Beamte im mittleren Dienst muss diesen Text ins Grundbuch eintragen. Beide müssen den Eintrag unterschreiben.«

»Waren sie schon zerstritten, bevor sie im Grundbuchamt zusammengespannt wurden?«, fragte Sprudel.

»Nein«, sagte Fanni, »aber gleich darauf. Mir ist auch wieder eingefallen, warum. Kundler hat seine Ligusterhecke an der Grenze zu Meisers Grundstück ein paar Zentimeter über die erlaubte Marke wachsen lassen. Meiser hat ihm deswegen eine harsche Abmahnung geschickt.«

»Das hätte doch nicht gleich den kalten Krieg heraufbeschwören müssen«, wandte Sprudel ein.

»Das nicht«, sagte Fanni, »aber kurze Zeit später haben Meisers erzählt, Kundler hätte aus purer Rache ihren schönen Apfelbaum vergiftet. Den mit den guten Boskop, der ziemlich nah an der Grenze gestanden hat. Das Komische war nur, dass keiner der Nachbarn je einen Apfelbaum auf Meisers Grundstück gesehen hat. Obstbäume sind sowieso fehl am Platz in Meisers Garten, weil die im Herbst ihre Blätter fallen lassen, mitten auf den Rasen.«

Sprudel lachte und sagte dann: »Mit der Wahrheit nimmt es Meiser vielleicht nicht so genau wie mit seinen Grashalmen und seinen Heckenzäunen. Ich bin gespannt, was er für ein Alibi hat.«

»Keines«, gab Fanni zurück, »Meiser war zu Hause. Als ich an dem Unglückstag aus der Haustür gekommen bin, um zum Kompost zu gehen, habe ich Meiser gesehen, wie er seine Rundlinge an der Hausfront umgeschichtet hat. Vielleicht war einer gewachsen oder geschrumpft über Nacht.«

»Meiser hat die Tatwaffe einsortiert!«, rief Sprudel.

Fanni schüttelte den Kopf. »Das hätte man sofort gesehen. Meisers Rundlinge sind sehr hell, fast weiß. Mein grauer Granitstein würde darunter auffallen wie ein blaues Blatt an einer Birke.«

»Schau doch mal nach, wenn Meisers nicht zu Hause sind«, bat Sprudel, »ob wirklich kein grauer unter den weißen Rundlingen ist.«

Fanni versprach es ihm.

Es wurde Abend, sie bekamen Hunger, und deshalb setzten sie sich in einen der Biergärten am Seeufer.

»Ich möchte mich gerne noch mal mit dem alten Klein unterhalten«, sagte Sprudel bei Emmentaler und Schwarzbrot, »privat«, fügte er hinzu. »Ich will Klein im Krankenhaus besuchen wie einen alten Bekannten. Den Berichten nach hat er sich erstaunlich gut erholt. Vielleicht freut er sich sogar, wenn jemand kommt.«

»Du spekulierst darauf«, grinste Fanni und schnitt sich drei Zentimeter von einer Rettichspirale ab, »dass der Alte drauflos plappert wie ein Kind. Ein Kind, das auf die Nase gefallen ist und nach dem ersten Schrecken gemerkt hat, dass es sich überhaupt nicht wehgetan hat.«

»Kommst du mit?«, fragte Sprudel.

»Treffen wir uns morgen Nachmittag, so gegen zwei, auf dem Parkplatz vor der Klinik«, sagte Fanni.

Es war schon nach Mitternacht, als Fanni nach Hause zurückkam. Sprudel hatte sich geweigert, sie an der Hauptstraße aussteigen zu lassen. Er war bis vor die Haustür gefahren, hatte den Wagen abgestellt und gewartet.

Fanni ging hinein, machte überall das Licht an und sah nach, ob die Terrassentür verriegelt war. Dann starrte sie aus dem Fenster. Es dauerte lang, bis sie Sprudel den Wagen anlassen hörte. Sie blickte dem Auto nach, als es aus der Zufahrt in den Erlenweiler Ring bog und auf die Hauptstraße zurollte.

Geh zu Bett, Fanni Rot, und denk daran, was du dir vor mehr als dreißig Jahren geschworen hast!

Trotzdem, es ließ sich nicht mehr verschweigen, dass Sprudel bei Fanni inzwischen hoch im Kurs stand. Er hatte Fernsehkommissar Leitmayr längst den Rang abgelaufen. Den fand Fanni sowieso recht lasch in letzter Zeit.

»Glaubst du«, meinte sie neulich mitten im Film zu Wachtveitl sagen zu müssen, als er dasig an seinem Schreibtisch klebte, »glaubst du vielleicht, das ist mitreißend, wenn du dreinschaust wie ein verirrtes Schaf?«

Daraufhin hatte sie kurzerhand den Fernsehapparat ausgeschaltet, und so etwas war noch nicht vorgekommen, seit Hans-Jörg Felmy in den Siebzigern Kommissar Haferkamp spielte.

4.

Sie fanden Klein in einem Zimmer mit drei anderen Patienten. Keine blinkenden Monitore, keine Infusionskanülen, kein Sauerstoffgerät.

Sprudel hatte richtig kalkuliert. Als Klein kapiert hatte, dass Besuch für ihn da war, in aller Freundschaft, zivil und ohne Mikrofon, da spuckte er in einem einzigen Schwall aus, was ihm gut sechzig Jahre lang sauer aufgestoßen war.

Immer hat er zu kämpfen gehabt, sein ganzes Leben lang, als Kind schon, sagte Klein. Sein Vater sei ein grantiger Eigenbrötler gewesen, der an nichts und niemandem ein gutes Haar ließ. Er hatte ihn, den Sohn, gehalten wie einen Hund.

Klein wurde erwachsen, ohne je etwas anderes zu hören als barsche Kommandos. Er arbeitete auf dem Hof und hatte nach der Pfeife des Vaters zu tanzen.

Als der Vater endlich unter die Erde kam, wurde das Leben auch nicht leichter. »Weil man es eben schwer hat als Bauer«, seufzte Klein. »Da ist ein Stall voll Kühe, die einen Haufen zu fressen wollen, die viel zu wenig Milch geben, die Krankheiten ausbrüten und ihre Kälber nicht austragen. Da sind Wiesen, entweder zu feucht oder zu trocken, und da sind Äcker voller Steine und Felder aus nichts anderem als hartem Lehm.«

Er habe überstürzt geheiratet, erzählte Klein, weil eine Frau her musste für den Hof. Aber da habe er in den Dreck gelangt. »Klar«, sagte Klein, »die Auswahl war nicht groß. Wer sollte mich schon wollen samt dem Kroppzeug von Bauernhof?«

Seine Angetraute entpuppte sich als Jammerlappen und Zimperliese, die nie was zustande gebracht hatte, nicht einmal ein gesundes Kind. »Obwohl«, lenkte der Alte ein, »gegen den Bene kann man gar nichts sagen. Der ist ein braver Bub, und er kann nichts dafür, dass er nicht so ist wie andere Leute.«

In Fannis Kopf wechselten die Bilder von prügelnden Vätern zu totgeborenen Kälbern, von debilen Säuglingen zu verdorrten Getreidehalmen.

»Die Mirza«, hechelte Klein – er war bereits erschöpft und ausgelaugt nach seiner langen Rede – »das war eine ganz Ausgekochte, die hat ganz genau gewusst, was sie will. Aber tüchtig war sie, das muss man ihr lassen. Für den Bene, für den war sie mehr wert als ein Wadenwickel bei Fieber, das lässt sich überhaupt nicht abstreiten.«

Und deshalb, das betonte Klein, hätte er der Mirza niemals ein Haar gekrümmt, kein einziges, und er wolle wirklich wissen, was das für ein Schwein war, das sie erschlagen hatte.

»Ja«, sagte Sprudel, das wolle er eben auch. »Aber«, fuhr Sprudel fort, »dazu brauche ich Ihre Hilfe, Herr Klein. Sie müssen mir ganz genau sagen, was Sie an dem Vormittag gemacht haben, an dem Mirza erschlagen worden ist, wen Sie gesehen haben und was sich sonst noch abgespielt hat.«

Für ferner in der Vergangenheit liegendes Geschehen hatte Klein, so schien es, ein weit besseres Gedächtnis, denn nun wurde er auf einmal still.

Er scharrte nachdenklich mit seinen eingerissenen Fingernägeln über die Bettdecke und rupfte dabei kurze weiße Fäden heraus, die sich unter den Nägeln verfingen.

Fanni konnte sehen, wie er sich anstrengte, um mit seinen Gedanken zum Vormittag des 9. Juni zu gelangen, an dem Mirza starb.

Klein überlegte und dachte nach, begann Sätze, die er nicht zu Ende brachte, und dachte wieder nach. Das Resümee war mager.

»Mirza hat nach der morgendlichen Stallarbeit die Milchkammer geputzt. Das muss so zwischen acht und neun gewesen sein. Der Bene war da schon weg. Mit einer Ladung Kunstdünger auf dem hinteren Feld.«

Er selber hätte Reiser gehackt, sagte Klein, er hatte es zu Bündeln geschnürt und aufgeschichtet. Die Äste von dem gefällten Nussbaum mussten endlich weg, ständig waren sie im Weg.

Irgendwann hatte er Mirza in ihrem Fummel gesehen, nur ganz kurz, mehr aus den Augenwinkeln.

Das war das Letzte, was er von ihr zu Gesicht bekommen hätte, seufzte Klein, und jetzt sei sie unter der Erde, tot, erschlagen.

Klein schoss das Wasser in die Augen.

Fanni sackte die Kinnlade herunter. Der Infarkt musste eine

ganze Menge mehr angerichtet haben, als die Untersuchungsergebnisse erkennen ließen.

Sprudel schwor dem Alten, keine Ruhe zu geben, bis dieses Schwein gefunden wäre, das Mirza auf dem Gewissen hatte.

Sie saßen schon mehr als zwei Stunden lang am Bett von Bauer Klein. Er hatte sich blass und matt in die Kissen zurückgelehnt, aber er war noch nicht fertig mit ihnen.

Wie der Bene allein zurechtkäme, wollte er wissen, ob das Heu eingefahren sei, ob der Bene die Resi zum Schlachthof gebracht habe, ob der Traktor noch Mucken mache, ob dies, ob das.

Fanni beantwortete alles, so gut sie konnte. »Bauer«, sagte sie abschließend, so nannten ihn alle in Erlenweiler, wenn sie ihn direkt ansprachen. In der Siedlung sagte kein Mensch »Herr Klein« zu ihm, »es läuft recht ordentlich auf dem Hof. Den Viechern geht es gut, und Milch geben sie genug. Das Futtergras wächst und die Kartoffeln auch. Wer Sie dringend braucht, das ist der Bene selber. Die Dorfhelferin ist eine garstige Beißzange, die den Bene bloß herumkommandiert. Je eher Sie gesund werden und nach Hause kommen, damit der Bene die Schreckschraube wieder los wird, umso besser.«

»Hochkantig schmeiß ich die raus, mit dem Arsch voran über den Misthaufen schmeiß ich die drüber!«, fuhr Klein aus seinem Kissen und war für einen Moment ganz der Alte, bis ihm einfiel, dass er immer noch unter Verdacht stand, Mirza erschlagen zu haben. »Aber den Scheißkerl müssen Sie finden, den Mörder, schnell.«

Sprudel versprach es ihm.

»Abendessen«, klang es von der Tür her. »Ihr Besuch muss jetzt gehen, Herr Klein. Sie essen zuerst Ihre Suppe – leer essen, den Teller –, und dann nehmen Sie die Tabletten hier. Ich schaue in zehn Minuten wieder nach. Bis dahin haben Sie das gefälligst erledigt.«

Die Tür fiel ins Schloss.

Klein griff nach dem Suppenlöffel, er sah fast ängstlich aus.

»Die Krankenschwester muss eine Nichte von Frau Meiser sein«, murmelte Fanni, als sie Klein zum Abschied winkte und sah, wie er eifrig seine Suppe schlürfte.

Gegen fünf Uhr fuhr Fanni nach Erlenweiler zurück. Sie bog in ihre Zufahrt ein, stieg aus dem Wagen und öffnete die Garage. Vorsichtig spähte sie hinein, ließ den Blick ängstlich da- und dorthin schweifen. Plötzlich riss sie sich zusammen. Lass den Quatsch, Fanni Rot. Nicmand will dir ans Leder, kein Molotowcocktail, keine Tretmine. Sie drehte sich um und wollte zurück zum Wagen gehen, da entdeckte sie Frau Meiser im Vorgarten gegenüber herumfuhrwerken.

Fanni fuhr das Auto in die Garage, und dann dümpelte sie noch ein wenig draußen auf und ab, weil sie wissen wollte, was Frau Meiser am späten Sonntagnachmittag in ihrem Vorgarten machte.

Frau Meiser nahm die Blumenkästen von den Fensterbrettern!

Ist Frost angesagt mitten im Sommer?, schoss es Fanni in den Kopf.

Sie visierte scharf, erkannte, dass die Geranien bereits eingegangen waren, und deshalb ging sie über die Straße.

»Was um Himmels willen ist mit Ihren schönen Geranien passiert, Frau Meiser?«

Jeden Sommer rankten sich üppig blühende Geranien um Balkonbrüstung und Fensterkreuze von Meisers Haus. Frau Meiser war selten ohne Gießkanne zu sehen. Fannis Mann bewunderte täglich die Blumenpracht mit einem vorwurfsvollen Seitenblick auf Fanni, die vor vielen Jahren schon erklärt hatte, sie werde sich keinen einzigen Sommer mehr zum Sklaven wasser- und düngerheischender Geranien machen.

»Sie hat es absichtlich getan«, stöhnte Frau Meiser, während sie einen Haufen Erde mit abgestorbenen Pflanzen darin aus einem der Pflanzkästen in ihre Schubkarre kippte. »Bloß zwei Tage waren wir weg, in Krumau und am Moldaustausee, und sie hat es fest versprochen, dass sie die Geranien für uns gießt. Vertrocknen hat sie alles lassen, absichtlich vertrocknen, die Böckl, absichtlich. Als wir zurückgekommen sind, habe ich gleich gemerkt, dass die Erde viel zu trocken war, knochentrocken. Ich hab gewässert und gewässert. Aber Tag für Tag haben die Blumen ihre Köpfe tiefer hängen lassen. Das müssen Sie doch auch gesehen haben, Frau Rot.«

Fanni schüttelte den Kopf. Solange Hans Rot sie nicht mit vorwurfsvoller Stimme auf die Meiser'sche Geranienpracht hinwies, warf sie kaum einen Blick darauf.

Frau Meiser fuhr bereits fort. »So viel ich den Geranien auch reingeschüttet habe in den letzten Wochen, das ganze gute Brunnenwasser, nichts hat es mehr genützt, alles vertrocknet.«

Fanni hörte nicht mehr hin. Hier lag also der Grund für das Zerwürfnis mit Böckl. Aber waren die Geranien nicht eher ersoffen?

»Sie müssen sich das ansehen, Frau Rot!« Fanni fühlte sich am Arm gepackt. »Alle Geranien sind futsch, jede einzelne, fünfhundert Stück vertrocknet.«

Fanni folgte Frau Meiser ums Haus.

Sie warf nur hin und wieder einen kurzen Blick auf die toten und siechen Geranien an den Fenstern. Aufmerksam dagegen studierte sie das Muster der Rundlinge an der Hausmauer entlang.

Als Fanni gegen sechs über die Straße zurückging, war sie sich sicher: Ihr fehlender Rundling, die vermutliche Tatwaffe, war nicht unter Meisers Steinen eingereiht.

Neben Fannis Fliederbusch, beim gemeinsamen Gartenzaun, lehnte Frau Praml an einem der Stützpfosten und flüsterte Fanni zu: »Sie hat es nicht mehr ausgehalten. Nicht einmal bis morgen wollte sie noch warten, heute am Sonntag mussten sie noch weg, die verfaulten Stängel.«

»Kaum zu glauben«, sagte Fanni, »wie grausig Geranien eingehen, wenn sie zwei Tage mal nicht gegossen worden sind.«

»Wieso gegossen«, sagte Frau Praml, »die Schwarzfäule haben sie, das weiß ich ganz genau. Ich war doch selber dabei, als der Meiser in der Gärtnerei an der Hauptstraße diese peinliche Szene aufgeführt hat! Ein paar Endivienpflanzen wollte ich mir aussuchen, da hab ich mitbekommen, wie Meiser das Geld für seine Geranien zurückverlangt hat, laut genug war er ja. ›Verkaufen hier Pflanzen, die mit Schwarzfäule infiziert sind, Betrug ist das!‹, hat er getobt. Der nächste Schritt, der werde ihn geradeswegs zur Polizeidienststelle führen, hat er gesagt, wo eine Anzeige gemacht werden würde, wenn nicht sofort auf Heller und Pfennig hier am Tisch liege, was er bezahlt hat für das Mistzeug.«

»Aber«, meinte Fanni, »mir hat Frau Meiser gerade erzählt, dass

Frau Böckl Schuld hat an dem Desaster. Sie hat die Pflanzen nicht gegossen, als Meisers verreist waren, obwohl sie es versprochen hatte.«

»Unsinn«, sagte Frau Praml. »Haben Sie die schwarzen Stiele nicht selber gesehen, Frau Rot? Und außerdem, die Reise liegt Wochen zurück. Wenn die Pflanzen vertrocknet wären, dann doch nicht erst jetzt.«

»Hm«, machte Fanni, »aber warum sollten Meisers der Frau Böckl einen Massenmord an unschuldigen Geranien anhängen wollen?«

»Weil sie einen vorzeigbaren Grund für das Zerwürfnis mit Böckls brauchen.«

»Und den haben sie nicht?«, tastete sich Fanni vorwärts.

»Exakt vor zwei Stunden haben uns Böckls erzählt, warum Meisers wegsehen, wenn Böckls in Sicht kommen«, sagte Frau Praml darauf. »Wir sind nämlich heute Nachmittag mit den Kindern auf dem Bürgerfest gewesen und haben Böckls getroffen, direkt vor dem Weinbeisl. Und da haben wir uns gleich auf ein Gläschen zusammengesetzt.«

Fanni wartete.

»Es war gleich nachdem Meisers von ihrer kurzen Reise zurückgekommen sind«, fuhr Frau Praml fort. »Sie sind bei Böckls im Garten gesessen und haben den Kräuterlikör probiert, den Böckl in der Woche zuvor aus Tschechien mitgebracht hatte. Vermutlich hat Meiser schon einen in der Krone gehabt, weil er auf einmal der Frau Böckl – sie ist neben seinem Stuhl gestanden und wollte ihm nachschenken – in den Hintern gekniffen hat. ›Gut gepolstert‹, hat Meiser dabei gefeixt. Herr Böckl war gerade im Haus in dem Moment. Frau Böckl hat sich Meisers Zudringlichkeit energisch verbeten, aber Meiser hat bloß gelacht und noch kräftiger zugelangt, und da hat sie ihm mit der flachen Hand eine runtergezogen.«

Frau Praml klappte den Mund zu, fixierte Fanni und erwartete offensichtlich eine angemessene Reaktion von ihr.

Fanni schwankte zwischen »Nein, so was!« und »Nicht zu glauben!« und wusste gleichzeitig, dass beide Antworten Frau Praml enttäuschen würden. Frau Praml forderte ein Pro oder Kontra –

Meiser oder Böckl –, das sah Fanni deutlich, und sie entschied sich für: »Frau Böckl ist aber mutig.«

Frau Praml hatte keine Gelegenheit mehr zu vermelden, was sie selbst von Ohrfeigen für Meiser hielt, weil Fannis Mann mit seinem Wagen in die Zufahrt bog.

»Na die Damen, ein Pläuschchen am Sonntagabend?«, winkte er aus dem Seitenfenster.

»Ah, Ihr Mann kommt, Frau Rot«, kratzte da Frau Pramls Stimme, »dann ein andermal, Sie haben sicher zu tun jetzt.«

Fanni folgte ihrem Mann ins Haus.

Sie richtete ein kaltes Abendessen, und während ihr Mann mampfte und kaute, fragte sie ihn, ob er denn wüsste, warum sich Meisers und Böckls seit einiger Zeit aus dem Weg gingen.

»Klar«, sagte er mit vollem Mund, »hat mir Meiser doch selbst erzählt! Seit Jahren, sagt der Meiser, kauft er dem Böckl regelmäßig ein paar von den Rebhühnern ab, die der auf seinen Treibjagden schießt. Eigentlich sind sie keinen Cent wert, die Viecher, weil das bisschen Fleisch, das an den Vögeln dran ist, immer voller Schrotkörner steckt. Deshalb bleibt der Böckl ja auch drauf sitzen. Wer will sich schon seine Zähne an Schrot ausbeißen? Aber der Meiser, na du kennst ihn ja, der sagt halt nicht Nein, wenn er jemandem einen Gefallen tun kann.«

Fanni fragte sich, wie weit sie Meiser wohl kannte.

»Neulich hat der Böckl dem Meiser wieder drei Rebhühner angetragen«, erzählte ihr Mann weiter und steckte eine zusammengerollte Scheibe Schinken in den Mund. »Zehn Euro das Stück. Meiser hat sich wie immer über den Preis geärgert, aber um der guten Nachbarschaft willen hat er Ja gesagt. Was sich der Böckl daraufhin geleistet hat, das ist dann dem Meiser über die Hutschnur gegangen. Böckl hat ihm die Vögel samt den Federn gebracht. ›Können Sie doch auch selber rupfen‹, hat er zu Meiser gesagt. ›Aber‹, sagt Meiser, ›so nicht! Ich lass mir nicht auf der Nase herumtanzen von dem Böckl‹, sagt Meiser.«

»Frau Praml hat mir da gerade eine ganz andere Geschichte erzählt«, meinte Fanni darauf.

»Die alte Kreissäge? Was weiß denn die?«

Fanni erzählte es ihm.

»Das tut der Meiser nicht«, saugte Fannis Mann aus einer Gurkenscheibe. »Der Meiser ist kein Grapscher. Der Meiser hat Anstand. Und wenn«, schmatzte Hans Rot laut, »wenn ihm wirklich die Hand auf den Hintern von der Böckl gerutscht ist, dann muss sich die noch lange nicht so haben deswegen. Da steh ich vollkommen auf der Seite vom Meiser.«

Dachte ich mir schon, sagte sich Fanni und räumte den Tisch ab.

Wer lügt wohl?, sinnierte Fanni über ihrem Abwasch. Meiser erzählt einen Haufen Geschichten und interpretiert dabei die Wahrheit auf seine ganz eigene Weise. Ist Meiser ein Lügner oder bloß ein Schwätzer? Mit Aushorchen ist ihm nicht beizukommen, weil er in Windeseile aus echten und aus erfundenen Fäden ein Gewebe strickt, das so leicht nicht aufzutrennen ist.

Böckl ist mit Aushorchen noch weniger beizukommen, weil Böckl lieber den Mund hält, als sich beim Flunkern ertappen zu lassen.

Was weiß ich schon über Böckl?, fragte sich Fanni. Gar nichts. Seit fast dreißig Jahren wohne ich keine zwanzig Meter entfernt von ihm und bin noch nie in seinem Haus, noch nicht einmal in seinem Garten gewesen.

Fanni ließ vor Schreck das Brotmesser fallen, das sie gerade abtrocknen wollte. Böckls Garten! In Böckls Garten lagen Granitrundlinge. Sie häuften sich zwischen Kakteentöpfen vor Böckls Terrasse. Fanni hatte die Rundlinge vor kaum zwei Stunden gesehen, als sie von Frau Meiser um Meisers Haus herumgeführt worden war. Der Weg verlief teilweise an der Grenze zu Böckls Garten. Fanni war so auf Meisers weiße Steine fixiert gewesen, dass ihr Böckls graue nicht ins Bewusstsein gedrungen waren.

Ich muss mir unbedingt Böckls Rundlinge anschauen, sagte sich Fanni und hob das Brotmesser auf. Morgen früh, wenn Böckl in seinem Geschäft ist. Montags nimmt er auch immer seine Frau mit, weil der Gehilfe freihat.

Am nächsten Morgen, gegen halb neun, spazierte Fanni in Böckls Einfahrt, ging zur Haustür, tat, als wolle sie klingeln, und sah sich um. Die Straße war leer, auch Meiser war nirgends zu entdecken. Fanni schlüpfte an Böckls Garage vorbei, eilte über ein Rasenstück und stand vor Böckls Terrasse. Als Fanni zwischen den Kakteen in die Hocke ging, sah sie auf den ersten Blick, dass Böckls Rundlinge von ihren Steinen leicht zu unterscheiden waren. Sie waren viel gröber, hatten sogar Ecken und Kanten. Fanni schaute sich jeden einzelnen an. Derjenige, der an ihrer Hausmauer fehlte, war nicht dabei.

Weil sie schon mal hier war und weil sich Meiser nicht blicken ließ, schlich Fanni an Böckls Terrasse entlang und weiter bis zum Hauseck. Sie passierte drei Kellerfenster, das letzte stand offen. Fanni ließ sich auf die Knie nieder und schaute hinein. Sie sah nur Schwärze, und deshalb schob sie Kopf und Schultern durch die sofakissengroße Öffnung. Inzwischen hatte sich Fannis Netzhaut den Lichtverhältnissen angepasst, und Fanni konnte im Kellerraum an der rechten Wand Böckls Arbeitstisch erkennen. Röhrchen, Schrauben und kleine, glänzende Metallteilchen lagen darauf herum.

Ein zerlegtes Gewehr, vermutete Fanni und nahm die gegenüberliegende Wand ins Visier. Dabei schob sie den halben Oberkörper durch das Fenster, weil die Wand so weit links im Schatten lag. Fanni machte einen zerbrochen Granittrog aus – Böckl wollte ihn wohl reparieren. Sie entdeckte etliche Blumentöpfe aus Ton und dahinter einen kleinen Berg Granitrundlinge – Nachschub für den Kakteengarten.

Die schau ich mir an, sagte sich Fanni. Sie schlängelte sich rückwärts aus der Fensteröffnung, setzte sich auf den Boden und steckte die Beine hinein. Dann stützte sie sich mit beiden Händen am Fensterbrett ab und schob den Hintern durch. Sie machte sich lang und berührte mit den Zehen den Boden. Restfanni konnte nachkommen. Sobald sie komplett im Raum war, suchte Fanni nach dem Schalter und machte das Licht an. Böckls Werkstattlampe strahlte heller als ein Stadionscheinwerfer. Fanni hockte sich vor den Berg aus Rundlingen. Die Steine waren neu und sauber, und keiner sah so aus, als hätte er einmal neben Fannis Haus gelegen. Sie sah sich noch ein Weilchen im Kellerraum um, fand nichts Verdächtiges und machte das Licht wieder aus. Dann zog sie sich am Fensterbrett hoch und schlängelte sich hinaus.

Als Fanni wieder in Böckls Zufahrt auftauchte, bog Böckls Wagen dort ein.

»Gut, dass ich die Flinte von unserem Förster zu Hause vergessen habe«, sagte er, »sonst hätte ich Ihren Besuch verpasst, Frau Rot.«

»Ich«, schluckte Fanni, »ich wollte Sie nicht besuchen. Ich wollte mir bloß Ihre Steine anschauen. Die hier, in Ihrer Zufahrt. Ich wollte sehen, wie sie verlegt sind. Bei uns bröckelt nämlich immer der Zement aus den Zwischenräumen.« Fanni bückte sich und kratzte mit dem Fingernagel zwischen den Pflastersteinen herum. »Ihr Pflaster ist so fugenlos verlegt, da kann gar nichts herausbröseln«, sagte sie, richtete sich wieder auf und wandte sich dem Heimweg zu.

»Sie haben wohl schon damit angefangen, die Platten in Ihrer Zufahrt auszugraben?«, fragte Böckl und grinste Fanni an.

Sie sah an sich hinunter. Über Hose und Pullover zogen sich kreuz und quer schwarze und graue Streifen. Auf dem rechten Schuh klebte eine Spinnwebe und auf dem linken ein ominöser gelber Klumpen. Fanni machte sich davon.

5.

»Vielleicht lügen sie alle«, sagte Sprudel einen Tag später in einem Café an der Straße nach Passau. Es war Dienstag, der 5. Juli. Die Einkäufe, hatte Fanni beschlossen, müssen bis Mittwoch warten. Fanni und Sprudel hatten vorgehabt, an diesem Nachmittag durch die Isarauen zu streifen. Sie hatten Autotür an Autotür unter einer Brücke geparkt und waren drei Schritte gelaufen, als der Regenguss kam, der sie wieder vertrieb. Fanni hatte ihren Wagen einfach stehen lassen und war bei Sprudel zugestiegen. Weit hinter der Stadtgrenze, am linken Isarufer, entdeckten sie das Café. Und da saßen sie jetzt wie Feriengäste aus Hamburg.

»Heute Morgen bei Mirzas Beerdigung habe ich sie mir angeschaut, die ehrbaren Leute von Erlenweiler.«

»Du warst da?«, unterbrach ihn Fanni. »Ich hab dich gar nicht gesehen.«

»Ich war hinter den Büschen versteckt«, grinste Sprudel, »wie im Kino. Der Kriminalkommissar beobachtet klammheimlich, kombiniert scharfsinnig und löst bravourös den Fall.«

»Und was ist dabei herausgekommen?«, erkundigte sich Fanni.

»Eine Bestandsaufnahme«, sagte Sprudel.

Fanni wartete auf mehr.

»Sie sind alle einträchtig am Grab gestanden, die Nachbarn der Kleins, in ihren schönen schwarzen Anzügen, und jeder von ihnen hielt unter dem Sakko eine Kleinigkeit verborgen.«

Fanni wartete, und Sprudel begann aufzuzählen. »Kundler versteckt Tochter und Enkel hinter einem Haufen Lügen. Böckl betreibt einen schwunghaften Grenzhandel mit Zigaretten und mit Waffen, hart am Rande der Legalität, und tut so, als würde er bloß ab und zu ein Schnäpschen herüberbringen. Böckl ist ein Schlitzohr. Vielleicht handelt er wirklich mit Frauen, und Mirza war nicht die Einzige, die er verkuppelt hat.«

Fannis Kaffeetasse klirrte entrüstet.

Sprudel hob die Hand. »Ich weiß, was du sagen willst. Böckl wollte Bene helfen, und er wollte Mirza helfen. Böckl ist einer von den Guten! Das glaubst du, aber wissen kannst du es nicht, und deshalb ist Böckl verdächtig, sehr verdächtig sogar.«

Fanni nickte ihr Einlenken, weil man sich bei der Verbrechensaufklärung an Tatsachen halten musste und nicht an Gefühle. Dass Böckl die Tatwaffe nicht in seinem Keller hatte, besagte gar nichts, und dass er heute nach der Beerdigung eine große Portion von Fannis Sympathie gewonnen hatte, das machte ihn ebenso wenig zum Unschuldslamm.

»Erstaunlich, dass Mirzas Leiche von der Staatsanwaltschaft freigegeben worden ist«, hatte Böckl auf dem Weg vom Friedhof zum Kirchplatz, wo die Autos geparkt waren, zu Fanni gesagt. »Damit hätte ich nicht gerechnet. Solange keine Anklage erhoben ist, lässt sich die Polizei doch nicht die Quelle sämtlicher Spuren einbuddeln, würde ich meinen.«

»Meiser hat sich dafür ins Zeug gelegt«, hatte ihn Fanni aufgeklärt, »er hat bei den Nachbarn Unterschriften für die Freigabe von Mirzas Leiche gesammelt.«

»Hat der Meiser geglaubt, der Staatsanwalt will Mirza behalten, als Trophäe für sein Wohnzimmer?«, hatte Böckl darauf gesagt. »Der hätte Mirza schon irgendwann freigegeben, und ihr ist es vermutlich egal, ob sie im Kühlfach liegt oder unter den Hängefuchsien.«

Sie waren inzwischen am Kirchplatz angekommen, und Fanni hatte gesehen, dass ihr Mann bereits im Wagen auf sie wartete. Sie hatte sich deshalb eilig von Herrn Böckl verabschiedet, ohne ihm zu sagen, dass sie völlig seiner Meinung war.

»Praml«, machte Sprudel weiter, während Fanni die Szene am Friedhof durch den Kopf ging, »hat ein obskures Interesse an Benes Maschinen vorgeschoben, wenn er sich Mirzas Hintern ansehen wollte. Das denkt jedenfalls seine Frau, und die müsste ihn doch eigentlich kennen. Und dann noch Meiser, der Hilfsbereite, der überall seine Nase hineinsteckt, dubiose Geschichten herumerzählt und zusieht, wie seine Frau säuft. Jeder von ihnen hat Dreck am Stecken, jeder lügt und betrügt. Aber trotz all der Verlogenheit ringsum gibt es keine einzige Spur, keinen Hinweis, kein Argument, nichts, was einen von ihnen als Täter in Betracht kommen ließe.«

Er seufzte. »Und damit wird die Sache nun doch am alten Klein hängen bleiben. Denn der ist überführt – durch die Gerichtsmedizin und durch die übereinstimmenden Aussagen seiner scheinheiligen Nachbarn.«

Fanni starrte betrübt in ihren kalten Kaffeerest. Es war also alles umsonst gewesen. Und das Versprechen, das sie beide Klein erst vorgestern gegeben hatten, würden sie nicht halten können.

»Wird Klein angeklagt?«, fragte Fanni leise.

»Wenn wir keinen anderen Täter haben, sagt der Staatsanwalt, dann muss er Klein anklagen. Sobald der Gutachter Kleins Prozessfähigkeit bestätigt, läuft die Sache an.«

»Das überlebt er nicht«, murmelte Fanni.

Sprudel nickte.

»Klein ist der Einzige, der nicht lügt und heuchelt«, sagte Fanni nach einer Weile. »Er redet, wie es ihm kommt, er gibt sich kratzbürstig und widerborstig, störrisch und dickschädlig, und das stempelt ihn zum Mörder.«

Sie sah Sprudel traurig an und fügte müde hinzu: »So was nennt man Recht und Gesetz.«

Als Sprudel trübsinnig schwieg, sagte Fanni: »Weißt du, Sprudel, das Dümmste an der ganzen Sache ist, dass das Hauptgewicht der Anklage auf dem genetischen Fingerabdruck liegt. Da ist die Haut des Alten unter Mirzas Fingernägeln und seine Spucke auf ihrer Bluse. Volltreffer! Das Bandenmuster der DNS lügt nicht. Der genetische Fingerabdruck überführt den Täter. Keiner fragt sich mehr, ob die DNS-Spuren des Alten nicht schon vor der Tat an Mirza klebten.

Was für ein Fortschritt! Man kann die DNS aus allerkleinsten Gewebeproben gewinnen. Man kann sie zerstückeln und kopieren. Man kann sie als Muster anordnen und sichtbar machen, und mit all dieser Technik kann man den Falschen als Täter überführen, weil man die DNS nicht auch noch fragen kann, wie und wann sie dorthin gelangt ist, wo man sie fand.«

Sprudels Handy klingelte.

»Sieht so aus, als wäre die Tatwaffe gefunden«, sagte er nach dem Telefongespräch, das keine Minute gedauert hatte.

»Unter der Matratze vom alten Klein, nehme ich an«, kam es spitz von Fanni.

»Ich fahre ins Präsidium«, sagte Sprudel. Er legte den Arm um Fannis Schulter, als sie aus der Tür traten.

»Ruf mich an heute Abend«, schlug er vor, »wenn du gespannt darauf bist, was ich erfahren habe.«

»Wir könnten uns auch abends noch mal treffen, so für ein Stündchen«, sagte Fanni. Ihr Mann würde ab acht Uhr Kegel schieben.

Sie spazierten an der Donau entlang. Es war halb neun. Die letzte Regenwolke hatte sich so gegen sechs verzogen.

»Die Sache verhält sich so«, berichtete Sprudel, »Meiser hat im Kommissariat einen runden Stein mit einem großen dunklen Fleck darauf abgegeben. Er hat dazu ausgesagt, diesen Stein hätte er zwischen den Rundlingen, die um Böckls Brunnen herum angeordnet sind, entdeckt, und er sei ihm verdächtig vorgekommen.«

Fanni machte den Mund auf, aber Sprudel wusste, was sie fragen wollte, und redete weiter. »Böckl hat in einer kleinen Senke, die an der unteren Grenze der beiden Grundstücke von Meiser und Böckl entlang verläuft, vor Jahren einen Brunnen gegraben. Die Idee dafür hätte Böckl bei ihm geklaut, meint Meiser, und sei ihm bei der Ausführung des Plans zuvorgekommen. Weil es aber unsinnig schien, ein paar Meter weiter auf Meisers Grund noch einmal zu graben, und weil Böckl laut Meiser zugab, dass die Sache mit dem Brunnen dessen Einfall war, haben sie vereinbart, die Quelle gemeinsam zu nutzen. Seither zapfen beide über selbst gebastelte Leitungen das Wasser aus dem Brunnen. Zwei Schläuche sind an einem Rohr angeschlossen, das von der Wasserpumpe nach oben führt, und ein Stückchen aus dem Brunnen ragt. Einer führt zu Böckls Haus, der andere verläuft in Richtung Meiser. Beide liegen offen im Gras, schlängeln sich durch die jeweiligen Gärten zu den Terrassen. Laut Aussageprotokoll ist Meiser heute Vormittag zu der Brunnenanlage hinübergegangen. Der Wasserdruck in seinem Schlauch schien ihm plötzlich viel zu niedrig, und Meiser wollte den Grund dafür herausfinden. Er hat sofort gesehen, dass sich sein Anschluss gelockert hatte. Der größte Teil des heraufgepumpten Wassers lief zurück in den Schacht. Meiser hat den Anschluss wieder festgeschraubt, und weil er das Werkzeug schon in der Hand hielt, ist er um den Brunnenschacht herumgegangen und hat vorsorglich auch Böckls Verbindung zum Rohr festgezogen. Dabei ist ihm der Stein aufgefallen. Er hat ihn genauer unter die Lupe genommen und sich gefragt, ob das wohl die Tatwaffe sein könnte.«

»Das ist doch eins von Meisers Märchen!«, regte sich Fanni auf. »So blöd ist doch der Böckl nicht und legt Meiser die Tatwaffe vor die Nase. Will ihm Meiser den Mord in die Schuhe schieben? Aus Wut über die Geranien und über die Rebhühner? Nein, halt, was rede ich. Wie könnte Meiser auf einen solchen Gedanken verfallen. Er ist wie alle anderen davon überzeugt, dass der alte Klein Mirza erschlagen hat, dass Klein angeklagt wird und verurteilt. Niemand ahnt, dass es Zweifel an der Schuld des Alten gibt.«

»Meiser schon«, sagte Sprudel trocken.

Fanni schnappte nach Luft.

»Ich habe das bloß deshalb herausgefunden«, erklärte Sprudel, »weil Meiser im Kommissariat eine Probe seiner sprichwörtlichen Hilfsbereitschaft gegeben hat. Nachdem er seine Aussage bei den Kollegen unterschrieben hatte, haben sie ihn wieder nach Hause geschickt. Meiser ist die Treppe hinuntergegangen und dann weiter durch den Flur, der zum Ausgang führt. Dort muss er den Wachtmeister getroffen haben, der Stühle von einem Zimmer ins andere trug. Meiser hat wohl angeboten, ihm zu helfen. Als ich ins Präsidium gekommen bin, konnte ich die beiden beobachten. Und ich habe bemerkt, wie angelegentlich sich Meiser und der Wachtmeister unterhielten. Nach der Besprechung mit den Kollegen und dem Staatsanwalt habe ich diesen Wachtmeister, der inzwischen wieder in seinem Glashäuschen am Ausgang saß, besucht. Ganz locker haben wir über dies und das geplauscht, und dann habe ich ihn gefragt, ob er Meiser schon länger kennt. Du wirst nicht glauben, was sich herausgestellt hat. Meiser, besagter Wachtmeister, etliche Streifenpolizisten, zwei Rechtspfleger vom Grundbuchamt und einer vom Vormundschaftsgericht treffen sich jeden Sonntagvormittag am Stammtisch beim Engelwirt. Und da kauen sie alles durch, was sich unter der Woche so zuträgt. Ich habe mich genau erkundigt. Meine Fahrt nach Klattau war neulich das Hauptthema und Klein natürlich, weil er auf einmal redet, und der Staatsanwalt ...«

»… weil er auf einmal denkt«, beendete Fanni den Satz.
Sprudel schmunzelte.

»Was Meiser da angeschleppt hat, kann nicht die Tatwaffe sein«, sagte Fanni bestimmt. »Dass der Böckl sie in seinem Keller unter einem Haufen anderer Steine verstecken könnte, würde ich ihm gerade noch zutrauen, obwohl ich ihn für klüger halte. Aber sie an den mit Meiser gemeinsam genutzten Brunnen zu legen wäre idiotisch, dämlich, hirnverbrannt.«

»Der Stein sieht aber verdammt nach Tatwaffe aus«, sagte Sprudel. »Form und Größe passen ziemlich genau, und der Fleck darauf, das ist ein Blutfleck. Blut von einem Menschen! So viel konnten sie in unserem eigenen Labor bereits feststellen. Im Moment ist der Stein auf dem Weg ins Zentrallabor nach München. Dort wird zuerst einmal die Blutgruppe ermittelt, und wenn sie mit Mirzas Blutgruppe übereinstimmt, dann wird ein DNA-Test gemacht, damit jeder Zweifel ausgeschlossen werden kann. Und denk dran, Fanni, vor ein paar Tagen hast du selber gesagt, dass der Stein, mit dem Mirza erschlagen worden ist, am besten unter seinesgleichen verborgen bleibt. Das Versteck am Brunnen war hervorragend. Ein Stein unter vielen, an einem Ort, an den selten einer hinkommt. Böckl konnte doch nicht ahnen, dass sich ausgerechnet jetzt etwas an der Wasserleitung lockern würde.«

»Der Böckl, ich glaub es einfach nicht!«, rief Fanni.

»Böckl war der Erste, den wir in Verdacht hatten«, gab ihr Sprudel zu bedenken. »Aber lass uns abwarten, was die Blutanalyse bringt. Obwohl Meiser die Kollegen im Kommissariat davor gewarnt hat, untätig zu bleiben. ›Der Böckl wird sich bald absetzen‹, hat er gesagt, ›der wird flüchten, zu seinen Kumpanen nach Tschechien.‹ Nun, wir können uns trotzdem zurückhalten, die Tschechen liefern uns Böckl sicher gerne aus, wenn wir ein entsprechendes Gesuch stellen.«

Fanni schluckte. Von einer Minute auf die andere hatte sich Böckl in einen Schwerverbrecher verwandelt, einen flüchtigen Mörder, der in Handschellen an die deutschen Behörden ausgeliefert werden würde.

»… Fanni?«
Sie schreckte auf.

»Wann ist denn deine nächste Bastelstunde?«, wiederholte Sprudel seine Frage. »Mittwoch, das wäre morgen«, antwortete er selbst darauf. Und dann meinte er erstaunt: »Haben wir uns nicht immer mittwochs getroffen?«

Fanni winkte ab. »Die Teilnehmer des Kurses legen den Tag für das nächste Treffen nach jeder Stunde neu fest.«

»Sehr vernünftig«, bemerkte Sprudel lachend. »Wie wär's also mit Donnerstag?«, fragte er dann. »Bis dahin habe ich das Ergebnis der Blutanalyse.«

Eigentlich hatte Fanni am Mittwoch nach dem Einkaufen überhaupt keine Lust, zum Klein-Hof hinaufzugehen, um zu erleben, wie die Dorfhelferin mit dem armen Bene umsprang. Aber Fannis Mann hatte sich zum Abendessen gefüllte Eierkuchen bestellt, und da half alles nichts. Milch und Eier mussten her – vom Klein-Hof, nicht von Aldi.

»Christiane heißt die«, grummelte Fanni auf ihrem Weg über die Wiese, »Luzifera würde besser zu ihr passen.«

Fanni bog gerade ums Scheuneneck, da sah sie Bene in seinem schwarzen Anzug, den er auf Mirzas Beerdigung getragen hatte, zu Meiser in dessen Wagen steigen. Frau Meiser und die unchristliche Christiane drehten sich zu Fanni um, als Meisers Auto in die Hauptstraße einfuhr und damit außer Sicht kam.

»Was macht …«, schnaufte Fanni.

Sie musste den Satz nicht zu Ende bringen.

»Das wäre ja noch schöner«, blökte Christiane, die Dorfhelferin, »wenn dieses Mondkalb was zu sagen hätte auf dem Hof.«

Fanni war noch dabei, die Bezeichnung *Mondkalb* verschiedenen ihr bekannten Person zuzuordnen, als Frau Meiser zu einer der Litaneien ansetzte, die sie normalerweise erst ab fünf Uhr herunterbetete.

»Das geht doch nicht, dass so ein Einfaltspinsel wie der Bene das Sagen hat auf einem Hof. In der Sonderschule war der. Nicht mal rechnen kann der. Nicht mal schreiben. Ein Einfaltspinsel darf keine Entscheidungen … darf er keinesfalls. Einschreiten muss man da … das Vormundschaftsgericht muss einschreiten. Sonst geht hier alles den Bach runter. Die Milchkühe …«

So ging es fort und fort. Frau Meiser hatte schon Speichelbläschen in den Mundwinkeln, und Fanni hatte die bestürzende Gewissheit, dass Meiser im Bergriff war, Bene zu irgendwelchen Bürokraten zu schleppen, die den armen Kerl über kurz oder lang sang- und klanglos entmündigen würden.

Fanni presste den Karton mit zehn Eiern darin an die Brust und stolperte die Wiese hinunter.

Meiser will Bene entmündigen lassen, um den Hof für die Nichte einzuheimsen, pochte es in ihrem Kopf, während sie die Eier mit Mehl verquirlte. Und vermutlich kommt Meiser auch noch durch mit seinem Plan, wenn der alte Klein nicht bald wieder auf den Beinen ist und aus dem Gefängnis entlassen wird.

Fanni scharrte wütend den fertigen Eierkuchen auf einen Teller.

»Das ist keine Schande, das ist eine sehr, sehr gute Idee«, sagte Fannis Mann und betrachtete missmutig seinen Eierkuchen, der aussah, als käme er nicht aus der Pfanne, sondern aus dem Reißwolf.

»Das ist doch mal wieder typisch für dich«, fuhr er fort, als er eine Gabel voll Eiermasse im Mund hatte, »dass du die Christiane nicht leiden kannst. Du hast kein bisschen Menschenkenntnis. Die Christiane ist resolut und bodenständig. Und zielstrebig ist die, was sie anfasst, das meistert sie. Bei der Christiane wäre der Hof samt den Viechern in guten Händen und der Bene auch.«

Der Bene wäre dann ebenso rechtlos wie seine Rindviecher, dachte Fanni und war überzeugt, dass eine ganze Menge Leute lange vor Bene entmündigt werden sollten.

6.

»Das Blut auf dem Stein«, sagte Sprudel am Donnerstag, so gegen drei Uhr am Nachmittag, »stammt laut Laborbericht von einer weiblichen Person. Das sagen uns die zwei X-Chromosomen, die darin vorkommen. Im männlichen Blut hätten wir ein X- und ein Y-Chromosom.«

Fanni biss die Zähne zusammen. Sprudel musste lachen und rückte mit dem nächsten Häppchen Information heraus.

»Es handelt sich um Blutgruppe null positiv.«

»Und Mirza?« Fanni konnte sich nicht länger beherrschen.

»Hatte auch Blutgruppe null«, sagte Sprudel, und Fanni hielt die Luft an.

»Null negativ allerdings«, fügte er nach einer Pause hinzu.

»Der Stein ist nicht die Tatwaffe«, flüsterte Fanni.

»Bleibt die Frage«, sagte Sprudel, »wer hat hier Blut gespendet?«

»Meiser hat seine Frau angezapft«, schlug Fanni vor.

»Nein«, sagte Sprudel, »Frau Meiser hat AB, das wissen wir von Meisers Stammtischfreund, dem Wachtmeister. Meiser erzählt nämlich regelmäßig alle paar Wochen, dass seine Frau einmal einem Verkehrsopfer, einem Kind, das Leben gerettet hat. Nirgends war eine AB-Konserve vorrätig. Die Ärzte dachten, das Kind würde nicht durchkommen. Aber eine der Krankenschwestern aus dem Behandlungsteam kannte Frau Meiser und wusste von ihrer seltenen Blutgruppe. Sie rief bei ihr an, und innerhalb von Minuten kam Frau Meiser, spendete ihr Blut und rettete damit das Kind.«

»Ich kann sie nicht mehr hören, Meisers Hirngespinste«, stöhnte Fanni.

»Diese Geschichte stimmt«, sagte Sprudel, »sie ist aktenkundig.«

Sie saßen in dem Café an der Landstraße, weil es den ganzen Vormittag geregnet hatte und auf den Wanderwegen tiefe Pfützen standen.

»Sprudel«, sagte Fanni gereizt, nachdem sie minutenlang auf das restliche halbe Stück Sachertorte auf ihrem Teller gestarrt hatte, »wir haben nur lose Fäden in der Hand. Die ergeben überhaupt kein Muster. Und ich habe nicht die kleinste Idee, wie wir sie sinnvoll zusammenfügen sollen.«

»Wir könnten«, überlegte Sprudel laut, »einfach ein paar Behauptungen aufstellen, die uns zutreffend erscheinen. Dann nehmen wir die losen Enden und knüpfen sie dran. Mal sehen, was dabei herauskommt.«

Fanni nickte ihm erleichtert zu.

Sprudel zog ein Blatt Papier aus seiner Jackentasche, faltete es auseinander und begann zu schreiben:

Hypothese I: Klein ist nicht der Täter.

Hypothese II: Mirzas Bruder Karel hat mit Mirzas Tod nichts zu tun.

Hypothese III: Mirza wurde von einem der Nachbarn erschlagen:
1. von Böckl
2. von Meiser
3. – »Nehmen wir Praml mit ins Programm?«

»Kann ja nicht schaden«, sagte Fanni, »und der Vollständigkeit halber auch noch Kundler und Rot.«

Sprudel nickte.
3. von Praml
4. von Kundler
5. von Rot

Hypothese IV, Motiv: Der Täter wollte ein Schäferstündchen mit Mirza, dazu hat er sie unter einem Vorwand in sein Haus gelockt. Mirza hat sich widersetzt, er hat sie erschlagen,
a) weil sie gedroht hat, die Sache herumzuerzählen
b) aus Wut über die Zurückweisung

Zusätzliche Feststellung:
Es gibt Widersprüche zwischen den Aussagen von Böckl und Meiser über das Zerwürfnis der beiden. Einer von ihnen lügt:
a) Böckl lügt
b) Meiser lügt

Sprudel legte den Stift weg. »Und jetzt bauen wir ein, was wir wissen!«

»Böckl«, begann Fanni, »hat kein Alibi. Er hätte leicht Gründe finden können, die Mirza zu ihm ins Haus geführt hätten. Er ist stark genug, jemanden mit einem Stein zu erschlagen, und vermutlich kaltblütig genug, danach den Unschuldigen zu spielen. An Böckls Brunnenrand wurde von Meiser ein Stein mit einem Blutfleck gefunden, der aber *nicht* die Tatwaffe ist. Berücksichtigt man jetzt den Zwist zwischen Meiser und Böckl, dann drängt sich der Verdacht auf, dass Meiser seinem Nachbarn die Tat anhängen will. Warum?

a) Weil er Böckl wegen des Streits eins auswischen will,

b) weil er es selber war und nicht mehr sicher sein kann, dass Klein wegen der Tat angeklagt wird.«

»Exzellent, Miss Marple«, grinste Sprudel. »Die Umstände führen uns zu Meiser. Er hat ein Alibi, aber ein zweifelhaftes. Wenn seine Frau abends getrunken hat, dann war sie womöglich vormittags um zehn noch gar nicht ansprechbar. Wir wissen zwar nicht, womit er Mirza hätte anlocken können, aber erfinderisch, wie er ist, wäre ihm sicher etwas eingefallen. Dass ihm der Sinn mehr nach Mirza stand als nach seiner alkoholisierten Frau, wäre verständlich. Meiser gibt gern den hilfreichen, edlen Ritter, diese ganze Fassade wäre zusammengebrochen, hätte ihn Mirza bloßgestellt. Er ist stark genug, jemanden mit einem Stein zu erschlagen, und er ist listig genug, danach den Unschuldigen zu spielen. Fakt: Meiser wollte uns eine falsche Tatwaffe unterjubeln:

a) absichtlich,

b) unbewusst, denn er ist der Gute und hat den Stein wirklich ganz zufällig gefunden.

Welchem der beiden Fäden folgen wir?«

»a)«, verlangte Fanni, »weil Meiser vorzugsweise lügt.«

»Gestatten Sie eine Zwischenbemerkung, Miss Marple«, sagte Sprudel. »Meiser lügt nicht, Meiser modifiziert die Wahrheit. Ich möchte wetten, dass er von Böckl Rebhühner bekommen hat mit Schrotkörnern drin, und ich möchte wetten, dass sich Frau Böckl keine besondere Mühe mit Meisers Geranien gegeben hat.«

»Und ich möchte wetten«, sagte Fanni, »dass Meiser die falsche Tatwaffe dorthin gelegt hat, wo er sie gleich darauf fand.«

»Ja«, stimmte Sprudel zu, »ich auch. Aber vor allem deshalb, weil es so ein unerhörter Zufall ist, dass sich bei Böckls Brunnen ein Stein findet, der die Tatwaffe sein könnte und der relativ frische Blutspuren aufweist, die von Mirza sein könnten, wenn man den Rhesusfaktor nicht beachtet. Zudem wusste Meiser, dass der Staatsanwalt von dem Verdacht gegen den alten Klein ein gutes Stück abgerückt ist.«

»Eben«, sagte Fanni, »wenn Meiser den Rhesusfaktor nicht übersehen hätte, dann …«

»… hätten wir Böckl heute offiziell vernommen«, unterbrach sie Sprudel.

Sie schwiegen eine Weile, bestellten frischen Kaffee und dann sagte Sprudel:

»Also gut, neue Hypothese. Mit der Operation ›Tatwaffe‹ wollte Meiser seinen Nachbarn Böckl belasten. Fragt sich:

a) Woher hatte Meiser das Null-positive Blut?

b) Woher kannte er Mirzas Blutgruppe?«

»Ich weiß nicht, woher«, sagte Fanni, »aber ich weiß, dass er Mirzas Blutgruppe kannte. Ich habe es immer für eines seiner Märchen gehalten, wenn er behauptet hat, die Mädchen vom tschechischen Straßenstrich hätten ihre Blutgruppe eintätowiert wie die Angehörigen der SS im Dritten Reich. Bei Mirza sei es eine 0, das könne man gut erkennen neben ihrem Spaghettiträger, hat Meiser oft gesagt.«

»Mirza hatte laut Bericht aus der Gerichtsmedizin ein Tattoo unter dem linken Schulterblatt, da hat Meiser recht«, warf Sprudel ein, »ein Oval mit Sternchen drum herum.«

»Zu Punkt a)«, sagte Fanni nach einer Pause, »fällt mir allerdings gar nichts ein, aber so schwierig wird es wohl nicht sein, sich ein bisschen Blut der Gruppe 0 zu verschaffen.«

Sprudel stimmte ihr zu.

»Unser Strickmuster«, sagte er dann, »mausert sich zu einem netten Bild von Meiser. Das Dumme dabei ist, dass wir nicht den geringsten Beweis gegen ihn haben. Mirza ist beerdigt, dafür hat Meiser beizeiten gesorgt. Nachdem der Antrag auf Freigabe der Leiche einmal gestellt war, musste der Staatsanwalt eine Entscheidung treffen. Und Meiser war klug genug, die Anfrage so aussehen zu lassen, als stünde Bene dahinter. Mirzas Kleidung, Schuhe und Schmuck hat Meiser neulich persönlich im Präsidium abgeholt. Er hatte eine Vollmacht dabei, die von Bene unterschrieben war. Meiser wird Mirzas Sachen bestimmt nicht mehr herausrücken, wenn er sie nicht sowieso gleich vernichtet hat. Wir haben gar nichts von Mirza in der Hand, das Spuren von Meiser aufweisen könnte.«

»Doch«, sagte Fanni, »ein winziges Teilchen ist übrig, das hat Meiser nicht gefunden.«

Sprudel starrte sie an.

»Die Plastikblüte von Mirzas Sandale«, half ihm Fanni auf die Sprünge, »soweit ich weiß, liegt sie in deiner Schreibtischschublade.«

»Donnerwetter, Miss Marple«, sagte Sprudel, »beten wir, dass uns die Blüte was zu sagen hat. Sie muss ins Labor, sofort. Der Staatsanwalt wird zustimmen, sicher. Gerade jetzt, nachdem Meiser in ein zweifelhaftes Licht gerückt ist, weil er uns auf dem Silbertablett eine falsche Tatwaffe präsentiert hat. Ich fahre gleich zum Kommissariat.«

Es war ohnehin schon spät. Fannis Mann würde vor ihr zu Hause sein, und Fanni hatte nichts fürs Abendbrot vorbereitet. Sie musste auf der Rückfahrt noch beim Metzgerladen anhalten und beim Bäcker, um etwas auf den Tisch bringen zu können.

Hans Rot lehnte an Meisers Gartenzaun. Herr Meiser auch. Beide hatten einen Arm lässig um den soliden ersten Stützpfosten geschlungen und winkten Fanni jovial zu.

Fanni fuhr in die Garage und nahm den kürzesten Weg ins Haus. Sie hatte bereits den Tisch gedeckt, das Brot geschnitten und etliche Schinkenscheiben um je drei Spargelstängel aus der Dose gewickelt, als ihr Mann hereinkam.

»Meiser sagt, es war gar nicht der alte Klein, der die Mirza erschlagen hat«, erzählte er schon vor dem ersten Bissen, »der Böckl war es, der Verbrecher. Und Meiser ist dahintergekommen. Meiser hat nämlich den Stein mit Mirzas Blut dran auf Böckls Grundstück gefunden.«

»Und der Meiser hat sofort gesehen, dass das Blut auf dem Stein von Mirza ist?«, fragte Fanni.

»Das hat er sich doch denken können, blöde Frage, als wenn in Erlenweiler ständig blutige Steine herumliegen würden.«

»Der Böckl ist doch Jäger«, insistierte Fanni, »vielleicht hat er mit dem Stein bloß ein Rebhuhn erschlagen oder ein Kaninchen.«

Fannis Mann verdrehte die Augen über seinem Butterbrot. »Die werden geschossen, Fanni, peng, peng!«

Er kaute eine Weile, spülte Bier nach, dann sagte er:

»Der Meiser hat mir da Sachen erzählt über den Böckl, unglaublich. Da wohnt man jahrelang in ein und derselben Straße mit so einem Gangster und hat keine Ahnung davon, dass …«

»Lass mich raten«, unterbrach ihn Fanni unbesonnen, »Böckl betreibt Zigaretten- und Waffenschmuggel über die tschechische Grenze in großem Stil. Er ist der Kopf eines Mädchenhändlerrings, und er verschiebt gleichzeitig illegal lastwagenweise Müll nach Tschechien. Mirza ist bestimmt nicht die Erste, die Böckl auf dem Gewissen hat, aber Meiser wird ihm schon das Handwerk legen.«

»Von dem Müll hat Meiser gar nichts gesagt!« Hans Rot war perplex.

Fanni begann schleunigst den Tisch abzuräumen, bevor ihr Mann auf die Idee kam, zu fragen, woher sie ihre Informationen hatte.

Als sie sah, wie er im Wohnzimmer den Fernsehapparat einschaltete, atmete Fanni erleichtert auf. Wieso hatte sie den Mund nicht gehalten? Es hätte sie ganz schön in die Bredouille bringen können, hätte ihr Mann nachgehakt.

Kein Wunder, dachte Fanni über dem Abwasch, dass mir diese Aufzählung all der Schandtaten, die Meiser seinem Nachbarn Böckl unterstellt, herausgerutscht ist. Seit Stunden versuche ich ja, mich in Meisers Hirn hineinzudenken.

Immer deutlicher kam ihr ins Bewusstsein, dass sie Meiser noch nie hatte leiden können.

Aufdringlich und besserwisserisch, dachte sie. Die Kinder mochten ihn auch nicht, sie haben sich oft über ihn lustig gemacht.

Fanni lächelte, als ihr einfiel, wie ihn Leo immer laut und deutlich gegrüßt hatte: »Guten Morgen, Herr Meiser!, Grüß Gott, Herr Meiser!, Guten Abend, Herr Meiser!« exakt beim Wort »Herr« hatte Leo jeweils eine kleine Verbeugung gemacht und war dann strammen Schrittes weitergeeilt. Als Fanni ihren Sohn einmal gefragt hatte, ob er nicht zu dick auftrage, hatte Leo geantwortet, dass Meiser alle Kinder von Erlenweiler, einschließlich Vera und Leni, bereits etliche Male wegen ihrer schlechten Manieren gerüffelt habe, nur ihm gegenüber verhalte sich Meiser stets freundlich und liebenswürdig.

Aber für kriminell hätte ich den Meiser noch vor einer Woche keinesfalls gehalten, dachte Fannis jetzt. Warum? Weil ich genauso auf seine leutselige Tour hereingefallen bin wie alle anderen.

Teil IV

1.

Freitag, der 8. Juli, zog sich höllisch. In jeder einzelnen Minute fragte sich Fanni besorgt, ob die Blüte von Mirzas Schuh gegen Meiser etwas aussagen könne. Um das Karussell, das sich da in ihrem Kopf drehte, ein wenig abzubremsen, putzte sie am Vormittag alle Fenster im Haus. Sie wienerte die Glaseinsätze der Zimmertüren und sämtliche Spiegel. Am Nachmittag wischte sie mit einem Staubwedel ihre Bücher ab, gut dreißig Regalmeter.

Während Fanni mit ihrem Federpuschel auf der Trittleiter herumturnte, hielt ein seriöser Mittelklassewagen in der Zufahrt. Leni hüpfte heraus, und im nächsten Moment erschien ein junger Mann in Sakko und Jeans. Er öffnete den Kofferraum und half Leni, Kisten und Schachteln vor der Haustür zu stapeln. Dann setzte der Wagen zurück. Leni winkte, bis er verschwunden war.

»Hallo, Mama!«, rief sie, als Fanni auf ihr Klingeln hin öffnete. »Ich habe heute Nachmittag freigenommen und schon mal ein paar Sachen aus meiner Wohnung hergebracht. Ich will untervermieten, wenn ich im Herbst nach Genua gehe.«

Fanni las, was Leni auf den Schachteln vermerkt hatte. »Wintersportbekleidung«, »Bücher«, »Geschirr«, »Sofakissen«, »Decken«.

»Wir könnten alle Kartons, so wie sie sind, in meinem Zimmer stapeln«, schlug Leni vor und verbiss sich das Lachen dabei.

Fanni fauchte.

Leni nahm sie in die Arme und kicherte. »Ich weiß, Mama, wenn wir zwischen Schachteln leben wollten, hätten wir uns Schränke sparen können.«

Gemeinsam begannen sie, die Sachen aus den Kartons teils in Lenis ehemaligem Kinderzimmer, teils im Keller zu verstauen. Das Geschirr fand in der alten Wickelkommode Platz. Leni reichte ihrer Mutter Reklametassen von Chemiekonzernen, und Fanni wollte sie gerade fragen, warum Leni all die Thomapyrin-, Paracetamol- und Doppelspalt-Tassen nicht ihrem Untermieter hinterließ, da sagte Leni:

»Ich hab mir das Wochenende freigehalten und Vera angeboten, zu kommen. Sie packt schon. Morgen Mittag Punkt zwölf dampft sie samt Ehemann nach Freiburg ab. Sie will endlich den Besuch machen, den wir ihr neulich vermasselt haben, ›weil wir alle so immens egoistisch sind‹. Kommst du mit? Ich könnte deine Unterstützung wirklich gut gebrauchen.«

Fanni nickte zustimmend, und Leni fügte hinzu: »Thomas will in der Nähe von Worms einen … ähm, Freund besuchen, er nimmt uns in seinem Wagen mit.«

Natürlich würde Fanni mitkommen. Aber bevor sie ein Wort herausbrachte, tönte Hans Rots Stimme aus der Küche. »Gibt's nichts zu essen heute?«

Fanni eilte die Treppe hinauf. Ihr Mann erklärte sich großzügig bereit, das Altglas zum Container zu bringen, bis die Spaghetti al dente wären.

»Gut«, sagte er, während er die Nudeln auf seinem Teller mit Messer und Gabel kurz und klein schnitt, »wenn am Wochenende meine Enkel auf dem Programm stehen, dann bin ich auch dabei. Kostet mich zwar das Aufstiegsspiel Erlenweiler gegen Birkenweiler, aber Max und Minna gehen vor. Ich hab die zwei schon so lang nicht mehr gesehen.«

»Ob wir wohl alle in den Jaguar passen?«, wagte Fanni einzuwenden.

»Mit der Karre wären wir die halbe Woche unterwegs«, grölte ihr Mann.

Fanni sah verständnislos von ihm zu Leni.

»Sie hat es überhaupt nicht mitgekriegt«, prustete Hans Rot.

»Mama«, sagte Leni, »das ist kein richtiger Jaguar. Als der Wagen Tomas' Vater vor zwei Jahren angeboten wurde, war er schrottreif. Herr Zacher hat ihn nur deswegen übernommen, weil er halt eine Vorliebe für ungewöhnliche Autos hat. Der Jaguar sollte ausgeschlachtet werden. Aber bevor es so weit kam, haben Thomas und ein Lehrling aus der Werkstatt angefangen, daran herumzubasteln.«

»Womit haben sie eigentlich die Rostlöcher zugestopft, mit Plastilin?«, lachte Hans Rot.

»Kann sein«, meinte Leni. »Die Karosserie war aber gar nicht das Problem«, erklärte sie ihrer Mutter. »Der Motor war komplett hinüber, und das hätte das Aus für den Wagen bedeutet. Aber Thomas hat im Ersatzteillager herumgestöbert und einen alten VW-Käfer-Motor entdeckt, den niemand mehr braucht. Den wollte er dann einbauen.« Sie schmunzelte. »Thomas und sein Kumpel haben tagelang montiert und geschraubt, aber der Käfer-Motor hat sich nicht um alle Schrauben der Welt mit dem Jaguargetriebe verbünden wollen. Irgendwann wollte Thomas die Sache aufgeben, da hat ihm sein Vater geraten, einfach auf das Jaguar-Getriebe zu verzichten und ein VW-Getriebe zu verwenden. Damit hat es geklappt. Die Hybridzüchtung fuhr allerdings nicht schneller als fünfzig.«

»Erstaunlich, dass der TÜV so was zugelassen hat«, sagte Hans Rot.

»Kulanterweise – und auch nur für zwei Jahre«, antwortete Leni. »Seit einer Woche darf das Auto bloß noch auf dem Betriebsgelände benutzt werden. Es ist halt eine Attraktion für die Kunden.«

»Verstehen ihr Metier, die Zachers«, murmelte Hans Rot, »das muss man ihnen lassen.«

Fanni dachte indessen an eine gewisse Nachtfahrt.

Drei oder vier Wochen war es her, dass Hans Rot in Höhe von Natternberg um halb vier Uhr morgens Thomas' Jaguar überholt hatte. Ein junges Paar saß in dem Wagen. Wer?, fragte sich Fanni.

Die Frage beantwortete Leni. »Thomas hat den Jaguar nicht oft benutzt. Zwei- oder dreimal hat er mich damit abgeholt. Aber der Lehrling und seine Freundin waren ganz verrückt auf die Kiste. Die sind ständig damit herumgekurvt.«

»Thomas fährt einen Audi, stimmt's?«, warf Hans Rot ein. Leni nickte.

Fanni stand auf. »Thomas holt uns morgen früh um acht Uhr ab, da muss ich wohl jetzt schon herrichten, was wir mitnehmen.«

Ja, Fanni wollte packen. Aber vor allem wollte sie nachdenken. Der Jaguar war also eine Fälschung, ein Scherz, eine Posse. Dieses spektakuläre Auto hatte Thomas keinen Cent gekostet, gut. Und Leni hatte nicht gelogen. Sie hatte jenes Juni-Wochenende mit Thomas in Köln verbracht, klar. Denn im unechten Jaguar gondelte der Lehrling mit seiner Freundin herum, sehr gut.

War nun Thomas auf ganzer Linie rehabilitiert? Nein, höchstens auf halber. Ein paar Erklärungen standen noch aus. Wie zum Beispiel verhielt es sich mit Frieder Zacher und seinen Geschäften, waren sie dubios oder nicht? Und – viel bedeutsamer – was verband Thomas mit Leni? Fanni wagte nicht zu hoffen, dass auch diese Fragen willkommene Antworten finden würden.

Sie stellte das Gepäck für den nächsten Tag im Flur bereit und lief auf dem Rückweg in die Wohnung schier in Leni, die ihr mit einem Arm voller Kleidung entgegenkam.

»Wir nehmen das Zeug mit zu Vera«, sagte Leni. »Vera und ihre Freundinnen organisieren doch alle naselang eine Sammlung für die Rumänienhilfe. Die Sachen sind kaum getragen.«

Fanni entfaltete ein T-Shirt. Quer über das Rückenteil waren die Buchstaben »MEXX« aufgedruckt. Sie starrte das Kleidungsstück an.

»Billige Nachahmungen von den Vietnamesenmärkten in Tschechien«, meinte Leni. »Thomas' Stiefmutter kann es nicht lassen, dort einzukaufen. Dabei hat ihr Thomas schon so oft gesagt, dass man darin aussieht wie eine Karikatur.«

Fanni nahm ein Poloshirt, von dem ein Krokodil herunterbleckte. Der Stoff fühlte sich lappig an, dafür war die Applikation hart wie ein Blechstück. *Das* zum Thema Designerklamotten, dachte sie und fühlte sich gleichzeitig erleichtert und beschämt.

»Fanni, du bist eben dämlich«, flüsterte eine Stimme in ihrem Kopf. »Und das solltest du nie vergessen!«

»Ich hab es heute früh schon in der Zeitung gelesen«, sagte Hans Rot zu Thomas, kurz nachdem er sich auf dem Beifahrersitz angeschnallt hatte. »Dein Vater hat von der IHK schon wieder eine Auszeichnung bekommen.«

Thomas startete den Audi und lachte ein wenig verlegen. »Wir haben halt ein gut sortiertes Ersatzteillager, Vater hat eine Menge Erfahrung, und ich bin ein passionierter Tüftler. Da bleibt es nicht aus, dass manchmal verblüffende Konstruktionen zustande kommen. Die Lehrlinge profitieren natürlich eine Menge davon.«

Er gluckste vor sich hin und fügte dann hinzu: »Neulich haben wir in einen Traktor zwei Flugzeugmotoren eingebaut, fährt wie der Teufel.«

»Gigantisch«, murmelte Hans Rot, und dann grinste er anzüglich. »Im Westen verschafft ihr euch das Profil, im Osten die Kohle.«

Thomas winkte am Zebrastreifen eine Fußgängerin über die Straße und sah Hans Rot konsterniert an. Der legte nach.

»Der Frieder hat doch schon Autos in den Osten verschoben, da war der Eiserne Vorhang noch dicht.«

»Nein«, sagte Thomas steif, »wir haben seit jeher eine Reparaturwerkstatt und arbeiten gemäß Kundenauftrag. Mit den Jahren hat sich die Firma Zacher wegen der originellen und kompetenten Arbeit meines Vaters einen besonderen Ruf erworben, *davon* lebt der Betrieb.«

»Und *mir* hat neulich der Betreiber der Shell-Tankstelle in Birkenweiler erzählt«, entgegnete Hans Rot, »dass Zacher jedes Fahrzeug übernimmt, und zwar für Ankäufer aus dem Osten.«

»So scheint es, ja«, gab Thomas zu. »Eben weil die Firma Zacher so bekannt ist, wird uns alles Mögliche angetragen. Soweit die Angebote den Fahrzeughandel betreffen, geben wir sie an Otto Kreutzer weiter.«

»Otto Kreutzer«, echote Hans Rot, und Fanni horchte auf. »Ist das ein Verwandter von ...«

»Ja«, sagte Thomas, »das ist der Bruder von Anna Kreutzer, die in den Achtzigern erschlagen wurde.«

Hans Rot schwieg, und Thomas fuhr nach einer kleinen Pause fort. »Mein Vater hat sich lange Zeit schuldig gefühlt. ›Wenn sich solche Esel wie ich und der Wirt vom ›Gänseblümchen‹, der Metzger Bemmel und der Steuerberater Pachl nicht mit der kleinen Anna eingelassen hätten, wenn wir sie in der Kneipe nicht dauernd freigehalten hätten‹, hat er oft gesagt, ›dann wär sie vielleicht nicht auf die schiefe Bahn geraten. Sie hätte nachts in ihrem Bett geschlafen wie andere auch, wäre nie diesem Irren in die Hände gefallen und könnte noch leben‹. Das schlechte Gewissen hat meinen Vater veranlasst, Anfang der Neunziger Annas Bruder Otto als Lehrling einzustellen. Nach der Gesellenprüfung hat er ihm dann geholfen, einen Kfz-Handel aufzubauen. Es stimmt, Otto liefert viel in den Osten. Meine Stiefmutter konnte ihm etliche Kontakte vermitteln.«

Thomas fädelte in die A6 ein und konzentrierte sich auf den

dichter werdenden Verkehr. Fanni lehnte sich auf ihrem Platz im Fond zurück und schloss die Augen.
Was wohl Sprudel gerade macht?, ging es ihr durch den Sinn.
Na, was wohl? Akten studieren, Vernehmungsprotokolle wälzen, über Meisers Aussage zum Auffinden der falschen Tatwaffe grübeln.
Meiser soll jetzt als Totschläger gelten?
Er könnte es sein. Und falls er der Täter ist, dann war logischerweise auch er es, der den Reifen zerstochen, das Gitter in der Garage gelockert und mich von der Straße gedrängt hat.
Keine Zufälle?
Sprudel meint Nein.
Woher hätte Meiser denn schon von Anfang an wissen sollen, dass Fanni Rot und Johann Sprudel nicht an die Schuld des alten Klein glaubten und anfingen zu schnüffeln?
Hm, der erste Anschlag ...
Anschlag, hört, hört!
... geschah am Montag nach dem Straßenfest. Am Freitag davor hatte ich mich mit Sprudel in dem Waldstück bei Niederaltaich getroffen. Alle haben gesehen, wie ich den Erlenweiler Ring hinuntergefahren bin. Aber keiner konnte doch wissen, wohin ich wollte.
Eben.
Fanni ließ die Fahrt Revue passieren. Bei der Hinfahrt hatte der Verkehr wenig Aufmerksamkeit verlangt. Aber auf der Rückfahrt war sie ins Schwitzen geraten. Da war dieser Sattelschlepper an der Friedenseiche gewesen, der ihr die Vorfahrt genommen hatte. Und in Seebach? Hatte sie nicht in Seebach etwas Irritierendes wahrgenommen?
Das Storchennest auf dem Fabrikkamin.
Storch? Ja, ein Storch aus Pappmachee stand an einer Straßenecke. Er hielt ein rosa Strampelhöschen im Schnabel und ein Schild mit der Aufschrift: »... Vater geworden und gibt zur Feier des Tages einen aus!«
Fanni war im Schritttempo vorbeigefahren, weil der Straßenrand bereits mit Autos zugeparkt gewesen war.
Und dasjenige, das in dem Moment dort angehalten hatte, gehörte Meiser, überkam es Fanni plötzlich.

Quatsch, du kannst einen Ferrari nicht von einem VW unterscheiden.

Das muss ich auch nicht, um Meisers Auto zu identifizieren, weil kein anderer Wagen im ganzen Landkreis glänzt wie eine Christbaumkugel und auf dem Nummernschild »ME 1000« stehen hat.

Na und, dann war Meiser halt zu einem Umtrunk eingeladen und hat dich vorbeifahren sehen. Was sollte er daraus schon schließen?

Alles, weil Sprudel direkt hinter mir fuhr!

2.

Kaum hatte Thomas den Wagen abgestellt, stürmte Vera mit einer Reisetasche in der Hand aus dem Haus, dicht gefolgt von ihrem Mann.

»Hallo, allerseits!«, rief sie. »Wir haben schon auf euch gewartet. Minna und Max spielen im Sandkasten. Sie wünschen sich Pfannkuchen mit Kirschkompott zu Mittag, und ich hab ihnen versprochen, dass du welche machst, Mama. Nimm aber Mineralwasser für den Teig, Milch dürfen sie noch nicht. Tschühüss, bis morgen am Nachmittag.«

»Weg«, murmelte Hans Rot entgeistert und sah dem entschwindenden Wagen seines Schwiegersohnes nach.

Thomas half ihnen, Koffer, Kühltasche und diverse Klappkisten ins Haus zu bringen. Dann machte er sich auf den Weg nach Worms.

Fanni putzte, bügelte und werkelte bis zum Abend. Gegen neun badete sie gemeinsam mit ihrer Tochter, Max und Minna. Während Fanni das Badezimmer wieder trocken wischte, steckte Leni beide Kinder ins Bett und las ihnen aus »König der Löwen« vor. Nach zehn Minuten waren die zwei eingeschlafen.

Fanni ging nach draußen, deckte den Sandkasten ab, weil Gewitter angekündigt waren, und stellte Bagger, Raupe, Laster und Kuchenformen unters Vordach. Sie wollte gerade den verstreuten Sand vom Gehweg fegen, da rief Leni:

»Schluss für heute!« Sie rückte auf der Terrasse zwei Stühle zurecht und schenkte zwei Gläser Rotwein ein.

»Wo ist denn Papa?«, fragte Fanni.

»Auf ein Bier bei den Nachbarn«, antwortete Leni.

»Veras Nachbarn?«, stammelte Fanni verwirrt, und Leni lachte sie aus.

»Papa braucht halt Zerstreuung«, sagte Leni nach einer Weile. »Er und der Nachbar haben sich heute Nachmittag beim Rasenmähen angefreundet und ein paar Kölsch zusammen getrunken. Die meisten Leute sind eben so.«

»Vera auch, aber du und Leo nicht«, meinte Fanni unbesonnen.

»Ich weiß«, sagte Leni trocken.

Fanni wurde rot. Sie trank ihr Glas aus und dachte dabei: Ich hätte es ihnen längst sagen müssen. Ich bin die Einzige, die in dieser Familie lügt! Fanni, die Heuchlerin!

»Du musst dir keine Vorwürfe machen, Mama«, sagte Leni da auf einmal. »Für uns Kinder war es am besten so, und Hans Rot hat es auch nicht geschadet.«

»Was?«, japste Fanni.

»Mama«, lächelte Leni, »hast du vergessen, dass ich mit der DNS und den Informationen, die sie zu bieten hat, auf sehr gutem Fuß stehe?«

Fanni schüttelte den Kopf. Sie dachte einen Augenblick nach, schüttelte noch mal den Kopf und fragte: »Aber wieso?«

»Zufall natürlich«, antwortete Leni, »wenn auch kein besonderer. Während meines Praktikums hab ich dauernd mit der DNS herumexperimentiert. Ich hab Tausende von Abgleichen gemacht. Und eines Tages ist mir eine sehr seltsame Übereinstimmung aufgefallen. Ich hatte gerade die DNS von Professor Heimeran mit meiner verglichen.«

Fanni stöhnte.

»Ich hab den Test daraufhin mehrmals wiederholt, immer kam eine fünfzigprozentige Deckung heraus. Und dieses Ergebnis ließ nur einen einzigen Schluss zu. Natürlich habe ich lang darüber nachgegrübelt, habe mir Papa genau angesehen und auch Vera und Leo. Dann habe ich über dich nachgedacht, und dabei ist mir einiges klar geworden. Nach meinem Examen – cum laude, wie du weißt – habe ich das Testergebnis dem Professor gezeigt. Seitdem hegen wir ein recht freundschaftliches Verhältnis.«

»Weiß Leo …?«, schnaufte Fanni.

»Ich hab es ihm erzählt«, gestand Leni. »Er war nicht einmal besonders überrascht. Leo ist schon immer gut darin gewesen, eins und eins zusammenzuzählen. Wir haben beschlossen, alles für uns zu behalten. Wozu Vera durcheinanderbringen oder Papa schockieren?«

Sie schenkte ihrer Mutter Rotwein nach, und Fanni trank.

»Eigentlich wollten wir auch dir nichts verraten«, fuhr Leni fort.

»Aber nachdem es einmal heraus war, ist mir klar geworden, wie sehr dich das Geheimnis belasten muss. Du sollst wissen, dass Leo und ich über die Lösung, die du für uns gefunden hast, sehr glücklich sind. Wir hatten beide eine schöne Kindheit. Hans Rot war kein schlechter Papa. Wir haben ihn immer respektiert.«

»Was man von seiner eigenen Tochter nicht behaupten kann«, warf Fanni ein. Sie fühlte sich auf einmal beflügelt. Das musste am Rotwein liegen. Fanni nahm noch einen großen Schluck, und dann wagte sie zu fragen: »Hat sich Professor Heimeran an mich erinnert?«

Leni musste lachen. »Er hat mir erzählt, dass ihn während seiner Laufbahn schier jede Studentin angehimmelt hat. Und er hat mir gestanden, dass er in den Siebzigern heißblütig genug war, hin und wieder schwach zu werden. Aber er hatte keine Ahnung, dass eine seiner Freundinnen schwanger geworden war, sogar mit Zwillingen, zweieiigen, der Genauigkeit halber.«

Natürlich nicht, dachte Fanni, woher auch?

»Hast du es ihm nicht gesagt?«, fragte Leni.

»Wozu?«, antwortete Fanni. »Er war damals schon ein anerkannter Wissenschaftler, und verheiratet war er auch. Er hätte nirgends Platz für mich gehabt und für euch schon gar nicht. Ich hatte Angst, der Herr Professor würde mich nach Holland oder nach Tschechien verfrachten, wo man damals abtreiben lassen konnte. Da habe ich mich lieber dazu durchgerungen, dem Drängen von Hans Rot nachzugeben. Der hing wie eine Klette an mir dran, und meine Mutter hat mir jahrelang zugesetzt. ›Du solltest ihn mit Handkuss nehmen, Fanni, er ist so bodenständig, so solide.‹«

Es war so, als ob sich Fannis Mutter und das Schicksal verbündet hätten, Fanni und Hans Rot ein Leben lang zusammenzuspannen. Die Familie Rot und Fannis Eltern hatten quasi Haustür an Haustür gewohnt. Hans Rot spielte mit Fanni, seit sie angefangen hatte zu laufen. Nachdem Fanni ein Jahr nach Hans eingeschult worden war, machten sie sich jeden Morgen gemeinsam auf den Weg. Ihr Pausenbrot verzehrte Fanni immer in Gesellschaft von Hans Rot. Und dann trat Fanni ins Gymnasium über, Hans in die Realschule. Vormittags trennten sich nun ihre Wege. Aber mittags wartete er an der Bushaltestelle auf sie. Selbst als Fanni nach dem Abitur mit dem Studium in Nürnberg begann, änderte sich wenig. Fannis Mutter bedrängte ihre Tochter, an den Wochenenden nach Hause zu fahren, und da wartete Hans Rot. Er wartete auch an jenem Freitag, als Fanni aus dem Bus stieg und wusste, dass ihre Karriere gelaufen war.

»Ja«, sprach Fanni weiter, »ich hatte damals Beständigkeit dringend nötig, also griff ich zu. Von dem Augenblick an ist alles wie am Schnürchen gelaufen, das muss ich wirklich sagen.«

Leni stand auf, ging um den Tisch herum zu Fanni, setzte sich auf die Armlehne ihres Sessels und nahm sie in die Arme. »Du bist tapfer, klug und liebenswert«, flüsterte sie.

Fanni biss die Zähne zusammen, um nicht loszuheulen. »Wir sollten ins Bett gehen«, meinte sie gepresst.

Hans Rot hatte die Nachbarn zum Frühstück eingeladen. Fanni briet Eier und Speck, röstete Brot, schnitzelte Obst und schnitt den Kuchen auf, den sie von zu Hause mitgebracht hatte. Die Gäste blieben bis zum Nachmittag sitzen. Gegen drei Uhr kamen Vera und ihr Mann aus Freiburg zurück und gesellten sich dazu.

Fanni machte das Gepäck für die Rückreise nach Erlenweiler fertig. Es ging auf vier Uhr zu, als Thomas in die Zufahrt bog. Fanni sah ihn aussteigen und bemerkte, wie er übers ganze Gesicht strahlte. Er freut sich auf Leni, schoss es ihr durch den Kopf. Im selben Augenblick raste Leni aus dem Haus und warf sich in Thomas' Arme.

»Es hat geklappt!«, rief sie. »Ich sehe es dir an.«

Thomas nickte und hielt sie fest.

Der Abschied von Vera, Minna und Max, von den Nachbarn und vom Schwiegersohn zog sich hin. Endlich rollte Thomas' Audi die Dorfstraße hinunter. Fanni sah ihre Tochter an.

»Gibt es etwa gute Neuigkeiten? Ihr seht beide so zufrieden aus.«

»Ich freu mich so für Thomas«, antwortete Leni. »Rolf, sein Lebenspartner, hat gestern die Zusage für eine Planstelle am Straubinger Ludwigsgymnasium bekommen. Er kann schon nächsten Monat zu Thomas in die neue Wohnung ziehen.«

Fanni schluckte, dann lächelte sie. »Ich wünsche euch alles Gute, Thomas, dir und Rolf.«

Hans Rot sagte gar nichts. An der Raststätte Würzburg-Randersacker, wo Thomas tankte und Leni pinkeln ging, setzte er sich zu Fanni in den Fond. Leni stieg kommentarlos vorne ein, drehte sich um und feixte Fanni an. Ihre Mutter grinste zurück.

3.

Kaum in Erlenweiler angekommen brummte Hans Rot »Bundesliga«, verzog sich ins Wohnzimmer, schloss die Tür und schaltete den Fernsehapparat ein.
Leni half ihrer Mutter, das Abendessen herzurichten. Sie wollte in Erlenweiler übernachten und früh am nächsten Morgen mit dem Auto nach Nürnberg fahren.
»Steht schon lange genug hier herum«, meinte sie.
»Vier Wochen«, spezifizierte Fanni.
Sie trug Leni auf, den Salat zu waschen. Und während Leni die Salatblätter im Wasser kreisen ließ, sagte sie zu Fanni:
»Seid ihr weitergekommen, du und Sprudel?«
Fanni suchte gerade nach einer passenden Schüssel für den Reis, deshalb merkte sie nicht sofort, wie doppeldeutig Lenis Frage war. Sie kam erst dahinter, als sie das belustigte Flackern in den Augen ihrer Tochter sah. Fanni bekam rote Backen.
»Ich freu mich echt«, sagte Leni, »dass du mit deinem Kriminalkommissar Mirzas Mörder jagst, und dass du dich mit ihm so gut verstehst. Papa geht ja sowieso seine eigenen Wege. Ich wünsch mir wirklich, und Leo hofft es auch, dass sich eine lange Freundschaft daraus ergibt.«
Fanni bekam rote Ohren. Die zwei Bälger hatten also schon wieder konspiriert. Das war wohl ihre Lieblingsbeschäftigung, besonders wenn es um ihre Mutter ging.
»Verschwörerbande«, murmelte sie.
Leni lachte. »Jetzt erzähl schon!«
»Es könnte sein«, sagte Fanni, »dass Meiser die arme Mirza umgebracht hat. Aber ich fürchte, wir werden es nicht beweisen können.«
Sie berichtete kurz, was geschehen war und welche Schlussfolgerungen sie und Sprudel daraus gezogen hatten.
Leni legte ihre Stirn in Falten, als wollte sie ein zweiter Sprudel werden.
»Ich trau es dem Meiser zu«, sagte sie. »Meiser ist ein Schweine-

hund. Und er ist durchtrieben. Er verbreitet so lange Lügen und Halbwahrheiten, richtet so viele Verwirrungen an, bis niemand mehr durchblickt.«

Fanni nickte. »Eben.«

»Meine letzte Hoffnung ist«, fuhr sie nach einem Augenblick fort, »dass sich auf der Sandalenblüte DNS-Spuren von Meiser finden.«

Leni machte noch zwei weitere Falten in ihre Stirn. »Das ist nicht besonders wahrscheinlich, weil die Blüte etliche Tage in der Erde gelegen hat. Aber selbst wenn darauf Gewebepartikel von Meiser gefunden werden würden, wäre das kein eindeutiger Beweis. Meiser würde euch auslachen. ›Ich habe die Pflöcke aus meinem Keller geholt‹, würde er sagen, ›ich habe sie tausendmal in der Hand gehabt und ich habe sie in den Boden gerammt. Natürlich waren auf jedem Pfahl Hautschuppen von mir drauf, und von einem sind sie halt an die Blüte gekommen‹. Die war ja praktisch an ihm aufgespießt.«

Fanni seufzte. Leni hatte recht. Meiser würde sich herausreden.

»Es gibt nur eine Möglichkeit, ihn zu fassen«, erklärte Leni. »Ihr müsst ihn reinlegen.«

Sie ließ Fanni keine Zeit für Widersprüche. »Ihr seid doch auch nicht auf den Kopf gefallen, du und Sprudel. Jetzt zeigt mal, was ihr draufhabt, ihr zwei.«

Fanni musste lachen. Ihre Ohren glühten.

Früh am Montagmorgen verabschiedete sich Leni von ihren Eltern.

»Ich hab noch eine Menge zu regeln in der nächsten Zeit«, sagte sie, »und dann will ich Urlaub nehmen und schon drei Wochen früher nach Ligurien fahren. Zum Eingewöhnen.«

Fanni umarmte sie.

»Wäre wirklich schön«, sagte Leni, »wenn du mal eine Zeit lang kommen könntest, Mama.«

»Fahr nur«, rief Fannis Mann vom Frühstückstisch, »fahr nur nach Italien zu Leni. Ich komm gut allein zurecht.«

Fanni beteuerte, sie würde ihn beim Wort nehmen.

Sprudel grinste von einem Ohr bis zum anderen, als Fanni am Montagnachmittag ihren Wagen neben seinem abstellte. »Die Sandalenblüte ist im Labor untersucht worden«, vermeldete er durch das offene Wagenfenster.

Fanni stieg aus. »Sag schon«, verlangte sie, und Sprudel lachte laut.

Sie liefen von Metten aus auf dem Donaudamm in Richtung Mariaposching. Die Donau führte nur wenig Wasser, ihre Ufer stanken nach Fäulnis und Julihitze.

»Kannst du dich noch daran erinnern, wie die Blüte aussieht?«, fragte Sprudel, ließ ihr aber keine Zeit zu antworten. »Fünf gelborangefarbene Plastikblättchen sind um einen kleinen Kelch herum angeordnet«, fuhr er fort. »Der Kelch sieht aus wie ein winziger Fingerhut.«

Fanni nickte, sie hatte die Blüte in den vergangenen drei Wochen schier ständig vor Augen gehabt. Zugegeben, in den letzten Tagen war das Corpus Delicti ein wenig zurückgetreten, aber nun tanzte es wieder in der ersten Reihe.

»In dem Kelch«, erklärte Sprudel, »steckte ein Lehmpfropfen. Der saß so fest, als hätte ihn jemand mit einem Hammer hineingeklopft. Die Fachleute im Labor haben den steinharten Lehm mit einem Spatel vorsichtig Schicht für Schicht abgetragen. Und darunter haben sie einen sehr interessanten Bodensatz entdeckt: getrocknetes Blut samt Hautschüppchen – menschliches Blut!«

Fanni strahlte. Damit musste der Täter zu überführen sein!

»Die Blüte ist bereits im Zentrallabor«, sprach Sprudel weiter, »morgen haben wir die Blutgruppe. Wenn sie nicht mit der von Mirza oder der vom alten Klein übereinstimmt, dann ordnet der Staatsanwalt an, die DNS zu isolieren und einen genetischen Fingerabdruck herzustellen.«

Fanni atmete auf. Lieber Gott, betete sie still, du hast den alten Klein genug gestraft, der ist kuriert, sieh zu, dass wir den richtigen Täter festnageln können.

»Der Lehmpfropfen hat die Gewebeproben luftdicht eingeschlossen und sie damit für uns gerettet«, berichtete Sprudel, »das haben mir die Chemiker vom Labor erklärt. Hätte er den Kelch weniger dicht versiegelt, dann wären sämtliche Zellen schon von den Bodenbakterien zersetzt gewesen und dadurch unbrauchbar geworden.«

»Die Blüte«, mutmaßte Fanni, »muss genau an dem Platz gelegen haben, an dem Meiser den Pfosten für das Absperrseil eingeschlagen hat. Ob er sie damals wohl übersehen hat? Oder hat er sie absichtlich in den Boden gerammt«?

»Absichtlich, nehme ich an«, sagte Sprudel, »an diesem Tag sind überall Polizisten herumgerannt. Er musste damit rechnen, beobachtet zu werden, deshalb hat er nicht gewagt, die Blüte vom Boden aufzuheben und einzustecken.«

»Er wollte sie vielleicht an dem Abend holen, an dem er mit dem Grassamen daherkam«, überlegte Fanni laut. »Da hatte er doch kurz davor die Pflöcke herausgezogen.«

»Aber du bist ihm zuvorgekommen, Fanni«, sage Sprudel. »Das konnte Meiser allerdings nicht wissen, und darum hat er sich recht sicher gefühlt. Er dachte wohl, du hättest die Blüte unter etlichen Schaufeln voll Erde begraben.«

»Ha«, freute sich Fanni, »das hat er fein gemacht, der Meiser! Den Blütenkelch samt Gewebeprobe treffsicher in ein Lehmbröckchen zu rammen, damit sie schön konserviert wird, bis wir sie brauchen, toll.« Sie klatschte in die Hände.

Sie querten das schmale Donauzuflüsschen Schwarzach über eine Brücke und entdeckten kurz dahinter eine Bank unter Weiden. Sprudel zog Fanni auf das warme Holz.

»Es dauert doch bestimmt eine ganze Weile«, meinte Fanni, »bis es einen genetischen Fingerabdruck aus der Gewebeprobe gibt.«

»Mindestens eine Woche«, gab Sprudel zu, »das ist ein ziemlicher Aufwand, und wir wollen auf keinen Fall, dass sie schludern, die Leute vom Labor.«

»Hm«, machte Fanni, »da können wir wohl nichts weiter tun als abwarten.«

Sprudel nickte und sah plötzlich sehr besorgt aus. Fanni ahnte, warum. Sie legte ihre Hand auf seinen Arm.

»Falls wirklich so was wie Vorsatz hinter den Vorfällen, die mich so erschreckt haben, gesteckt hat, dann wird der Schuldige – Meiser – nicht weitermachen. Er glaubt doch, dass er uns erfolgreich abgelenkt und auf Böckls Spur gesetzt hat.«

Sprudel starrte grimmig in einen Wasserstrudel. »Würde mich schon sehr interessieren, ob Meiser hinter dieser Sauerei steckt.«

Fanni erzählte ihm, was ihr auf der Fahrt nach Klein Rohrbach durch den Kopf gegangen war. »Aber«, fügte sie hinzu, »wie hätte Meiser an ein grünes Auto kommen sollen?«

»Rent a car«, murmelte Sprudel.

Fanni lachte. »Viel zu aufwendig und viel zu kompliziert. Wo hätte er es verstecken sollen? Er musste doch in meiner Nähe bleiben, um zu sehen, wann ich losfahre.«

Sprudel nickte trübsinnig. Plötzlich fuhr er hoch. »Wie sieht denn Meisers Nichte aus? Kurz, stämmig, Hakennase?«

»So ungefähr«, meinte Fanni.

»Sie fährt einen grünen Opel Corsa«, rief Sprudel. »Ich hab sie vor einer knappen Stunde an der Schelltankstelle in der Hengersbergerstraße getroffen. Ihr Wagen stand vor mir an der Zapfsäule und ist mir aufgefallen, weil auf der Ablage unter der Heckscheibe zwei mit buntem Garn umhäkelte Klopapierrollen hockten. Da hab ich mir genau angesehen, wer einstieg.«

»Frau Meisers Spezialität«, sagte Fanni.

»Was?«

»Klopapierrollen umhäkeln. Mir hat sie auch mal eine geschenkt.«

Sprudel prustete los, wurde aber gleich wieder ernst.

»Meiser muss der Attentäter sein. Er hat sich für das Drängelmanöver den Wagen dieser Nichte ausgeliehen.«

»Sieht sehr danach aus«, stimmte ihm Fanni zu. Er hätte nur über die Wiese laufen müssen, um an ihr Auto zu kommen. Und er wusste, dass er mich auf der Hauptstraße gleich einholen würde. Ich fahr nie besonders schnell.«

Sprudel schwieg einen Moment nachdenklich, und dann sagte er: »Aber wie konnte Meiser die Werkzeughalterung in deiner Garage so präparieren, dass sie genau in dem Augenblick herunterkrachte, in dem du darunter gestanden bist?«

»Er hat gepokert«, antwortete Fanni, »aber nicht sehr hoch. Meiser hatte bestimmt längst registriert, dass ich montags den Papiermüll in die Garage bringe. Und es wird ihm nicht entgangen sein, dass der Deckel mit Schwung an die Wand knallt, wenn ich die Tonne öffne.«

»Kein schlechter Schachzug«, nickte Sprudel. »Meiser lockert am Montagvormittag das Gitter. In die Garage kann er rein, weil sie bei Rots meistens offen steht. Meiser rechnet damit, dass das Gitter in Bewegung gerät, wenn Frau Fanni den Deckel der Papiertonne an die Wand knallen lässt. Ein Werkzeug fällt herunter, dann das zweite, und schon ist die Lawine ausgelöst.«
»Alles zeigt auf Meiser«, murmelte Fanni.
»Wie kriegen wir ihn bloß dran?«, seufzte Sprudel.
»Geduld«, sagte Fanni darauf, »Geduld heißt das Zauberwort.«
»Zauberwort«, lachte Sprudel, »du, Fanni, du bist *zauberhaft*.«
Das hing ihr nach. Den ganzen Weg vom Bänkchen bis nach Hause hing es ihr nach.

4.

»Was ist denn das für eine Schweinerei?«, schrie Fannis Mann. Er zog einen kleinen roten Eimer unter der Spüle hervor und knallte ihn auf die Arbeitsplatte in der Küche. Aus dem Eimerchen ragte eine Kuppel aus matschigen Tomatenresten, über die sich weich und flaumig graugrüner Schimmel breitete.

»Du hast doch selber gesagt, ich soll nicht wegen jeder Kleinigkeit zum Kompost rennen«, verteidigte sich Fanni.

»Aber du sollst das Zeug erst recht nicht wochenlang hier herumstehen lassen«, schnauzte ihr Mann. »Kannst du nicht ein einziges Mal etwas so machen wie normale Leute?«

»Kann ich nicht«, murmelte Fanni, »ich bin nämlich nicht normal, ich bin zauberhaft!«

Hans Rot hörte sowieso nicht hin. Er nahm den Eimer und stellte ihn vor die Haustür.

Es wurde schon dämmrig, als Fanni hinausging, um die verschimmelten Gemüsereste auf den Kompost zu kippen. Sie sah versonnen zu, wie samtig eingesponnene Tomatenmatsche an den Flanken des Biomüllkegels hinunterrutschte. Zwei Gurkenschalen kugelten hinterher und verkeilten sich am Fuß des Müllbergs zu einer kleinen Plattform. Etwas später löste sich noch eine ausgedrückte Zitronenscheibe vom Gipfel, glitt ein paar Zentimeter hinunter und blieb dann stecken, als wäre sie ein Felsüberhang.

Fanni starrte eine Zeit lang auf die alpine Formation, bis ihr aufging, dass der Kegel neu war. Letzte Woche, oder war es vorletzte gewesen, hatte der Komposthaufen keine Spitze gehabt. Die Kompostlandschaft hatte mehr einem Hochplateau geglichen.

Sie ging in die Garage, holte ihr Handschäufelchen und begann vorsichtig, Schicht um Schicht abzutragen. Kartoffelschalen, Gurkenschalen, Salatblätter, Margeritenköpfe, wieder Salatblätter, dann war der Berg verschwunden. Fanni beugte sich hinunter und fing an, einen Krater zu graben. Sie schürfte zehn Zentimeter tief. Plötzlich spürte sie festen Widerstand. Fanni arbeitete im weichen Gelände einen Ringgraben heraus, fuhr von da aus mit der Schaufel unter das Harte und hob es heraus.

Er war der Stein, der an ihrer Hausmauer fehlte.

»Die Tatwaffe«, ächzte Fanni.

Böckls Hund Wolfi fiel ihr ein. Er hatte die richtige Spur gehabt, damals, als Böckl ihn suchen ließ. Aber Böckl hatte Wolfi vom Kompost zurückgepfiffen.

»Der Böckl sollte mehr Vertrauen haben in seinen Hund«, murmelte Fanni, balancierte den Stein auf der Schaufel in die Garage und versteckte beides unter einer Plastikplane.

Am nächsten Vormittag, es war Dienstag, der 12. Juli, rief Sprudel aus seinem Büro bei Fanni an. Im Hintergrund konnte sie Stimmen hören, Klappern und Klingeln. Die Geräusche verrieten ihr, dass sich Sprudel kurz fassen musste.

»Die Blutgruppe aus der Probe vom Blütenkelch ist weder mit der von Mirza noch mit der vom alten Klein identisch«, sagte er leise. »Im Labor arbeiten sie bereits am genetischen Fingerabdruck. Heute Nachmittag ist eine Besprechung mit dem Staatsanwalt angesetzt. Ich berichte dir morgen um drei beim Hirschgehege von Buchenweiler.«

Fanni nickte. Nachdem sie aufgelegt hatte, fiel ihr ein, dass Sprudel ihr Nicken nicht sehen konnte.

Er zeigte sich gebührend überrascht, als Fanni ihm tags darauf im Schatten einer Futterkrippe die Tatwaffe unter die Nase hielt. Dann schüttelte er den Kopf.

»Daran sind sicher keine brauchbaren Spuren mehr zu finden«, meinte er und besah sich den Stein durch die Plastikhaut hindurch, in die ihn Fanni gewickelt hatte. Die ursprüngliche Oberfläche des Rundlings war kaum noch zu erkennen. Grüngelber Schleim zog sich darüber hin, Erdbatzen klebten darauf, und aus einer kleinen Vertiefung wuchs ein bläuliches Büschel Härchen.

»Andererseits, die Tatwaffe muss das wohl sein«, fuhr Sprudel fort, »und das gibt uns ein weiteres Stückchen Selbstvertrauen bei der Vernehmung.«

»Wer soll denn vernommen werden?«, fragte Fanni.

»Der Staatsanwalt ist zu der Erkenntnis gelangt, dass einiges auf Meiser als Täter hindeutet. Meiser war zur Tatzeit in der Nähe des Tatorts. Er hat sich beharrlich über den Stand der Ermittlungen informiert und dabei alle möglichen Tricks angewandt.«

»Orangensaft für die Polizeibeamten«, grinste Fanni.

»Er hat dafür gesorgt«, sprach Sprudel weiter, »dass Mirza beerdigt wurde. Und als er gehört hat, dass an Kleins Schuld Zweifel aufkamen, hat er postwendend eine Tatwaffe gefunden. Das macht ihn am meisten verdächtig. Ein Motiv, sagt der Staatsanwalt, ist im Moment zwar nicht sichtbar, aber das will nichts heißen.« Sprudel seufzte. »Alles Weitere hängt jetzt vom Ergebnis der DNS-Bestimmung ab. Ich frage mich allerdings, wie Blut und Hautgewebe vom Täter an Mirzas Schuh gelangt sein könnten.«

»Das ist recht einfach«, meinte Fanni.

Sprudel starrte sie verdattert an, dann musste er lachen. »Schießen Sie los, Miss Marple!«

»Ich habe gestern Abend über die gleiche Frage nachgedacht«, begann Fanni, »und da ist mir die Bedeutung von etwas aufgegangen, über das ich mich vor ein paar Wochen mächtig amüsiert habe. Ich hatte damals keinen Schimmer, wie klar dieses Kuriosum auf den Täter hinwies. Meiser, der den ganzen Sommer über barfuß in Badelatschen herumläuft, hat eine Zeit lang Kniestrümpfe getragen – zu Shorts und Gummisandalen. Warum wohl, Sprudel?«

Sprudels Antwort kam prompt. »Er hatte einen langen, tiefen Kratzer am Schienbein oder an der Wade, dort, wo ihn Mirza mit einem Fußtritt erwischt hat. Meine Güte, Meiser rückt immer mehr ins Rampenlicht.«

»Wann will denn«, fragte Fanni, »der Staatsanwalt von Meiser eine Speichelprobe für den DNS-Vergleich verlangen?«

»Dazu ist eine richterliche Anordnung nötig«, antwortete Sprudel. »Der Staatsanwalt«, fuhr er fort, »hatte allerdings einen anderen Vorschlag auf Lager. Er hofft, mehrere Fliegen mit einer Klappe zu schlagen, indem er Meiser, Böckl, Praml, Kundler und deinen Mann, Fanni, darum bittet, freiwillig Speichelproben abzugeben. Sollte sich Meiser dagegen wehren, erhärtet sich der Verdacht gegen ihn so stark, dass sowieso nichts mehr gegen eine richterliche Anordnung spricht. Zudem aber verschafft uns diese Aktion mehrere Vergleichsmöglichkeiten, falls die DNS in der Blüte doch nicht mit der von Meiser übereinstimmt.«

Fanni nickte. Ja, dachte sie, es wäre kurzsichtig, sich auf Meiser zu versteifen, auch wenn die Indizien kategorisch auf ihn als Täter deuten. Bald wird sich zeigen, ob auch das letzte Puzzleteil passt. Und dann? Dann gibt es noch immer einen Haufen Fragen ohne Antwort. Warum musste Mirza sterben? Woher kommt das Blut auf dem Stein vom Brunnen? Welche Rolle spielt Frau Meiser? Hat sie tatsächlich nichts mitbekommen, oder deckt sie ihren Mann?

Das alles werden wir nur erfahren, überlegte Fanni, wenn Meiser beim Verhör redet. Aber Meiser wird – wie Leni ganz richtig bemerkt hat – auch dann noch Märchen erzählen, wenn man ihm die Wahrheit auf die Ohren nagelt.

Fanni befiel die üble Ahnung, dass sich Meiser wirklich und wahrhaftig aus der Sache herausreden könnte. War dann Klein wieder der Hauptverdächtige? Und was dann?

Die Zeit lief davon. Bald würde ein anderer an Sprudels Schreibtisch im Kommissariat sitzen. Und Sprudel?

Sie hockten auf einem Graspolster mitten in einer Lichtung oberhalb des Hirschgeheges und schwiegen und schwiegen. Fanni begann sich zu fürchten.

Nach einer Weile kam es. »Ob wir nun Meiser überführen oder nicht, Fanni, nächste Woche muss ich meinen Platz im Kommissariat räumen, und damit räume ich auch meinen Platz in diesem Land. Seit Jahren steht für mich fest, dass ich den Ruhestand nicht hier verbringen werde. Meine Möbel sind schon zum größten Teil eingelagert, meine Eigentumswohnung ist bereits verkauft. Ich habe ein einfaches Flugticket nach Genua mit Anschlusszug nach Levanto. Schon immer habe ich mir gewünscht, irgendwo im Süden zu leben, wo es warm ist und wo das Meer rauscht. Ich werde mir ein nettes Häuschen suchen, einziehen und bleiben.«

Fanni nickte, biss die Zähne zusammen und kniff sich in den linken Oberarm. Es macht dir nichts aus, Fanni, überhaupt nichts! Du kennst ihn doch gar nicht richtig, diesen Sprudel. Es hätte sowieso alles ein Ende nehmen müssen!

»Könnten wir uns«, fragte Sprudel, »nächsten Freitag ein letztes Mal treffen? Ich würde dir von den Untersuchungsergebnissen berichten und von den Vernehmungen. Dann schließen wir unseren Fall ab, vielleicht schließen wir ihn glücklich ab.«

»Gerne«, krächzte Fanni und stürmte den Schotterweg entlang auf ihren Wagen zu.

Sie gab viel zu viel Gas, als sie losfuhr. Eine Staubwolke legte sich auf die Windschutzscheibe, und Fanni sah überhaupt nichts mehr.

Sie hielt an der Gärtnerei neben der Straße nach Erlenweiler, denn sie musste sich das Alibi für vier Nachmittage besorgen. Im Laden suchte sie nach einem Türkranz aus Weidengeflecht und fand eine ganze Wand voll davon. Fanni nahm den hässlichsten: gelbe Plastikrosen, silberne Aluminiumkugeln, blaue Samtbänder – kurz gesagt, eine Zumutung für ihre Haustür.

Daheim angekommen hämmerte Fanni gnadenlos einen Nagel in den Holzrahmen der Eingangstür und hängte den Kranz daran auf.

Als sie die Tür dann öffnete, hüpfte ihr der Kranz entgegen, pendelte in alle Richtungen und schaukelte beleidigend langsam in seine Ausgangslage zurück. Fanni polterte in den Keller, wo sie sich im Werkzeugkasten einen besonders langen Nagel aussuchte. Den trieb sie mit furiosen Hammerschlägen mitten durch die Rosen und das darunterliegende Geflecht, tief ins Holz der Haustür. Das scheußliche Ding saß jetzt dauerhaft fest. Fanni streckte ihm die Zunge heraus, ging hinein und schlug die Tür zu.

Ihr Mann kam spät, er hatte im Präsidium seine Speichelprobe abgeliefert.

»Meiser war auch gerade da«, berichtete er zwischen zwei Schlucken Krombacher Pils. »›Schon allerhand‹, sagt Meiser, ›uns hier antreten zu lassen wie Verbrecher, bloß weil der widerliche Klein auf einmal flennt wie ein altes Weib‹. Dem Wicht sei irgendwann aufgegangen, sagt Meiser, dass er mit seiner Grobheit nicht durchkommt beim Staatsanwalt, und da hätte er ganz schnell auf die Tränendrüsen gedrückt. Der sei schlau, der Klein. Der würde jetzt mit allen Mitteln versuchen, sich herauszuwinden, weil er seine besten Jahre nicht hinter Gittern verbringen will. Ich hab gar nicht gewusst, dass der erst zweiundfünfzig ist, der Klein – sogar jünger als meine kleine Fanni.«

Er tätschelte ihre Hand, in der sie gerade ein volles Glas hielt, Rotwein spritzte auf ihre Bluse.

»Hoppala«, sagte ihr Mann.

»Hast du nicht erst kürzlich gesagt, Böckl sei der Täter, weil Meiser die Tatwaffe in seinem Garten gefunden hat?«, erkundete Fanni vorsichtig das Feld.

»Böckl, wieso Böckl?«, fragte ihr Mann und gab sich gleich selbst die Antwort: »Der blutige Stein, stimmt! Na ja, war vielleicht doch nicht die Tatwaffe. Andererseits, zuzutrauen wäre es dem Böckl schon, dem Schlitzohr. Meiser sagt, der Böckl betreibt einen Schleichhandel mit seinen Kumpanen in Tschechien, dagegen wäre der Schwarzmarkt '46 bloß Kinderkram gewesen. Die Strolche handeln heutzutage mit Drogen, mit Kindern und sogar mit Organen. Bringt angeblich eine Menge Geld, so eine frische Niere.«

»Unser Nachbar Meiser scheint mir besser informiert als der BND«, meinte Fanni dazu.

Ihr Mann lachte, trank sein Bier aus und sagte: »Dem Meiser entgeht gar nichts. Letzte Woche hat er meine Fanni im Garten von Böckls herumstreunen sehen. Das hat er mir heute auf dem Kommissariat erzählt. Wolltest du Himbeeren klauen?«

Fanni verzog sich schleunigst in die Küche und räumte die Teller in die Spülmaschine. Als sie zurückkam, um die Schüsseln zu holen, fragte ihr Mann:

»Sag, Fannilein, hast du eigentlich Angst, wieder eine Leiche zu finden, wenn du dich in die Nähe der Johannisbeerstauden wagst? Ganze Trauben von Beeren sind schon heruntergefallen. Sobald sie am Boden ankommen, platzen sie auf. Ein Haufen roter Matsche mit Grashalmen dazwischen, ist das vielleicht deine neueste Methode, Marmelade zu machen?«

»Der Bastelkurs«, sagte Fanni, »ich bin einfach nicht zum Einkochen gekommen. Aber gleich morgen früh geht es los.«

Fanni brachte das Wochenende über den Johannisbeeren hin. Am Montag standen sechzehn Gläser mit leuchtend roter Konfitüre auf der Anrichte: vier für jedes von Fannis Kindern, drei für Fanni und ihren Mann und eines für die Weihnachtsplätzchen.

Am Dienstag begann Fanni, die Kirschen zu entsteinen, die ihr

Mann nun täglich vom Baum pflückte. Am Donnerstag legte sie das zwanzigste Dreihundertgrammpäckchen vakuumverschweißt in die Tiefkühltruhe, für Kirschkuchen, für Zuppa Romana, für Kirschkompott zu Eis, Pudding und Pfannkuchen, die Kinder würden sich freuen.

Am Freitagmorgen ging Fanni zum Friseur. Nein, nicht weil sie besonders hübsch aussehen wollte bei dem letzten Treffen mit Sprudel. Sie wollte für ihre Abwesenheit einen Grund angeben können, falls ihr Mann am Nachmittag vor ihr nach Hause kam.

5.

Sprudel und Fanni trafen sich am Natternberg. Still wanderten sie den Pfad zur Bergkuppel hinauf. Sie blickten nach Süden in die Donauebene und nach Nordosten in den Bayerischen Wald, und sie erinnerten sich an all die Plätze, an denen sie in den vergangenen Wochen gewesen waren. Gemeinsam starrten sie auf die glitzernde Donau und auf das saftige Grün der Isarauen, auf die weißen Wölkchen über den Vorbergen und auf die rot schimmernden Dächer der Ortschaften. Als ihre Augen brannten, ließen sie sich im Schatten der Ruinen nieder.

»Liebe Fanni«, sagte Sprudel, »der Fall ist aufgeklärt! Klein ist entlastet. Er wird schon kommende Woche aus dem Krankenhaus nach Hause entlassen. Inzwischen hat er sich recht gut erholt, und ab sofort wird es bestimmt schnell weiter aufwärts gehen mit seiner Gesundheit. Er hat alles dir zu verdanken, Fanni, und das weiß er auch. Und Fanni, du hast einen Justizirrtum verhindert!«

Fanni lächelte verlegen.

»Hat Meiser gestanden?«, fragte sie dann.

»Es war gar nicht Meiser, der als Erster den Stein genommen und gegen Mirza erhoben hat«, antwortete Sprudel.

»Böckl?«, rief Fanni erschrocken.

Sprudel schüttelte den Kopf. »Soll ich alles der Reihe nach erzählen?«

Fanni nickte bloß, und Sprudel begann. »Die DNS aus der Gewebeprobe, die in der Sandalenblüte konserviert war, stimmt unzweifelhaft mit Meisers DNS überein. Als gestern Morgen aus dem Labor das Untersuchungsergebnis bei uns eingetroffen ist, haben wir Meiser und seine Frau sofort ins Kommissariat bestellt. Aber eines war uns allen von vornherein klar: Mit dem Resultat der DNS-Analyse konfrontiert, würde Meiser seinen Kratzer am Bein vorzeigen und behaupten, er wäre über Mirzas Fuß gestolpert, irgendwann einmal, vor ein paar Wochen, als er gerade auf dem Klein-Hof war. Es stellte sich uns also die Frage: Was sollten wir dann machen? Wir konnten ihm nichts anderes beweisen. Praktisch gesehen hatten wir immer noch nichts Greifbares gegen ihn.

›Wir haben die Tatwaffe‹, hat mein Kollege bemerkt, ›das sollte uns weiterhelfen!‹ – ›Gut, zugegeben‹, hat der Staatsanwalt entgegnet, ›aber die Tatwaffe ist kalt!‹

Der Stein aus deinem Komposthaufen würde gar nichts beweisen, das lag auf der Hand. Andererseits wusste Meiser das nicht, und ebenso wenig wusste er, dass wir den Stein hatten. Meisers Freund, der Wachtmeister, ist letzte Woche vorsorglich in Urlaub gefahren, auf Anraten des Staatsanwalts. Meiser ist seitdem von seiner Informationsquelle abgeschnitten.«

Sprudel holte Atem und sprach dann schnell weiter, weil er merkte wie gespannt Fanni lauschte.

»Der Staatsanwalt, mein Kollege und ich, wir haben uns letztendlich entschlossen, zu bluffen. Meiser sollte während der Vernehmung den Eindruck gewinnen, wir hätten auf dem Stein Gewebespuren von ihm selbst *und* Blut von Mirza gefunden. Auf ein Geständnis wagten wir zwar mit diesem Trick nicht zu hoffen, aber vielleicht, meinte der Staatsanwalt, würde Meiser nervös genug werden, um sich irgendwie zu verraten. Zum Beispiel dadurch, dass er unbedacht den Fundort der Tatwaffe nannte, den wir wohlweislich für uns behalten wollten. Mein Kollege wollte Meiser vernehmen. Ich sollte mich unterdessen mit Frau Meiser beschäftigen. Sie musste doch, verkatert oder nicht, an jenem unseligen Vormittag einiges mitbekommen haben.«

Sprudel sprang auf, weil inzwischen eine Ameisenarmee auf seinem Hosenbein Manöver hielt. Er führte Fanni zu einer Steinbank und wedelte trockene Blätter und braune Fichtennadeln weg, bevor sie sich setzten durfte.

Wie oft hat er das so gemacht in den vergangenen Wochen?, dachte Fanni. Und trotz aller Aufregung über Sprudels Bericht wurde ihr bohrend bewusst, dass es heute das letzte Mal sein würde.

»Frau Meiser hat eindeutig nach Schnaps gerochen«, erzählte Sprudel weiter, »als sie um elf Uhr vormittags zu mir ins Büro kam. Sie muss zu Hause noch schnell ein Gläschen gekippt haben. Wir sind uns an meinem Schreibtisch gegenübergesessen, sie und ich. Um Zeit zu schinden, habe ich in meinen Papieren herumgeblättert. Ich habe nämlich ehrlich gesagt keinen Schimmer gehabt, wie ich die Sache mit Frau Meiser anpacken sollte.

Natürlich hatten wir beide – der Kollege und ich – eine Heidenangst, alles zu verpatzen. Wir fürchteten, dass Meiser schon eine halbe Stunde später hämisch grinsend nach Hause marschieren würde.

Ich bin also ziemlich ratlos dagesessen und habe mir Frau Meiser angeschaut. Sie klebte ganz vorne an der Stuhlkante und hat an ihrem Daumen genagt. Abnorm mager ist die Frau, man könnte fast sagen ausgemergelt. Wangen und Nase sind mit geplatzten Äderchen durchzogen. Sie hat gezuckt und mit den Füßen gescharrt, und ihre Blicke sind vom Fenster zur Tür und vom Aktenschrank zur Pinnwand geschossen, als suche sie ein Schlupfloch. Frau Meiser hat mir richtig leidgetan, Fanni.

Wie gesagt, ich wusste überhaupt nicht, wie ich anfangen sollte. Dabei war mir klar, dass der erste Satz entscheidend sein konnte.

Auf das, was ich letztendlich von mir gegeben habe, hätte ich bestenfalls ein Schulterzucken erwartet. ›Der Stein‹, habe ich zu Frau Meiser gesagt, ›der seit dem 9. Juni bei Rots an der Hauswand fehlt, der hat uns eine ganze Menge erzählt.‹

Fanni, ich war nicht im Mindesten auf Frau Meisers Reaktion gefasst. Tränen, Schluchzen, Gestammel und noch mehr Tränen. Ich war völlig verdattert.

Ich saß einfach da und ließ sie schniefen und brabbeln, weil mir nichts Besseres einfiel. Mit der Zeit habe ich aus dem Gewimmer dieses und jenes Wort herausgehört: ›Rufmord‹ zum Beispiel, ›Drang‹ und ›Leidenschaft‹, ›Ruin‹. Aber was sollte ich damit anfangen?

Ich war noch ratloser als zuvor. Da habe ich auf einmal einen kompletten Satz verstanden: ›Es musste sein, sie hätte ihn ins Gefängnis gebracht!‹

Das war so etwas wie ein Geständnis, kein Zweifel. Aber wie, in Gottes Namen, sollte ich Frau Meiser dazu bringen, zu *reden*? Irgendwie war mir klar, dass ich mit Fragen nicht weiterkommen würde, und deshalb habe ich es mit Zustimmung versucht. ›Natürlich musste das sein, Frau Meiser, das ist doch klar.‹

Das stundenlange Hin und Her, das dann kam, will ich dir ersparen, Fanni. Frau Meiser hat geheult und geredet und wieder geheult. Es war drei Uhr am Nachmittag, als ich endlich die ganze traurige Geschichte kannte.«

Sprudel rückte näher an Fanni heran und nahm ihre Hand in die seine. Dann sprach er weiter. »Meiser hatte, wie es oft so ist, mit den Jahren das Interesse an seiner Frau verloren. Im Gegenzug fing sie an zu trinken, und Meiser sah sich anderweitig um. Er musste nicht lange suchen, der tschechische Straßenstrich liegt ja nur eine knappe Autostunde von Erlenweiler entfernt.

Es lief jahrelang recht gut. Frau Meiser hatte ihren Schnaps und Herr Meiser seine Mädchen.

Es lief so lange gut, bis Meisers Mädchen immer jünger wurden, denn da trat Böckl auf den Plan. Böckl hatte längst mitbekommen, wozu Meiser regelmäßig über die Grenze fuhr. Bald kam er auch hinter Meisers neueste Passion und nahm ihn deswegen ins Gebet. Aber Meiser konnte nicht mehr zurück. Er wollte nur noch die ganz Jungen, zwölf Jahre alt, höchstens dreizehn.

Böckl hat Meiser immer wieder Vorhaltungen gemacht, aber auffliegen lassen hätte er ihn wohl nicht.

Dann kam Mirza auf den Klein-Hof, und sie hatte sehr schnell heraus, welche Schandtaten Meiser in Tschechien drüben beging. Frau Meiser meint, Böckl hätte es Mirza gesteckt, aber ich glaube, das musste er gar nicht.

Mirza hat Meiser gedroht, allen in Erlenweiler zu erzählen, was er da trieb. Sie muss ihn kräftig unter Druck gesetzt haben. Und eines war Meiser klar: Mit Böckl im Rücken hätte sie ihn fertigmachen können.

Von einer tschechischen Schlampe wollte sich aber Meiser noch lange nicht einschüchtern lassen. Er würde ihr schon beikommen, hat er wohl gedacht. Um freie Hand zu haben, sorgte Meiser als Erstes dafür, seine Frau gefügig zu halten. Er hat ihr eingeredet, Mirza wolle alles daran setzen, ihn ins Gefängnis zu bringen, egal ob er noch einmal über die Grenze fahren würde oder nicht. Dann, sagte Meiser zu seiner Frau, hat auch deine letzte Stunde geschlagen im idyllischen Erlenweiler. Wenn ich nicht mehr da bin, stecken sie dich von heute auf morgen in die Psychiatrische, und da bleibst du auch, weil du einen Entzug sowieso nicht durchstehst.«

»Mein Gott«, stöhnte Fanni, »die arme Frau Meiser! Ihr Mann hat ihre Abhängigkeit ausgenutzt, anstatt ihr zu helfen. Und was haben wir Nachbarn getan? Wir haben gegrinst und gefeixt, wenn sie die gleiche Geschichte innerhalb einer Viertelstunde zum dritten Mal erzählt hat. Wir sind auch nicht besser.«

»Was hättet ihr denn tun sollen, Fanni?«, widersprach Sprudel. »Frau Meiser gewaltsam zu den Anonymen Alkoholikern schleppen?«

Fanni antwortete nicht, und Sprudel setzte seinen Bericht fort. »Meiser fasste den Plan, Mirza mit gleichen Waffen zu schlagen. Es musste doch etwas aufzustöbern sein, das ihr schwer schadete, wenn es publik würde. Damit konnte er ihr den Mund stopfen!

Erstaunlicherweise hielt Meiser sein Vorhaben für aussichtsreich. Er hätte sich eigentlich denken können, dass eine, die bekanntermaßen vom Straßenstrich kommt, an Ruf kaum mehr was verlieren kann. Wie auch immer, Meiser begann damit, Informationen über Mirza zusammenzutragen. Er ist sogar in der baufälligen Hütte an der Straße zwischen Brezi und Cachrov aufgetaucht, wo Mirzas Mutter auf dem Sofa in der Wohnstube dahinsiecht. Meiser hat sie allein dort angetroffen und gleich die Gelegenheit genutzt, sämtliche Schubladen zu durchsuchen und alles an Unterlagen mitzunehmen, was ihm brauchbar erschien.

Zu Hause hat Meiser ein Dossier über Mirza angelegt, und weil er schon dabei war, auch eines über Böckl und über diesen und jenen Nachbarn. Ich wusste gar nicht, dass du so eine Langschläferin bist, Fanni.«

»Meiser ist ein Psychopath!«, regte sich Fanni auf. »Pädophil, paranoid, sadistisch!«

»Möglich«, gab Sprudel zu. »Ich hoffe, das bewahrt ihn nicht vor der Gefängnisstrafe.«

Sprudel klaubte eine dicke gelbe Raupe von seinem Hemdärmel und erzählte weiter. »Am Mittwoch, dem 8. Juni, ist Meiser gegen Abend zum Klein-Hof hinaufgegangen. Er hat dort gewartet, bis Mirza allein in der Milchkammer war, und hat dann zu ihr gesagt, sie beide hätten miteinander zu reden, privat.

Meiser gab sich vermutlich recht konziliant, denn Mirza hat sich bereit erklärt, zu ihm zu kommen. Sie hatte am kommenden Tag um elf Uhr einen Termin beim Zahnarzt, und davor wollte sie bei Meiser vorbeischauen.

Mirza hat am Donnerstag gegen zehn Uhr Meisers Haus betreten. Meiser und Mirza haben sich an den Küchentisch gesetzt. Und Meiser war überhaupt nicht mehr konziliant. Er kam Mirza mit alten und neuen Geschichten über ihren Bruder Karel und redete von den Anzeigen, die Karel am Hals hat. Mein Schweigen gegen das deine, sagte er. Mirza hat bloß gelacht.

Nein«, kam Sprudel Fannis Frage zuvor, »Frau Meiser war bei dem Gespräch nicht persönlich dabei. Sie hat hinter der Tür gelauscht.

Weil sich Karel als Reinfall erwies«, berichtete Sprudel weiter, »fuhr Meiser noch ein paar andere Geschütze auf. Mirzas Schwestern auf dem Straßenstrich, Mirzas Mutter krank und allein in dieser Bruchbude, Mirzas Tante, Besitzerin eines Bordells in Böhmisch Eisenstein, und noch so einige Details, die ein schlechtes Licht auf Mirza und ihre Familie werfen. Mirza hat ihm eiskalt das Wort abgeschnitten. Meiser, das wurde ihr wohl in diesem Moment klar, würde sich nie ändern.

Mirza sagte – wahrscheinlich recht schroff: Dir leg ich das Handwerk, du Schwein, stand auf und marschierte aus dem Haus.

Meiser ist ihr nachgelaufen. Er hat sie auf deinem Grundstück bei den Johannisbeerstauden eingeholt …«

Sprudel unterbrach sich, weil Fanni ein undefinierbares Geräusch gemacht hatte.

»Was denn, Fanni?«

Sie sah ihn erschrocken an. »Die Johannisbeerstauden! Wieso hat die Polizei bei den Stauden keine Fußspuren von Meiser gefunden?«

»Die Antwort ist einfach, wenn man die Protokolle kennt«, erklärte Sprudel. »Aber lass uns Mirzas Weg mal von Anfang an verfolgen. Sie kam allein die Wiese herunter. Andere frische Fußabdrücke gab es nicht, jedenfalls nicht in unmittelbarer Nähe. Die schmale Schneise neben Mirzas Spuren stammte eindeutig vom Vortag. Mirza hat dein Grundstück durch die Lücke zwischen dem Komposthaufen und der Thujenhecke betreten. Dort beginnt ein Plattenweg, der am Haus entlangführt.«

Fanni nickte bestätigend. Sprudel fuhr fort.

»Mirza ist über diese Steinplatten an den Johannisbeerstauden vorbei zu deiner Zufahrt gelaufen und von da über die Straße zu Meisers Haus. Ihr Rückweg bis zu den Johannisbeerstauden verlief genauso. Aber dann ist sie stehen geblieben, weil Meiser hinter ihr herkam. Und du hast recht, Fanni. Es hätte Spuren von ihm geben müssen, wenn man nicht davon ausgeht, dass er wie festgenagelt auf einer Steinplatte verharrte.«

»Eben.«

»Es gab auch Spuren«, sagte Sprudel. »Leider viel zu viele. Mit einiger Fantasie konnte die Spusi Mirzas Stöckelabdrücke in der zertrampelten Erde erkennen, das war alles.«

»Aber wieso …?«

»Es hat eine Zeit lang gedauert, bis die Ursache für dieses Spurendurcheinander ans Licht kam.« Sprudel lachte. »Die Praml-Kinder wollten am Morgen, bevor sie zur Schule mussten, ihren Zwerghasen füttern. Der Junge hat den Käfig, der den Sommer über auf Pramls Terrasse steht, geöffnet, und schwupp ist der Hase herausgehüpft. Wie der Blitz ist er über den Rasen auf dein Grundstück zugelaufen, die Böschung hinuntergehoppelt und übers Mäuerchen in die Stauden gesprungen. Es dauerte wohl eine ganze Weile, bis ihn die Kinder erwischt haben.«

»Verstehe«, sagte Fanni, »Meisers Gummilatschen haben auf diesem Schlachtfeld keine sichtbaren Abdrücke hinterlassen.«

»Nein«, stimmte Sprudel zu, »und Frau Meisers Mokassins auch nicht. Aber der Reihe nach.« Er nahm den ursprünglichen Faden wieder auf. »Mirza und Meiser standen sich bei deinen Johannisbeerstauden gegenüber. Es könnte sein, dass Meiser so getan hat, als wolle er einlenken, denn Frau Meiser hat beobachtet, wie er auf Mirza einredete. Meiser hat vielleicht versprochen, nie wieder über die Grenze nach Tschechien zu fahren. Mirza hat ihm sicher nicht geglaubt. Sie wird wohl geantwortet haben, dass sie endgültig genug habe von ihm.

Frau Meiser stand indessen an ihrem Küchenfenster und hat der Debatte zugesehen, konnte aber nicht hören, was gesprochen wurde. Deshalb lief sie aus dem Haus und über die Straße. Sie kam bei den Stauden an, als sich Meiser gerade aufs Betteln verlegte. ›Was hast du davon, Mirza, wenn du mich ins Gefängnis bringst? Was soll dann aus meiner armen Frau werden?‹

Wir werden wohl nie erfahren, ob Meiser seine Frau über die Straße kommen sah und geistesgegenwärtig die Situation ausgenutzt hat oder ob er ganz zufällig diesen Satz sagte, der bei Frau Meiser eine fatale Reaktion auslösen musste.

Frau Meiser schwört Stein und Bein, dass sie nicht weiß, wie es dazu gekommen ist. Auf einmal, sagt sie, hat sie einen der Rundlinge, die an der Hausmauer entlang aufgereiht sind, in der Hand gehabt und ist auf das Grenzmäuerchen hinter Mirza gestiegen. Als Mirza zischte: ›Meiser, du hast ausgespielt, du Sau‹, da hat Frau Meiser zugeschlagen.«

Fanni schüttelte ungläubig den Kopf. »Zertrümmert diese gebrochene Frau mit einem Schlag Mirzas Keilbein, das gibt es doch nicht.«

»Nein«, sagte Sprudel. »Der tödliche Treffer kam ein paar Sekunden später. Meiser hat blitzschnell reagiert. Gerade so, als hätte er das alles vorausgesehen, hat er seiner Frau den Stein aus der Hand genommen und noch mal zugeschlagen, exakt auf die gleiche Stelle an Mirzas Schläfe. Erst nach diesem zweiten Schlag ist Mirza zusammengebrochen, sagt Frau Meiser.«

»Soll das heißen, dass keinem der beiden der Totschlag an Mirza nachzuweisen sein wird?«, regte sich Fanni auf. »Bloß weil niemand beweisen kann, wer von ihnen Mirza letztendlich getötet hat?«

»Könnte schwierig werden«, gab Sprudel zu. »Aber ungeschoren kommt Meiser keinesfalls davon: Körperverletzung mit Todesfolge bleibt sicher an ihm hängen.«

»Ich würde auf Mord plädieren«, rief Fanni, »Meiser hat vorsätzlich gehandelt und aus niederen Beweggründen. Er war kein bisschen betroffen nach der Tat. Er hat auf der Stelle den Stein in den Komposthaufen gerammt, nehme ich an.«

»Ja, und als Nächstes hat er seine Frau nach Hause gebracht, bevor ihr richtig zu Bewusstsein kam, was eigentlich geschehen war«, sagte Sprudel. »Und dann hat Meiser noch genug Zeit gehabt, alles Weitere zu überlegen und zu planen. Fast eine Stunde ist vergangen, bis du Mirza gefunden hast, Fanni.«

»Und kaum war die Polizei da«, sagte Fanni, »ist Meiser auch schon angetanzt, um bloß nichts zu verpassen.«

Es war lange Zeit still auf der Steinbank. Dann fragte Fanni: »Als allmählich Zweifel an der Schuld des alten Klein aufgekommen sind, da wollte doch Meiser den Verdacht auf Böckl lenken. Mirzas Blutgruppe hat er vermutlich in den Unterlagen aus Brezi gefunden. Aber wo hatte er das Blut her?«

»Das habe ich auch von Frau Meiser erfahren«, antwortete Sprudel. »Es ist von Christiane, Frau Meisers Nichte, der Dorfhelferin. Frau Meiser wusste zufällig, welche Blutgruppe ihre Nichte hat, und weil sie so schön zu Mirzas Blutgruppe gepasst hat, konnte Meiser recht einfach diese falsche Spur legen. Leider hat ihm der Schnitzer mit dem Rhesus-Faktor einen Strich durch die Rechnung gemacht. Hätte auch der Rhesus-Faktor gestimmt, dann wäre Böckl ganz schön in Verlegenheit geraten, denn möglicherweise hätten wir in diesem Fall nicht sofort einen DNS-Vergleich der beiden Blutproben veranlasst. Vielleicht hat Meiser auch gedacht, von Mirza gäbe es keine Vergleichsproben mehr, weil sie ja schon begraben war. Übrigens hat Christiane ihre kostbaren Blutstropfen nicht umsonst herausgerückt.«

»Der Antrag auf Benes Entmündigung!«, knurrte Fanni. »Meiser hätte ihr für ein Quäntchen Blut den Klein-Hof verschaffen sollen. Und den alten Klein, wollten sie den auch um die Ecke bringen?«

»Mit dem haben sie gar nicht mehr gerechnet, dachten wohl, der geht langsam, aber sicher ein, dort im Krankenhausbett«, meinte Sprudel.

»Was sagt denn Meiser zu dem Geständnis seiner Frau?«, fragte Fanni.

»Zuerst hat er alles abgestritten und behauptet, seine Frau wäre nicht mehr ganz richtig im Kopf. Sie trinke zu viel Alkohol, und deshalb sei sie meist verwirrt und schätze Situationen völlig falsch ein.

›Der Sachverständige wird schon herausfinden, wie zuverlässig die Aussagen Ihrer Frau sind‹, hat ihm mein Kollege erklärt. Da fing Meiser an, sich zu winden und herumzupalavern. Mein Kollege hat es geschafft, ihn immer mehr in die Enge zu treiben. Gegen

Abend hat Meiser klein beigegeben. Der Kollege ist ein sehr guter Nachfolger für mich. Unser Staatsanwalt kann sich gratulieren.«

»Meiser wird keine Ruhe geben«, murmelte Fanni. »Vor der Gerichtsverhandlung hat er noch genug Zeit, sich eine Menge Geschichten auszudenken, die seine Unschuld belegen.«

»Sicher«, stimmte ihr Sprudel zu, »aber er wird sich immer mehr im eigenen Netz verstricken. Er ist nicht so schlau, wie er denkt. Nimm zum Beispiel die Drohungen, mit denen er Mirza zum Schweigen bringen wollte. Er hätte wissen müssen, dass sie sich damit nicht einschüchtern lassen würde.«

»Es war halt das Einzige, was er gegen sie aufzubieten hatte«, sagte Fanni.

»Eben nicht«, antwortete Sprudel, »es gab ein viel tauglicheres Mittel Mirza den Mund zu stopfen.«

»Was?«, schnaufte Fanni.

»Meiser hätte damit drohen können, Karel zu erzählen, wo Mirza zu finden ist. Ich glaube, dann hätte Mirza gekuscht, um ihre neue Existenz zu schützen und – Bene.«

Fanni nickte. »Auf die Idee ist Meiser nicht gekommen. War das nun gut oder schlecht?«

Darauf wusste Sprudel keine Antwort. Es war Zeit zu gehen. Fanni stand auf. Langsamer als je zuvor stiefelten sie zu ihren Autos zurück. Sprudel öffnete für Fanni die Tür ihres Wagens.

»Alles Gute, Fanni.«

»Schreibst du mir mal, wie es dir so geht, dort an der Riviera di Levante?«, fragte Fanni.

»Ganz bestimmt«, antwortete Sprudel.

Fanni stieg ein, startete, und die Wagentür schlug zu.

6.

Zu Hause angekommen, streckte Fanni dem Türkranz die Zunge heraus, während sie aufschloss. Das war dumm, kindisch und nutzlos. Was konnte der Türkranz dafür, dass aus Miss Marple wieder eine langweilige Fanni Rot geworden war? Aber Fanni machte das so, seit sie das Ding dorthin genagelt hatte.

Drei Sekunden später war sie im Haus. Alles war still, es gab im Moment nichts zu tun, und es gab auch nichts mehr, worüber es sich nachzudenken gelohnt hätte.

Entschlossen stapfte Fanni an ihren Bücherregalen entlang. Sie suchte populäre Kriminalromane heraus, alte und neue. Edgar Wallace, Georges Simenon, Elizabeth George, was ihr gerade in die Hände fiel, Agatha Christie, aber nur Hercule Poirot, Miss Marple ließ sie stehen. Sie griff sich zwei Krimis von Mankell und einen von Minette Walters (Geburtstagsgeschenke von Leni).

Der Bücherturm, den Fanni aufstapelte, hatte gut seine neunzig Zentimeter Höhe. Das sollte reichen für zwei, drei Wochen.

Am Abend rief sie Leni an und berichtete ihr, wie sich alles aufgelöst hatte.

»Meiser kommt ins Kittchen!«, schrie Leni. »Da gehört er schon lange hin. Jetzt siehst du mal, Mami, wie enorm wichtig die Arbeit der Mikrobiologen ist«, prahlte sie.

Aber Fanni war nicht nach witzeln. »Ich frage mich«, meinte sie, »was die Labortechniker aus einer DNS-Probe alles erfahren. Welche Informationen entnehmen sie den DNS-Strängen? Dokumentieren sie Vorlieben und Fehler, Abstammung und Erbkrankheiten? Listen sie sämtliche physiologischen Merkmale auf? Legen sie Dateien an, Konstruktionspläne, die Personen beschreiben wie Automodelle? Damit ließe sich ganz schön Schindluder treiben.«

»Klar«, sagte Leni, nun selbst ernst. »Das könnte man alles machen. Darf man aber nicht. Glücklicherweise ist es so, dass nicht alle Abschnitte der Doppelhelix Informationen tragen. Zwischen den Informationsträgern liegen große Stücke, die keinerlei Aussagen über die Merkmale einer Person enthalten. Nur diese Abschnitte werden im Labor verwendet.«

Es entstand eine kleine Pause, dann fragte Leni kichernd: »Habt ihr euren Erfolg schon gefeiert, du und Sprudel?«

Als sie davon hörte, dass Sprudel abgereist war und sich in Ligurien ansiedeln wollte, sagte sie: »Vielleicht laufen wir ihm über den Weg, wenn du zu Besuch bei mir bist. Ich möchte sowieso mit dir durch die Cinque Terre wandern. Kommst du? Im Oktober?«

Fanni versprach es.

Zwei Wochen später jagte Fanni gerade gemeinsam mit Inspektor Mason den Teufel von Tidal Basin, als es an der Tür klingelte. Es war halb drei Uhr nachmittags. Seit dem frühen Morgen fiel Regen an diesem Augusttag.

Fanni öffnete und sah sich vis-à-vis von Bene und dem alten Klein. Bene trug einen Weidenkorb, und was sein Vater in der Hand hatte, war zweifellos ein Blumenstrauß, umwickelt mit dem gelbweiß gemusterten Papier der Gärtnerei links an der Hauptstraße. Fanni starrte die beiden an.

»Wir«, stammelte Bene, »wir kommen zum Dankesagen.«

»Hinter Gittern wär ich«, fügte Klein hinzu, »wenn Sie nicht gewesen wären, Frau Rot. Und den Bene, den hätten der Meiser und seine pampige Nichte ganz schnell zu den Verrückten sperren lassen, wenn Sie nicht gewesen wären, Frau Rot.«

Fanni bat die beiden ins Esszimmer, rückte ihnen Stühle zurecht und schaltete die Kaffeemaschine ein. Sie wickelte die Blumen aus – gelbe Rosen waren es – und stellte sie in eine Vase. Bene beschrieb ihr die Präsente im Korb, als würde er ein Gedicht aufsagen. Hier ein Dutzend Eier, ganz frisch; ein Stück Geräuchertes, nicht zu schwarz und nicht zu trocken; ein Rinderfilet, schön abgehangen, und für die Verdauung ein Fläschchen Marillenbrand.

Fanni bedankte sich, holte den Kaffee und den Marmorkuchen, den sie fürs Wochenende gebacken hatte, und drei Schnapsgläser.

»Wie geht's euch denn so?«, fragte sie, als Bene und sein Vater ihre Kuchenstücke mampften.

»Eine Frau fehlt halt auf dem Hof, eine Frau«, nuschelte der Alte.

Er spülte Kaffee durch die Zähne, gurgelte den Rest seines Schnäpschens hinterher, und dann sah er Fanni listig an. »Hätten Sie nicht Zeit, Frau Fanni?«

Fanni musste lachen. »Melken kann ich nicht, und mit Hühnern bin ich auf Kriegsfuß, seit mir als Kind eine Henne in den kleinen Zeh gehackt hat.«

Der Alte verschluckte sich fast. »Frau Fanni, wir haben doch eine Melkmaschine! In den Stall, da müssen Sie überhaupt nicht hinein, und um das Federvieh, da kümmert sich der Bene. Sie sollen bloß ein bisschen was kochen und das Geschirr nachher abwaschen und ein bisschen Staubsaugen vielleicht – und sowieso nur vorübergehend.«

»Habt ihr schon jemanden in Aussicht?«, erkundigte sich Fanni.

»Na ja«, es war ihm ein wenig peinlich, dem Alten, aber tapfer rückte er heraus damit, »der Böckl hat die Schwestern von der Mirza gefragt, ob nicht eine von ihnen herziehen will zu uns auf den Hof. Muss ja nicht gleich zum Heiraten werden«, beeilte er sich anzufügen, »kann ja für Lohn, Unterkunft und Verpflegung arbeiten. Die Olga, sagt Böckl, die wäre nicht abgeneigt.«

»Mirza hätte gewiss nichts dagegen«, sagte Fanni, »im Gegenteil, freuen würde sie sich, weil damit allen geholfen ist.«

»Wird halt ein paar Wochen dauern, wegen der Arbeitserlaubnis und so«, sagte der Alte und schaute drein wie ein Hund vor der Würstchentheke.

»Gut«, sagte Fanni, »ein, zwei Stündchen am Tag kann ich schon aushelfen bei euch.«

Der Alte grinste und schenkte eine zweite Runde Marillenbrand ein. »Auf die Frau Fanni«, sagte er und kippte den Schnaps, »Frau Fanni, die da ist, wenn man sie braucht.«

Bene kam zum Tisch zurück. Er hatte während Fannis Unterhaltung mit dem Alten seinen Schraubenzieher aus der Brusttasche gezogen und den Seitenarm an Fannis silbernem Kerzenständer festgeschraubt, der seit Monaten in der Schräge hing, zwei Beschläge an Fannis Nussbaumsekretär befestigt und einen wackelnden Türgriff montiert. Jetzt griff er nach seinem Schnapsglas und feixte:

»Der Sheriff hat die Christiane mitgenommen und sperrt sie ins Loch.«

Sein Vater kicherte. »Der geht es an den Kragen, der Beißzange. Die hat genau gewusst, dass der Meiser die Mirza auf dem Gewissen hat, und wollte ihm dabei helfen, die Sache dem Böckl anzuhängen. Dafür schmort die im Knast, zusammen mit ihrem sauberen Herrn Onkel.«

»Darauf möchte ich wetten«, sagte Fanni und schenkte Kaffee nach.

Vergnügt biss der Alte in sein drittes Stück Kuchen.

»Der Olga«, sagte er, als das Kuchenstück verschwunden war und Fanni das Messer ansetzte, um ein viertes abzuschneiden, »der Olga werden wir als Erstes die Nuttenfummel austreiben. Haben wir ja gesehen, was rauskommt, wenn eine so herumrennt. In der Güllegrube versenk ich das Nuttenzeug. In den Häcksler werf ich die Stöckelschuh.«

Fanni musste lachen. Es ging zweifellos wieder aufwärts mit dem alten Klein. Den nächsten Termin beim Kardiologen konnte er getrost absagen.

»Fanni wird Bäuerin«, röhrte Hans Rot am Abend, als er von Fannis Zusage an Klein hörte. »So ist es recht, der niederträchtige Alte bekommt von Fanni Rot sein Essen vorgesetzt und seine Wäsche gewaschen, und den Meiser sperren sie ein, bloß weil er der tschechischen Schlampe eine gelangt hat. Der wollte sie doch nicht umbringen. Der Meiser ist doch kein Mörder. Der wollte doch nur, dass sie ihr Schandmaul hält.«

Fanni legte ihr noch unbenutztes Besteck zurück auf das Tischtuch. »Ich muss die Kühe melken«, sagte sie, ließ ihren Mann vor seinem Bierglas und seinem Teller sitzen und ging zum Klein-Hof hinauf.

Mankell und Wallace staubten an. Fanni putzte bei Klein, kochte bei Rot und umgekehrt, Tag für Tag. Hans Rot rümpfte die Nase.

»Am 1. Oktober fängt die Olga bei uns an«, sagte Klein, nachdem Fanni gut vier Wochen lang sein Haus gehütet hatte. »Dann wird es wieder leichter für Sie, Frau Fanni. Sie sind ein Segen gewesen für uns. Und die Milch und die Eier und das Rindfleisch, das bekommen Sie Ihr Leben lang umsonst vom Klein-Hof.«

Am 3. Oktober vergiftete sich der Teufel von Tidal Basin mit einer Zyankalikapsel und Inspektor Manson sagte: »Am Ende hat er das Spiel doch verloren!«
Fanni klappte das Buch zu und stellte es ins Regal zurück.
Sie hörte das Auto des Postboten anhalten und wieder losfahren, deshalb ging sie hinaus und fand zwei Briefe im Kasten. Auf einem klebte eine italienische Marke. Fanni riss den Umschlag auf.
»Liebe Fanni«, schrieb Sprudel, »fünf Jahre Freiheitsstrafe will der Staatsanwalt für Meiser beantragen. Das hat mir neulich mein Nachfolger mitgeteilt. Klein ist rehabilitiert und gesundheitlich wiederhergestellt, der wirkliche Täter ist überführt, wir dürfen uns gratulieren, Fanni.
Ich habe inzwischen in Levanto ein passendes Häuschen für mich gefunden. Es liegt recht günstig: fünfhundert Meter vom Meer und fünfhundert Meter vom Stadtkern entfernt. Außerdem hat man freie Sicht auf die Berge. Der Kauf ist perfekt. Letzte Woche sind meine Möbel angekommen, und ich habe versucht, die vier Zimmer gemütlich einzurichten.
Kaum war ich mit dem Auspacken und dem Einräumen fertig, da ist etwas Schreckliches passiert. In einem Wäldchen ganz in der Nähe wurde eine Tote gefunden. Die örtliche Polizei ist ratlos. Ich habe mich ein wenig umgehört und bin zu dem Schluss gekommen, dass sich ohne Hilfe von Miss Marple diese mysteriöse Geschichte nicht aufklären lassen wird. Könntest du vielleicht herkommen, Fanni? Ich würde dir gerne das Zimmer mit Meerblick zur Verfügung stellen, solange du da bist.«

Was Sprudel unerwähnt ließ: Die Tote im Wäldchen war siebenundachtzig Jahre alt, und sie war zweifellos eines natürlichen Todes gestorben, dort unter den Kastanien auf ihrem eigenen Grundstück. Sie hatte seit jeher allein gelebt, und die Polizei war nur deshalb ratlos, weil keiner sagen konnte, wer sich um die Beerdigung und um den Nachlass zu kümmern hatte.

Eine knappe Woche darauf stellte Fanni frühmorgens die noch ungelesenen Kriminalromane in die Regale zurück und begann zu packen. Sie besaß ein Flugticket nach Genua, ausgestellt für den 9. Oktober. Leni würde sie vom Flughafen abholen.

»Wir fahren am kommenden Wochenende nach Levanto«, hatte Leni am Telefon gesagt, »und wandern von da aus nach Monterosso.«

Und danach werde ich einen Besuch bei Sprudel machen, dachte Fanni, während sie Badeanzug und Sonnenöl im Koffer verstaute.

Sie brachte ihr Gepäck in den Flur, kam zurück und warf einen Blick in die Runde. Im Badezimmer glänzten die Waschbecken, die sie wie jeden Morgen mit Wiener Kalk gescheuert hatte. Bahamabeige – vor dreißig Jahren hatte sie diese Farbe, die im Sanitärbereich ganz neu auf dem Markt gewesen war, für ihr Badezimmer ausgewählt. Zwei Einhandmischer blitzten silbern. Der Schriftzug »Ideal Standard« war immer noch deutlich zu lesen. Zugeständnisse hatten eben sein müssen, das Budget war begrenzt gewesen.

Im Wohnzimmer standen die Bücher friedlich in ihren Regalen. Es tat Fanni weh, sie zu verlassen.

»Meine Güte, Fanni«, tadelte sie sich, »du kommst ja demnächst wieder.«

Sie trat an die Terrassentür, sah in den Garten hinaus und fragte sich, wie es sein würde, wenn sie wiederkam.

In den dreißig Jahren, die Fanni hier in Erlenweiler gelebt hatte, war sie immer eine Außenseiterin gewesen. Sie hatte sich nie richtig eingefügt und sich oft erlaubt, den eigenen Standpunkt zu vertreten. Geranien abzulehnen, Gardinen zu verschmähen, Mirza zu mögen.

Seit Meiser im Gefängnis saß, war Fanni eine Verfemte. Klein, nach seiner Entlassung plötzlich redselig geworden, hatte jedem, der seinen Hof betrat, brühwarm erzählt, was Fanni Rot bei der Aufklärung des Falles für eine Rolle gespielt hatte. Für ihn war Fanni eine Heldin.

Die Leute von Erlenweiler dagegen nannten sie Nestbeschmutzerin, Verleumderin, Denunziantin und mieden sie. Sogar Böckl verhielt sich wortkarg, wenn er mit ihr zusammentraf. Zudem sickerte mit der Zeit durch, dass sich Fanni und Sprudel dort und da heimlich getroffen hatten.

Wie, fragte sich Fanni, war das möglich? Klein wusste nichts davon. Niemand wusste davon! Haben mich die Lurchis verraten, die Krähen, die Ameisen? Oder saß Böckl irgendwo mit Flinte und Feldstecher auf einem Hochsitz?

Und wie, überlegte sie, konnte das Gemunkel aufkommen, dass mir Meiser – erfolglos, wie es heißt – eine Zeit lang die Hölle heiß gemacht hätte? Der Reifenplatten, das Gitter … Praml? Hat Praml zwei und zwei zusammengezählt?

Fanni prüfte, ob die Terrassentür verschlossen war, und wandte sich zum Gehen.

Die Nachbarn haben neuerdings Angst vor dir, Fanni, dachte sie. Angst vor dem, was du über sie herausgefunden hast und noch herausfinden könntest. Vielleicht hat der eine oder andere Dinge zu verbergen, die ihn, würden sie aufgedeckt, stante pede vor den Kadi bringen könnten.

Die Nachbarn zogen Gesichter, als wäre ihnen die Milch im Frühstückskaffee sauer geworden. Und die saure Milch hatte einen Namen: Fanni Rot.

Fanni nahm ihr Gepäck auf, ging hinaus und warf einen letzten überdrüssigen Blick auf den Türkranz.

»Die Leute von Erlenweiler feinden dich an, Fanni Rot«, sagte sie laut, »denn du ganz allein bist schuld daran, dass Meiser im Gefängnis sitzt! Du mit deinem Herumschnüffeln, Bespitzeln und Ausspionieren.«

Sie war wieder einmal selbst schuld.

Dank

»DNA-Analyse zur Verbrechensaufklärung« heißt der Titel einer Facharbeit von Linda Mehler, die den Anstoß zu diesem Kriminalroman gab.
    Ich bedanke mich bei meiner Tochter für das aufschlussreiche Skript.

Wie immer habe ich außerdem Dr. Katrin Mehler für Korrekturen, Kritik und Zuspruch zu danken, den Lektorinnen Dr. Christel Steinmetz und Stefanie Rahnfeld für ihre Mühe und Dr. Matthias Auer von der Literaturagentur Aulo für seinen Beistand.

Jutta Mehler
MOLDAUKIND
Gebunden, 304 Seiten
ISBN 978-3-89705-452-3

»*Ein äußerst lesenswertes und spannendes Stück Zeitgeschichte*« Donau-Anzeiger

»*Eine eindrucksvolle Familiensaga*« Süddeutsche Zeitung

Jutta Mehler
AM SEIDENEN FADEN
Gebunden, 240 Seiten
ISBN 978-3-89705-504-9

»*Ein außergewöhnliches, mutmachendes Buch über eine intensive Mutter-Tochter-Geschichte*« Donau-Anzeiger

»*Das Schicksal eines todkranken Teenagers, frei von Weinerlichkeit und voller Humor.*« Buchmarkt

Jutta Mehler
SCHADENFEUER
Gebunden, 288 Seiten
ISBN 978-3-89705-580-3

»*Jutta Mehler schafft eine verblüffende Harmonie von bitterer Realität und mystischer Spiritualiät.*« Passauer Neue Presse

»*Wohltuend karg, realistisch und pointiert*« Unser Bayern

Angelika Hüting
FISCHBLUT
Broschur, 224 Seiten
ISBN 978-3-89705-644-2

Passauer Moritaten
Es gibt Menschen, die bleiben an einem nebligen Februarsonntag nicht gemütlich zu Hause. Nein, sie gehen angeln. Wenn sie Glück haben, fangen sie Fische. Wenn sie Pech haben, sind sie tot. So wie Franz Weindl, Schreibwarenhändler aus der Passauer Altstadt. Seine Frau findet ihn am idyllischen Ufer der Ilz.
Verdächtige gibt es zunächst nur einen, und der spielt mit der Polizei Katz und Maus. Da taucht eine zweite Leiche auf – in Alter und Statur gleicht sie dem ersten Opfer. Ein Serienmörder in Passau? Bei der Suche nach der Antwort riskiert Hauptkommissar Feyl sein Leben. Niederbayern pur: historische Schauplätze, eigenwillige Charaktere und schräger Humor.

»*Spannung, ein packender Stil, lebendige Charaktere und eine deutlich spürbare lokale Verankerung.*«
Passauer Neue Presse

www.emons-verlag.de